Detlef Brettschneider
Kurz und knapp
Viertes Buch Kurzgeschichten

Detlef Brettschneider

Kurz und knapp

Viertes Buch Kurzgeschichten

Geschichten schreiben ist eine Art, sich
das Vergangene vom Halse zu schaffen.

Johann Wolfgang von Goethe (1749 bis 1832)
Deutscher Dichter und Naturforscher

Saalfeld, 24.06.2020

Bibliografische Information der Deutschen Nationalbibliothek:

Die Deutsche Nationalbibliothek verzeichnet diese Publikation
In der Deutschen Nationalbibliografie; detaillierte bibliografische
Daten sind im Internet über http://dnb.dnb.de abrufbar.

Herstellung und Verlag:
BoD – Books on Demand, Norderstedt

ISBN 9783751960267

Inhaltsverzeichnis

Ich muss mal was erklären

Das ist nun schon das vierte Buch mit Kurzgeschichten, welches ich den Freunden der ‚Short Stories‘ vorlege. Geplant waren eigentlich nur drei. Nach den Buchtiteln „Ein paar Kurze“, „Nur kurz“ und „Dreimal kurz“ habe ich diesmal den Titel „Kurz und knapp“ gewählt. Allerdings wird dem aufmerksamen Leser nicht entgangen sein, dass sich garantiert in allen Büchern kleine Fehler eingeschlichen haben. Damit meine ich nicht die persönliche Auslegung der Grammatik. Sicher weiß ich, dass ein Hauptsatz mindestens aus Subjekt und Prädikat besteht. Trotzdem verwende ich sogenannte Einwortsätze. Außerdem zerhacke ich manche Satzgebilde mit Kommata, wo es eigentlich gar nicht nötig wäre. Das mache ich, damit beim Lesen im Kopf ein gewisser Klang entsteht. Was ich natürlich nicht wollte, und wofür ich mich auch schäme, das sind kleine Schussel-Fehler bei der Rechtschreibung, welche ich aufgrund von Betriebsblindheit auch beim dritten oder vierten Korrekturlesen übersehen habe. Sicher kann man jetzt sagen, dass ich doch mein Manuskript in ein Lektorat geben könnte. Aber Lektoren wollen auch leben und verlangen Honorar, dass ich mir aufgrund meines geringen Einkommens nicht leisten kann. Die Alternative wäre, mit dem Schreiben aufzuhören, aber das würde den Verlust an Kreativität bedeuten, und somit auch einen Verlust an Lebensqualität. Bleibt mir nur, mich bei allen, die einen Fehler entdeckt haben, zu entschuldigen.

Der Wetterballon

Sagen wir mal so, die Arbeiten der Fremdfirma in unserem Betrieb waren fertig. Komplett fertig. Was kann ich denn dafür, dass die Arbeiter eine riesengroße Spindel mit dickem Kupferdraht im Hof stehen ließen, bloß weil die Aufräumarbeiten erst tags darauf beginnen sollten. Und dann habe ich ja auch dafür bezahlt. Also nicht direkt für den Kupferdraht, aber für den gemieteten Transporter. Das Zeug passte einfach nicht in meinen PKW, obwohl ich einen Kombi fahre. Und was diesen Wetterballon angeht, so wusste ich zunächst nicht, was ich mit dem Ding eigentlich anfangen sollte. Aber irgendetwas würde sich schon ergeben. War ja dann auch so. Als ich den Ballon gefunden habe, schien die Sonne ziemlich heftig. Ich habe also in der Tarnkleidung schon ganz schön geschwitzt. Zumal ich mich auf allen Vieren anschleichen musste. Und ich trug ja zusätzlich bei dieser Wärme auch noch einen Hut. Wo hätte ich sonst das Moos und das Strauchwerk anbringen sollen. Die zwei Typen in dem Geländewagen fragen sich bestimmt heute noch, wo ihr Equipment abgeblieben ist. War ja auch noch so eine Flasche Helium dabei, um den Ballon aufzupumpen. Aber wer unbedingt bei seiner Arbeit eine Kaffeepause einlegen will, muss eben währenddessen ein wachsames Auge auf seine Ausrüstung werfen. So gesehen haben die beiden durch mich etwas Wichtiges gelernt. Die Tarnkleidung hat mich übrigens in einer Reisetasche begleitet, als ich meinen Dienst beim Militär beendete. Schließlich hatte sie sich auch über eine lange

Zeit an mich gewöhnt. Der Soldat, der das Ausgangstor vor mir durchquerte, wurde übrigens durchsucht, wobei man feststellte, dass er ein Bajonett hinausschmuggeln wollte. Weswegen man ausgerechnet ihn ertappt hat, lag wohl an dem anonymen Anruf. Warum bloß hatte er mir auch von seinem Vorhaben erzählt? Hätte er ja nicht machen müssen. Jedenfalls bin ich bei dem ganzen Trubel gänzlich ohne Durchsuchung davon gekommen. Reines Glück. Übrigens hatte ich ebenfalls bei den neuen Reifen für mein Auto ziemliches Glück. Wenn man schon ein Array mit vielen Reifen einzäunt, dann bitte nicht mit so einem billigen Vorhängeschloss absichern. Jeder weiß doch, dass ein einziger Hammerschlag ausreicht, eine derart dürftige Sperre zu überwinden. Am nächsten Tag war ja dann auch ein stabiles Panzerriegelschloss dort angeschweißt. Geht doch! Und unsere Supermärkte rechnen schon aus Erfahrung mit einer Diebstahlsquote von ungefähr 1,5 Prozent. Warum sollte also gerade ich die Statistiker enttäuschen? Schlussendlich schmeckt Butter ganz genauso, ob man sie nun bezahlt hat oder nicht. Auch meine Freundin bekommt von Zeit zu Zeit ganz gerne ein Schmuckstück geschenkt. Ich frage Sie, warum müssen die Goldschmiede ausgerechnet echten Schmuck so sündhaft teuer machen? Da bleibt einem doch gezwungener Maßen nichts weiter übrig, als die Verkäufer abzulenken. Aber eine Sache will ich hier ein für alle Mal klarstellen, ich nehme nicht nur, nein, ich gebe auch. Neulich erst habe ich einem Bettler zwei Euro in den Hut geworfen. Hätte ich ja nicht tun müssen. Andere haben bloß zwanzig Cent gegeben. Viele gar nichts. Apropos

Geld. Wieso sollte ich etwas dafür können, dass mein Nachbar für lange Zeit ins Gefängnis musste, nachdem er mir eine größere Summe an Geldes geliehen hatte. Er, und nur er, hat doch wohl Autos geklaut, nicht ich. Und ich habe seinen Hehler gar nicht gekannt. Auch andere Menschen sind etwas neidisch, das kann man mir also nicht vorwerfen. Außerdem weiß man doch vorher nicht, wen man in der Kneipe trifft. Da kann man auch nicht wissen, dass der zufällig von der Polizei ist. Man unterhält sich halt mit Leuten. Macht ja mein Frisör auch. Der hat mir übrigens erzählt, dass vorigen Monat irgendjemand sein Profi-Werkzeug geklaut hätte. Leute gibt's, die gibt's gar nicht. Außerdem bekommt man auf dem Flohmarkt höchstens zwanzig Euro für so einen Krempel. Lohnt sich ja kaum. Aber ich bin jetzt schon gespannt, was meinem Coiffeur nächsten Monat wieder fehlen wird, wenn ich abermals zum Haareschneiden komme. Vielleicht liegt dann auch zufälligerweise wieder so ein langes Seil vor dem Sportartikelgeschäft. Als Berufskraftfahrer hat man doch wohl aufzupassen, dass nichts vom LKW fällt. Das gilt ganz besonders für eine ziemlich teure Bergsteigerausrüstung. Aber aus Fehlern wird man ja bekanntermaßen klug. Sagt jedenfalls ein altes Sprichwort. Das habe ich in einem dieser Bücher gelesen, welche unsere Buchhandlung in einem Ständer vor der Eingangstür zugänglich macht. Sehr spendabel. Zumal ich vor Kurzem beim Schwarzfahren erwischt worden bin. Da ich kein Geld bei mir hatte, wurden meine Ausweisdaten aufgenommen. Ich fands lustig, ganz besonders weil es nicht mein eigener Ausweis war. Mein

Sitznachbar hat sicherlich einen neuen bekommen. Das ist ja heutzutage kein Problem mehr. Es ist doch schon drollig, dass man zufällig einem anderen ähnelt. Bei einer EC-Karte spielt das ja gottseidank keine Rolle. Seit Neuestem sind diese Plastikkarten auch noch NFC-fähig, das heißt, man kann damit kontaktlos bezahlen. Falls eine Karte gestohlen wird, können die Diebe damit kleinere Summen ausgeben, da weder PIN noch Unterschrift fürs Bezahlen erforderlich sind. Mich trifft da keine Schuld, ich habe mir so einen Quatsch nicht ausgedacht. Und wenn ich zufällig ein Motorrad finde, das unabgeschlossen herumsteht, dann sollte das Ding nicht einfach mit so einem billigen Schraubendreher gestartet werden können. Diesen Umstand müsste mal jemand der Industrie begreiflich machen. Selbst wenn ich dann den Feuerstuhl verkaufe, kann ich doch nichts dafür, dass der leichtgläubige Käufer denkt, er würde den Hobel rechtmäßig erwerben. Zugegeben, ich habe beim Verkauf einen Ausweis vorgelegt. Den hatte ich zufällig noch. Im Übrigen sind Papiere bekanntermaßen aus Papier. Und Papier rutscht ganz bequem durch einen Laser-Drucker. Nebenbei gesagt, mit heutigen Druckern kann man keine Geldscheine ausdrucken. Diese modernen Geräte haben da so einen Chip eingebaut, der Zahlungsmittel von den meisten Ländern erkennt, und deren Ausdruck verhindert. Komischerweise gilt das nicht für Motorrad-Zulassungen. Das ist aber wiederum nicht mein Problem, ich habe mir diese Chips nicht ausgedacht. Außerdem war ich ziemlich kulant. Ich habe nämlich vor dem Verkauf die Nummernschilder ausgetauscht. Da wird die Polizei den neuen Besitzer kaum anhalten. So edelmütig bin ich eben. Auch wenn manche Leute das Gegenteil behaupten, ich bin wirklich herzensgut und hilfsbereit. Schließlich habe ich meinen Nachbarn im Gefängnis besucht. Hätte ich ja nicht machen müssen. Ich habe ihm angeboten, dass ich selbstlos auf sein Haus aufpasse, solange er im Knast sitzt. Einfach um Einbrecher fernzuhalten, also mal das Licht ein- und auszuschalten, vielleicht die Rollos abends herunterzulassen sowie morgens hochzuziehen, oder auch den Fernseher hin und wieder zu betätigen. Mein lieber Nachbar war zwar etwas erstaunt, aber trotzdem dankbar dafür. Ich glaube, Sie werden mir an und für sich zustimmen, dass das alles viel einfacher zu händeln ist, wenn man direkt in dem Gebäude wohnt. Dass im Gegensatz zu meinem Haus hier ein Swimmingpool auf mich wartet, kann man als reinen Zufall werten. Und da inzwischen mein eigenes Haus leer steht, ist es doch wohl nur logisch, es zu vermieten. Allerdings habe ich sämtliche gesammelte Gegenstände aus meiner Garage mit in mein neues Domizil genommen. Ich will doch der Neugier meiner Nachmieter keinen Vorschub leisten. Blöderweise habe ich aber nicht mit der Dreistigkeit mancher Leute gerechnet. Eines schönen Tages sitze ich ganz entspannt neben dem Pool, schlürfe genießerisch einen ‚Sparkling Orange‘ und denke an nichts Böses. Da stehen plötzlich zwei finstere Gestalten vor mir, drücken ihre Pistolen gegen meine Nase und verlangen meine Kohle. Nun, wer mich kennt, der weiß, dass ich erworbenes Gut nicht leichtfertig herausrücke. Egal ob es rechtmäßig erworben wurde oder auch nicht. Leider ist aber

13

nur einer der beiden im Swimmingpool gelandet. Inzwischen hat mir der andere mit dem Pistolenknauf eins übergezogen. Wahrscheinlich war ich nicht lange ohnmächtig, aber diese hinterhältigen Burschen haben die Zeit genutzt, um alles zu durchsuchen. Ich kann mir das Folgende nur so erklären, dass der, dem ich die Nase blutig geschlagen hatte, von Rachegefühlen erfüllt gewesen sein muss. Jedenfalls haben die Arschgeigen den Wetterballon prall mit Helium gefüllt und mir das Ding dann mittels mehrerer Lagen Panzerband an die Hüfte montiert. Anschließend befestigten diese Mistkerle das Bergsteigerseil einerseits am Haus und andererseits an meinen Füßen. Ob Sie es glauben oder nicht, aus zwanzig Metern Höhe sieht der Pool nur noch wie eine kleine Pfütze aus. Und als die zwei mit einem stattlich gefüllten Sack das Haus verließen, glichen sie winzigen Ameisen. Darüber musste ich irrsinnig lachen. Wie ich aber das Ganze meinem Nachbarn erklären soll, wenn der wieder aus dem Knast kommt, ist mir zurzeit noch nicht so ganz klar.

Großreinemachen

Zwischen neun und zehn Uhr morgens sitze ich meist in meinem Büro und trinke einen Schluck Bourbon. Für mich ist das Tradition. Man könnte auch sagen Gewohnheit. Als ich eines Tages pünktlich um zehn die Bürotür aufschloss, fiel mir förmlich ein junger Mann in die Arme. Er war recht nervös und fingerte ständig an seinem unmodernen, hellbraunen Cordanzug herum. Nachdem ich ihm Platz angeboten hatte, rutschte er hippelig hin und her: „Haben Sie hier einen Tresor?" Ich ließ mich langsam auf meinen Stuhl sinken: „Entschuldigung, aber was geht Sie das an?" Er setzte sich ganz vorn auf die Kante des Besucherstuhls und hob den Zeigefinger: „Ich möchte etwas Wertvolles bei Ihnen hinterlegen". Ungläubig entgegnete ich: „Sollten Sie das nicht lieber bei einem Notar tun?" Er grinste: „Hab ich schon. Sozusagen. Aber nicht wirklich". Jetzt kam ich nicht mehr ganz mit: „Was genau wollen Sie damit andeuten?" Er lehnte sich zurück und schien langsam ruhiger zu werden: „Also, ich habe hier ein teures Diamant-Collier. Na ja, für mich ist es teuer. Andere Leute haben Schuhe, die genauso viel kosten. Laut Schätzung ist es neuntausend Euro wert. Es hat meiner geschiedenen Frau gehört. Wir haben uns vor zwei Jahren getrennt. Sie hat mir damals die Klunkern wütend vor die Füße geworfen. Und jetzt will sie das Ding auf einmal wiederhaben. Also habe ich heimlich eine Nachbildung aus Glas anfertigen lassen und offiziell bei einem Notar hinterlegt. Falls sie es bei der Gerichtsverhandlung tatsächlich zugesprochen bekommen sollte, dann behaupte ich, dass es schon immer eine Fälschung gewesen sei und ich nie ein echtes Collier gekauft hätte. Dann erhält sie einfach nur diese Glasmurmeln. Aber dafür muss das echte Collier eine Weile von der Bildfläche verschwinden, und da dachte ich an einen vertrauenswürdigen Mann wie Sie. Als Privatdetektiv unterliegen Sie doch der Schweigepflicht, was Ihre Klienten betrifft, oder?" Ich wurde ärgerlich: „Sie glauben doch nicht etwa, dass ich Sie bei einem Betrug unterstütze? Mal abgesehen davon, dass ich prinzipiell so etwas gar nicht mache, könnte ich auch meine Lizenz verlieren". Der junge Mann zog eine prall gefüllte Brieftasche aus der Anzugjacke: „Die Bezahlung wäre, sagen wir mal, ziemlich gut!" Ich sprang ehrlich erzürnt auf: „Stecken Sie ihr Geld ein, nehmen Sie Ihr blödes Collier und dann raus hier, bevor ich Ihnen alles in eine bestimmte Körperöffnung stopfe!" Er zuckte mit den Schultern, stand auf und steckte die Brieftasche weg: „Hier meine Karte, falls Sie sich es noch überlegen sollten". Ich sagte nur gepresst: „Raus!", und der Mensch verließ betont langsam mein Büro, während er mir noch einen vernichtenden Blick zuwarf.

Der Mensch ist ein Gewohnheitstier. Das hat schon meine Mutter zu ihren Lebzeiten immer gesagt. Und ich bin nun mal Filterkaffee gewöhnt. Mir gefällt dieser typische Geschmack nicht, den diese modernen Kaffeeautomaten erzeugen. Logischerweise kaufe ich mir Filtertüten. Letzthin in einem Geschäft, welches durchgehend Billigartikel anbietet. Und nun kommts. Wie fast jeder, falte ich unten und an der Seite die zusammengepressten Ränder des Filters noch einmal um. Bisher war das immer der rechte Rand. Seit Jahren. In der neuen Packung liegen die Filter jedoch so, dass nach dem Herausziehen aus der Schachtel der gewisse Rand links ist. Man glaubt gar nicht, wie schwer ich mich damit tat. Also drehe ich jetzt die Filtertüten nach der Entnahme aus der Packung erst einmal um, damit der Faltvorgang wie immer rechts von statten gehen kann. Ich bin eben auch eines der Gewohnheitstiere. Und als solches hatte ich bisher noch nie, wirklich noch nie, die Gewohnheit, meine Bürotür zu putzen. Man glaubt gar nicht, wieviel Dreck sich an dem Glasteil einer Tür ablagern kann, wenn man das Ding nicht regelmäßig reinigt. Ich tadelte mich selbst bei jedem Abziehen mit der Gummilippe halblaut: „Fauler Hund". Auch den alten Schreibtisch meines verstorbenen Freundes habe ich seit Jahren wieder mal vom Staub befreit. Erst mit dem Handstaubsauger, dann mit einem Staubwedel und zum Schluss mit einem Lappen. Im Endeffekt tat mir der Rücken etwas weh, aber mein Büro strahlte dafür zum Schluss mit der Sonne um die Wette.

Auch zu Hause habe ich den Putzteufel gegeben. Zusätzlich hatte ich mich durchgerungen, endlich den Teppich aus meiner Küche zu verbannen. Als ich aber feststellte, dass ein gefliester Boden und barfußlaufen nicht zusammenpassen, habe ich das Teil wieder zurück an den angestammten Platz gezerrt. Es ist besser mal einen Teppich zu säubern, als jeden Morgen kalte Füße zu bekommen. Nach dem ganzen Rummel nahm ich mir dann erschöpft vor, so ein Großreinemachen demnächst zu wiederholen. So etwa in fünfundzwanzig bis dreißig Jahren.

Wissen Sie, bei meiner Arbeit hat man nur selten die Gelegenheit dem anderen Geschlecht nahe zu kommen. Entweder sitze ich in meinem Büro herum und warte gelangweilt auf Klienten, oder ich pirsche hinter irgendwelchen zwielichtigen Gestalten her. Meist sind das untreue

Ehemänner. Aber manchmal bin ich auch auf der Suche nach ganz anderen Sachen. Letzten Sonntagmittag wollte ich mir Kartoffelbrei zubereiten. Natürlich ist dabei mein Kartoffelstampfer zerbrochen. Sie werden vielleicht sagen, dass man derart robuste Stampfer niemals versehentlich zerlegen kann. Doch, ich kann das. Die Spitze des abgebrochenen Stiels hat mir dann noch aus lauter Bosheit den rechten Handballen etwas aufgeschlitzt. Nicht gerade sehr viel, aber ein Wundpflaster musste trotzdem her. Nun hatte ich aber gerade keine Pflaster-Strips mehr im Haus und musste mir mühevoll ein Stück von einer Meterware absäbeln. Diese Zeit reichte locker aus, um meine Hose voll zu bluten. Man soll ja von Zeit zu Zeit neue Klamotten erwerben, damit der Handel nicht pleite geht. Oder man kauft sich eben einen neuen Kartoffelstampfer. Also fuhr ich mit dem Bus in die Stadtmitte. In unsere Fußgängerzone gibt es einen kleinen, feinen Laden für Haushaltsgeräte. Als ich mir die Auslagen im Schaufenster betrachtete, mit der Absicht eventuell den Preis für einen neuen Stampfer zu erfahren, rannte mich eine junge, hübsche, rothaarige Frau in einem Chiffonkleid fast über den Haufen. Sie hatte mit ihren Augen fest an ihrem Smartphon geklebt und mich einfach übersehen. Das Handy rutschte ihr aus der Hand, und trotz der Tatsache, dass ich um ein Haar totgetrampelt worden wäre, reagierte ich blitzartig und fing das Telefon auf. Lächelnd hielt ich ihr das Smartphon hin, in der Erwartung, dass sie so etwas wie ‚Entschuldigung!‘ oder ‚Vielen Dank!‘ sagen würde. Sie aber rief überschwänglich: „Sie sind ein Held! Wenn ich ihnen etwas Gutes tun kann, sagen Sie es ruhig!" Ich weiß nicht genau in welcher Region meines Gehirns sich der Satz gebildet hatte, aber er rutschte scheinbar ohne mein Zutun über die Zunge: „Wir könnten zusammen einen Kaffee trinken gehen!" Sie steckte das Handy ein: „Ich weiß etwas viel Besseres. Ganz in der Nähe ist eine kleine Bar. Der Barkeeper ist eine Sensation. Der mixt die weltbesten Drinks. Mir nach!" Sie zog mich leicht am Ärmel, und ich Rindvieh folgte ihr wie ein Ochse am Strick. Eigentlich hätte mir da schon klar sein müssen, dass eine junge, hübsche Frau keinen Mann abschleppt, der mindestens zehn Jahre älter und unrasiert ist.

In der Bar sah es aus wie in vielen anderen. Schummriges Licht, ein Tresen mit acht hochbeinigen Hockern, eingefärbte Spiegel an den Wänden und einem Regal mit gefühlt zweihunderttausend verschiedenen Flaschen. Wir schienen die einzigen Besucher zu sein, was mich um diese Uhrzeit nicht besonders verwunderte. Der Barkeeper war etwa dreißig Jahre alt, hatte schwarzes Haar, aber seltsamerweise einen blonden Bart. Nachdem wir auf den Barhockern Platz genommen hatten, fragte der Mensch klischeehaft: „Was solls sein?" Meine Begleiterin entschied sich für einen ‚Hugo'. Selbst falls ich hundert Jahre alt werden sollte, würde ich auch dann noch nicht begreifen, wie der Erfinder Roland Gruber seinen Cocktail, in dem ein paar Blätter herumschwimmen, ausgerechnet Hugo nennen musste. Dann wandte sich der Bartträger zu mir: „Und Sie?" Um einen gebildeten Eindruck zu machen, sagte ich gedehnt: „Ich hätte gern das

Lieblingsgetränk von Ernest Miller Hemingway, dass er immer während seines Aufenthalts in Cuba getrunken hat". Genauso gut hätte ich fragen können: „Wie ist die Quadratwurzel aus 660.969?" Der Gesichtsausdruck des Kerls wäre garantiert der gleiche gewesen. Also ergänzte ich gnädig: „Das Lieblingsgetränk von Ernest Hemingways war Daiquiri". Der Mensch nickte und begann sein Werk. Erst 6 cl weißer Rum, dann 2,5 cl frisch gepresster Limettensaft und danach 2 cl Rohrzuckersirup. Anschließen gab dieser Unwissende zu meinem Entsetzen gleich die Eiswürfel in den Cocktail-Shaker. Ein guter Barmann hätte auf jeden Fall vorher erst abgeschmeckt, um die genaue Rum-Note zu ermitteln, und um gegebenenfalls das Gemisch noch etwas korrigieren zu können. Spätestens hier hätte ich argwöhnisch werden müssen. Aber meine Hormone ließen mich lediglich der Hübschen zuprosten. Nach dem zweiten Glas, als ich endlich meine Begleiterin nach ihrem Namen fragen wollte, gingen mir urplötzlich die Lichter aus.

Kennen Sie das? Sie wachen aus tiefem Schlaf auf und wissen nicht so ganz genau, wo Sie sich befinden. Außerdem hatte ich Kopfschmerzen. Das, worauf ich lag, war auf keinen Fall mein Bett. Langsam dämmerte mir, dass ich Opfer von zwei ganz hinterhältigen Giftmischern geworden sein musste. Ich lag zwischen alten Pappkartons in einer abgelegenen Gasse. Ächzend rappelte ich mich hoch und überprüfte meinen Körper, ob noch alles Nötige vorhanden war. Dann trabte ich los, in der Hoffnung, in der Nähe eine Bushaltestelle zu finden.

Zu meinem Glück kam ein Taxi um die Ecke, welches unbesetzt war, und auch wirklich auf mein Winken hin anhielt. Fünfzehn Minuten später kam ich vor meinem Büro an. Die Bürotür stand offen, jemand hatte meinen Schreibtisch durchwühlt und mein geliebter Tresor, in dem aber zur Zeit nichts lagerte, war aufgeschweißt worden. Also hatten mich dieses Weib und ihr mixender Komplize nur eine gewisse Zeit abgelenkt, damit jemand in Ruhe mein Büro durchsuchen konnte. Und ich riesiges Rindvieh war den beiden prompt auf den Leim gegangen. Meine Bourbon-Flasche stand aber Gott sei Dank noch im Bücherregal. Ich fand eine geraume Weile Trost durch ihren flüssigen Inhalt, dann machte ich mich auf den Weg zur Bushaltestelle, um immer noch moralisch angeschlagen nach Hause zu fahren.

Wie hätte es auch anders sein können, die Versicherung weigerte sich meinen zerstörten Tresor zu bezahlen. Da weder im Safe noch im Büro etwas fehlte, galt die ganze Sache nicht als Raub, und gegen mutwillige Zerstörung war ich angeblich nicht versichert. Für mich stand felsenfest, dass diese Durchsuchung dem Collier galt, welches dieser seltsame Kerl im Cordanzug bei mir hatte hinterlegen wollen. Trotzdem wunderte ich mich, dass dieser mittelteure Schmuck eine derartige Verwüstung wert war.

Ich hatte das Büro gerade auf Vordermann gebracht, als das Telefon klingelte. Es war Hartmut: „Kumpel, ich hab dir doch schon oft geholfen. Jetzt könntest du mal was für mich tun!" Leicht angesäuert antwortete ich: „Kumpel, du hast dir alles aber auch immer königlich bezahlen lassen". Mein Hassfreund entgegnete: „Diesmal ist auch für dich allerhand drin. Was würdest du verlangen?" Ich grinste: „Das kommt darauf an, was ich machen muss. Im Übrigen benötige ich einen neuen Safe, so einen kleinen Bürotresor". Hartmut blieb gelassen: „Den kann ich dir besorgen. Kein Problem. Aber jetzt zur Sache. Ich habe mir da aus einigen Ereignissen etwas zusammengereimt. Man munkelt in bestimmten Kreisen, dass jemand bei dir ein Collier geparkt hat. Und nun höre ich, dass dein Büro ein wenig umgeräumt wurde. Kann ich davon ausgehen, dass das Schmuckstück den Besitzer gewechselt hat?" Ich verneinte vehement: „Ich hab das Ding damals nicht angenommen. Somit kann mir das gute Stück auch nicht abhanden gekommen sein. Also was genau willst du nun von mir?" Hartmut schien kurz zu überlegen: „Mein Boss braucht das Collier respektive dessen Besitzer". Jetzt wurde ich doch stutzig: „Du hast nie was von einem Boss gesagt. Jetzt mal raus mit der Sprache! Für wen oder was arbeitest du eigentlich?" Hartmuts Antwort klang nicht gerade freundlich: „Das geht dich nichts an. Und glaube mir, du willst das gar nicht wissen! Also, kann ich auf dich zählen?" Während ich den Hörer zwischen Ohr und Schulter einklemmte, wühlte ich in meiner Schreibtischschublade, bis ich die Karte von diesem Cordanzug-Menschen gefunden hatte: „Hör zu! Wenn du mir sagst, was es mit diesem ominösen Collier auf sich hat, und wenn du mir auch noch den Tresor geliefert hast, dann sage ich dir Name und Adresse des

Kerls". Hartmut überlegte nicht lange: „Morgen komme ich mit zwei Leuten bei dir im Büro vorbei und liefere den Tresor. Ist allerdings ein gebrauchter. Dann erzähle ich dir auch von dem Collier. Einverstanden?" „Einverstanden!"

Zwei Blaumänner mit einem Hubwagen entfernten rigoros meinen alten, kaputten Tresor und stellten das bleischwere Ding auf den Flur. Und zwar genau vor mein Büro. Anschließend wuchteten sie den neuen Safe in die Lücke, die der alte hinterlassen hatte. Danach verdufteten die beiden auf einen Wink von Hartmut hin, ohne ein Trinkgeld entgegengenommen zu haben. Ich zog die bewusste Visitenkarte aus meiner Tasche und hielt sie Hartmut entgegen: „Versprochen ist versprochen. Jetzt du!" Er steckte die Karte ein, ohne einen Blick darauf zu werfen: „Ein Stein in dem Collier ist nicht echt". Ich grinste: „Das ganze Collier ist doch nur ein wertloses Duplikat". Hartmut schüttelte den Kopf: „Ich meine nicht das Faksimile, das bei dem Notar liegt. Nein, an dem echten ist ein Stein aus hochfestem, gut geschliffenem und poliertem Polycarbonat. Das Ganze sieht ziemlich echt aus, aber unter einem starken Mikroskop kannst du deutlich eine ziemlich große Menge Daten in dem falschen Stein erkennen". Ich war erstaunt: „Was denn für Daten?" Die Antwort hätte ich mir eigentlich denken können. Hartmut legte gönnerhaft seine rechte Hand auf meine Schulter: „Das geht dich nichts an. Und glaube mir, du willst das gar nicht wissen!" „Aber", fuhr ich fort, „du hast doch am Telefon gesagt, dass diesmal auch für mich allerhand drin ist. Wie stehts also mit Knete, Kohle, Mäuse?" Hartmut platzierte mir auf die andere Schulter nun auch noch seine linke Hand: „Dein alter Tresor da, weißt du, die Entsorgung kostet für so ein schweres Gerät ein halbes Vermögen. Also die anfallenden Unkosten übernehme selbstverständlich ich. Nichts zu danken! Mach's gut, und bis zum nächsten Mal!"

Am Abend saß ich lange an meinem Wohnzimmertisch und unterhielt mich angeregt mit der Flasche Bourbon vor mir. Als dann endlich meine Wohnung ähnlich einem Karussell Fahrt aufnahm, fiel ich ins Bett und träumte von den guten, alten Zeiten, in denen ich auch mal Bargeld zwischen meinen Fingern verspürt hatte.

Die Königstochter

Ich war der Hofmarshall eines angesehenen Königs. Jetzt, da ich fühle, dass meine letzten Tage gekommen sind, will ich mein Gewissen erleichtern. Als erstes möchte ich erwähnen, dass ich gelegentlich etwas in die eigene Tasche gewirtschaftet habe, was normalerweise in die Schatzkammer des Königs gehört hätte. Was soll man aber auch als Hofmarshall machen, schließlich gibt es für diesen Berufszweig keine Rentenversicherung. Ich kenne auch keinen einzigen Kollegen, dem sein Herrscher eine Leibrente zugestanden hätte. Zu meinen Pflichten gehörte die Organisation von Empfängen oder

Audienzen des Königs, sowie die Sicherstellung seiner umfangreichen Reisen. Ebenfalls hatte ich die Aufsicht über den königlichen Haushalt, das gesamte Hauswesen, die fürstliche Tafel, die königliche Küche und auch über die Kellerei. Trotzdem musste ich befürchten, vom Hofe verjagt zu werden, wenn ich einst zu alt geworden war, um diese Aufgaben zur Zufriedenheit des Königs zu erledigen. Also zweigte ich hier und da etwas ab. Jedoch immer nur so viel, dass es niemand bemerkte. Soweit zum ersten Teil meiner Beichte.

Als zweites möchte ich die Begebenheiten richtig stellen, die sich um die jüngste Tochter meines Königs rankten. Die Geschichten gingen nämlich in mehreren Variationen um die ganze Welt, jedoch ohne die volle Wahrheit zu enthalten. Angeblich war sie so schön, dass die Sonne selber, die doch so vieles gesehen hat, sich wunderte so oft sie ihr ins Gesicht schien. Pustekuchen! Sie hatte verfilztes Haar und eine schiefe Nase. Na gut, Schönheit liegt im Auge des Betrachters, aber gern habe ich das Mädel nicht gerade betrachtet. Nun soll man ja im Allgemeinen nicht von Äußerlichkeiten auf die Wesensart schließen. Aber in diesem Fall war ihr Charakter genauso schief wie die Nase. Ihre verstorbene Mutter hatte dem Mädchen einst eine goldene Kugel geschenkt. Es war eigentlich nur eine billige Kupferkugel, aber immerhin vergoldet. Um aber dieses Spielzeug nur für sich allein zu haben, und um zu verhindern, dass sich ihre Schwestern eventuell damit ebenfalls vergnügen konnten, lief die egoistische Königstochter immer in den nahegelegenen, dunklen Wald. Dort befand sich unter einer alten Linde ein kühler Brunnen. Das Königskind setzte sich auf dessen Rand, nahm die vergoldete Kugel, warf sie in die Höhe und fing sie wieder auf. Dieses Spiel hatte sie am liebsten. Hielt sie sich aber im Schloss auf, so nervte sie ihre Schwestern, den König und das Personal mächtig. Dieses und jenes passte ihr nicht, und nie war sie mit einer Sache zufrieden. So gedachte ihr Vater eines Tages, ihr eine Lehre zu erteilen. Er ließ den Hofzauberer kommen, welcher über wahrlich gewaltige Magie verfügte. Dieser schmiedete mit dem König zusammen einen finsteren Plan. Er nahm einen Frosch, brachte ihm das Sprechen bei und setzte ihn heimlich in den gewissen Brunnen. Dann befahl er dem Wind, im rechten Moment kräftig zu blasen. Als die junge Prinzessin das nächste Mal die Kugel in die Luft warf, wurde diese in den Brunnen geweht. Da fing das Königskind an zu weinen. In diesem Moment kam der Frosch nach oben und sagte: „Was hast du, Königstochter, du schreist ja, dass sich ein Stein erweichen möchte. Weißt du, ich kann dir helfen, aber was gibst du mir, wenn ich deine Kugel wieder heraufhole?" Sie versprach: „Alles, was du willst!" Und der Wasserpanscher sprach: „Wenn du mich lieb haben willst, und ich darf an deinem Tischlein neben dir sitzen, von deinem goldenen Tellerchen essen, aus deinem Becher trinken, in deinem Bettchen schlafen, so will ich hinunter tauchen und die goldene Kugel herauf holen". Hinterhältig versprach sie ihm alles, dachte aber nicht im Geringsten daran, es einzuhalten. Nachdem der Frosch ihr die Kugel empor geholt hatte, rannte sie lachend davon. Am

Abend dann, als der König mit seinen Töchtern zu Tisch saß, klopfte der Frosch an die Tür und mahnte die Einhaltung des Versprechens an. Der König, der natürlich wusste warum es ging, zwang die Unglückliche dazu, dass der Frosch neben ihr saß, von ihrem Teller aß und aus ihrem Becher trank. Zum guten Schluss musste sie den Glitschigen auch noch mit ins Bett nehmen. Als sich ihr Vater jedoch weit genug entfernt hatte, warf sie den schleimigen Lurch gegen die Wand. Genau das hatte der Magier vorausgesehen. Der verzauberte Frosch verwandelte sich geradewegs in einen wunderschönen Prinzen. Von dessen liebreizendem Aussehen geblendet, heiratete ihn die Königstochter auf der Stelle. Und genau damit enden beharrlich alle Geschichten, welche auf der Welt unter dem Titel ‚Froschkönig' im Umlauf sind. Aber im richtigen Leben geht es nach dem Ja-Wort schließlich immer noch etwas weiter. Die Hochzeitsnacht unserer Prinzessin war eher suboptimal. Das können bestimmt alle Frauen nachvollziehen, die schon einmal mit einem Mann geschlafen haben, welcher im Schritt einem Frosch gleicht. Außerdem konnte der Kerl zwar sprechen, hatte aber sonst gar nichts von einem normalen Menschen an sich. Die Königstochter war oft sehr genervt, besonders, wenn er in Gesellschaft vor aller Augen nach Fliegen schnappte. Sein gesamter Wortschatz belief sich im Großen und Ganzen auf: „Was gibst du mir, wenn ich deine Kugel hole?" Beziehungsweise: „Darf ich an deinem Tisch sitzen, von deinem Teller essen, aus deinem Becher trinken und in deinem Bett schlafen?" Da kann doch nach einigen Wochen die härteste Ehefrau im Keks etwas weich werden. So kam es, dass die Prinzessin ihren Gemahl eines Tages furchtbar wütend gegen die Wand schubste. Und siehe da, er wurde tatsächlich wieder zu einem Frosch. Auf diese Weise begab es sich, dass die Königstochter ihren Hochmut verlor, aber von Männern für immer die Nase voll hatte. Und wenn sie nicht gestorben ist, dann lebt sie wohl heute noch als Single. Das Gleiche gilt möglicherweise auch für den Frosch. Was mich angeht, so habe ich letztlich im Grunde nur noch eine einzige Sache zu beichten. Nämlich, dass ich es war, der die goldene Kugel gegen die kupferne ausgetauscht hat.

Der Glaube meines Vaters

Viele Menschen bewahren ihren Glauben und ziehen Kraft daraus. Manche glauben an Gott, andere an Allah und seinen Propheten Mohammed, wieder andere an die Lehren des Siddhartha Gautama, dem sogenannten historischen Buddha. Manche Religionen begnügen sich mit einem Gott, andere verehren schier unendlich viele Gottheiten. Die alten Griechen kannten neben den Hauptgöttern, welche den Olymp besiedelten, noch jede Menge sonstiger Götter, von dem Flussgott Acheloos bis hin zu Zelos, dem Gott des Eifers. Der bekannteste Hauptgott ist wohl Zeus, der Sohn des Titanenpaares Kronos und Rhea. Aber auch schon bevor Zeus seinen eigenen Vater entmannte und mit seinen Geschwistern den Olymp beanspruchte, gab es sogenannte vorolympische Götter, wie beispielsweise Eros, den Gott der Liebe, oder Eris, die Göttin der Zwietracht und des Streites. Auch in der indischen Mythologie gibt es Haupt- und Nebengötter. Die sogenannten höchsten Götter bilden dabei eine Trimurti: Brahma der Schöpfer, Vishnu der Erhalter und Shiva der Zerstörer. Außerdem zählen ihre Gattinnen Sarasvati, Lakshmi und Parvati zu den Hauptgöttern, und auch ihre Reittiere haben jeweils eine eigene Mythologie. Selbst nichtreligiöse Menschen glauben in der Regel an irgendetwas, zum Beispiel an die Wissenschaft. Wenn bei einem Experiment unter den gleichen Ausgangsbedingungen immer und immer wieder dasselbe Endergebnis erreicht wird, sind viele fest davon überzeugt, eine Regel gefunden zu haben. Wobei mein Physiklehrer stets zu sagen pflegte, was tausendmal geklappt hat, muss nicht unbedingt beim tausendersten Versuch ebenfalls hinhauen. Wissenschaft ist halt nur der aktuelle Stand menschlichen Irrtums. Auch Homöopathie ist etwas, woran man glauben muss. Und nicht umsonst gibt es wohl Placebos, die allein dadurch wirken, dass man an sie glaubt. Auch wenn ein Mann sagt, dass er an überhaupt nichts glaubt, dann stimmt das meist nicht, denn er glaubt in der Regel daran, dass die Kinder, die er großzieht, auch von ihm gezeugt worden sind.

Jetzt habe ich schon eine ganze Weile über den Glauben geschwafelt, und noch nicht einmal Dinge wie das Wirken dämonischer Kräfte angesprochen, also zum Beispiel so etwas, wie Hexerei oder Talismane. Superstition, auch Aberglaube oder Überglaube genannt, wird als Hinweis auf mangelnde theologische Bildung, jedoch auch oft zur Herabwürdigung volkstümlicher oder okkulter Glaubensrichtungen verwendet. Beispiele dafür kennen wir alle. Scherben bringen Glück, bei Schluckauf denkt jemand an dich, Schornsteinfeger bringen Glück, Sternschnuppen erfüllen Wünsche, vierblättriger Klee bringt Glück, Spiegel zerbrechen bedeutet sieben Jahre Pech, unter einer Leiter durchgehen bringt Unglück usw. Die Liste lässt sich beliebig erweitern. Ein ausgedehntes Feld wäre übrigens auch die Astrologie. Sie beruhte bis ins 18. Jahrhundert hinein auf der Annahme, dass es einen physikalischen Zusammenhang zwischen den Positionen und Bewegungen von Planeten oder Sternen und den meisten Ereignissen auf der Erde gibt. So sollen gemäß einer namhaften Illustrierten, die Leute, welche unter dem Sternzeichen Löwe geboren wurden, laut Horoskop zum Showstar berufen sein. Da frage ich mich doch, falls das stimmt, warum es in Deutschland dieses Jahr nicht rund sieben Millionen Showstars gibt. Aber ich will niemanden seinen Glauben nehmen. Es sei denn, dass Menschen glauben, Andersdenkende müssten getötet werden. Wie aber, so frage ich mich, entsteht eigentlich Glaube? Manche sagen, man handelt nach seinen Überzeugungen und sorgt somit dafür, dass nur das Resultat herauskommt, das man sowieso erwartet hat. Das führt im Zusammenhang mit Gefühlen dazu, dass man den Wahrheitsgehalt seiner Überzeugung nicht mehr bezweifelt. Ich hingegen habe eine eigene Theorie. Meiner Meinung nach hat sich der Glaube der Menschen vor Urzeiten schon entwickelt und wurde durch Abschauen, sprich lernen, an die Generationen danach weitergegeben. Denn irgendwann wollte man Erjagtes oder Gesammeltes schließlich auch einmal essen. In diesen Minuten der Konzentration auf die Nahrung hatte man die Umgebung und eventuell anpirschende Säbelzahntiger nicht voll unter Kontrolle. Man musste also zwangsläufig glauben, dass man während einigen kurzen Momenten des Verzehrens seiner Mahlzeit nicht getötet wird. Ansonsten hätte man immer nur in die Runde geblickt und wäre nicht zum Essen gekommen. Die, welche sich so verhielten, verhungerten und konnten sich nicht fortpflanzen. Alle anderen, oder wenigstens die meisten, haben überlebt und diesen speziellen Glauben weitergegeben. Viele werden vielleicht meine Theorie belächeln, ich hingegen glaube daran. Aber lange Rede, kurzer Sinn, warum erzähle ich Ihnen das alles? Nur aus einem einzigen Grund. Ich möchte Ihnen lediglich das Lebensmotto meines Vaters ans Herz legen. Der sagte nämlich bei jeder passenden oder unpassenden Gelegenheit: „Ich glaube daran, dass acht Pfund Rindfleisch eine fette Brühe ergeben". Denken Sie mal darüber nach!

Angeschossen

„Mann, ich wurde schon zweimal angeschossen und lebe immer noch", sagte Schimmler besorgt und legte Kommissar Riemer seine Rechte auf die Schulter. Dieser schob unfreundlich dessen Hand weg: „Zweimal in den

Arm. Das waren doch nur Kratzer! Aber ein Lungensteckschuss ist schon etwas anderes. Mehlmann ist immerhin mein Schwiegersohn. Und was, wenn er tatsächlich hops geht? Dann ist meine Tochter allein mit ihrem Neugeborenen. Eine riesen Kacke ist das!" Schimmler versuchte ihn zu beruhigen: „Im Moment liegt er ja noch im künstlichen Koma. Warte doch erstmal ab, was sich ergibt, wenn die Ärzte ihn dann aufgeweckt haben!" Kommissar Riemer hieb mit der flachen Hand auf den Schreibtisch: „Warum musste dieser blöde Kerl auch unbedingt zu den Personenschützern wechseln? Bloß wegen der paar Cent mehr?" Schimmler ließ sich in den Stuhl vor Riemers Schreibtisch sinken: „Ich dachte, in dem Wagen wäre Panzerglas verbaut gewesen?" Riemer blickte auf und nickte kaum merklich mit dem Kopf: „Ja, aber laut der DIN EN 1063 nur mit der geringen Durchschusshemmung BR1". Schimmler zog verwundert seine Augenbrauen zusammen: „Aber das muss doch trotzdem drei Schüssen standhalten, soviel ich weiß". Riemer entgegnete: „Leider nur, wenn zwischen den einzelnen Auftreffpunkten 120 cm Abstand ist. Hier waren es aber zwei Schüsse, die unerklärlicherweise zu hundert Prozent genau auf die selbe Stelle aufgetroffen sind. Der erste Schuss hat das Glas offensichtlich bis an seine Grenzen ermüdet, und deshalb ging die zweite Kugel glatt durch". Kommissar Schimmler war damit noch nicht so recht zufrieden: „Trotzdem müsste doch das Glas zwei Treffer abhalten, oder irre ich mich da?" Riemer ergänzte matt: „Es waren auch keine normalen Patronen, sondern teflonbeschichtete Cop-Killer, wie uns die Kollegen aus

Hamburg mitgeteilt haben". Urplötzlich sprang er auf und schlug dabei mit der Faust auf den Tisch: „Mein Schwiegersohn stirbt vielleicht, und ich berede hier die Falldetails wie ein unbeteiligter Ermittler!" Schimmler zuckte zurück: „Aber du bist nun mal Ermittler, und zwar ein professioneller. Beteiligt oder nicht. Mir ist aber trotzdem unklar, wie ein Schütze genau dieselbe Stelle treffen kann. Das ist doch wohl ein sehr seltsamer Zufall. Oder waren es möglicherweise zwei Schützen? Hast du daran schon mal gedacht? Vielleicht computergesteuerte Waffen?"

An diesem Abend schmeckte Riemer nicht einmal mehr sein geliebter Rotwein. Und er konnte sich auch nicht überwinden, mit seiner Tochter zu skypen. Als sein Handy klingelte und im Display der Name seiner Tochter erschien, nahm er nicht ab. Er wusste einfach nicht, was er ihr sagen sollte. Etwa eine Stunde später rief seine Ex-frau an. Knurrig meldete sich Riemer: „Was willst du denn?" Sie sagte ärgerlich: „Da du nicht abnimmst, wenn dich unser Kind anruft, musst du wohl das Neuste von mir hören. Unser Schwiegersohn ist aus dem Koma erwacht und wurde nach Hause entlassen. Da aber unsere Tochter mit der Pflege ihres bettlägerigen Mannes und zusätzlich mit der Versorgung des Neugeborenen überfordert ist, kommen die drei in der nächsten Woche wieder hierher und wohnen bei mir, bis es unserem Schwiegersohn besser geht".

Hauptkommissar Hohlbach, von seinen Untergebenen Monkey Face genannt, hob den Telefonhörer ab und drückte die Kurzwahltaste für Kommissar Riemer. Dieser meldete sich wie üblich mit einem einfachen: „Ja?" Hohlbach polterte ärgerlich: „Name und Dienstgrad, Riemer. Man meldet sich mit Name und Dienstgrad. Sonst weiß ich ja nicht, mit wem ich es zu tun habe!" Kommissar Riemer sagte zynisch: „Ja klar. Wenn Sie mich anrufen, dann wissen Sie nicht, wen Sie angerufen haben". Hohlbach schnaubte: „Reißen Sie sich zusammen! Sie wissen wohl nicht, mit wem Sie reden!" Riemers Gesicht wurde steinern: „Im Gegensatz zu Ihnen weiß ich ganz genau, wer am anderen Ende ist. Also was gibt es?" Eine ganze Weile breitete sich Stille in Riemers Hörer aus, weil der Hauptkommissar erst seine innere Ruhe wiederfinden musste. Dann ordnete er wütend an: „Riemer, Sie begeben sich sofort zu der alten Garage am Stadtrand. Dahinter in dem Wäldchen hat jemand illegale Schießübungen gemacht, und ein Spaziergänger hat einen Streifschuss abbekommen. Der Mann wird zurzeit in unserer Klinik verarztet. Ich habe angeordnet, dass er dort wartet, bis Sie seine Aussage aufgenommen haben. Und jetzt los, aber hurtig!"

Kommissar Riemer begrüßte den Leiter der Spurensicherung wie üblich mit einem kräftigen Handschlag: „Also Rolf, was haben wir hier?" Der Angesprochene deutete auf den Stamm einer Kiefer: „Ein verdammt gutes Trefferbild. Das muss ein Scharfschütze gewesen sein. Meistens stecken zwei Kugeln im selben Loch. Aber dazu passt überhaupt nicht, dass ein Ausreißer-Geschoss nur leicht die Rinde abgesplittert hat. Wahrscheinlich der Schuss, der den Fußgänger traf. Mehr gibt es im Moment nicht zu sagen. Wir pulen erstmal die Geschosse aus dem Holz, dann sehen wir weiter. Übrigens, wir sind alle erschüttert, dass es Kollegen Mehlmann erwischt hat". Riemer nickte nur, ging wortlos zu seinem Dienstwagen und fuhr in die städtische Klinik. Aber von dem Verletzten war außer dem Zeitpunkt des Schusses auch nicht gerade viel zu erfahren.

„Papa, wir sind jetzt angekommen. Mama hat uns unser altes Zimmer und auch noch ihr Schlafzimmer zur Verfügung gestellt. Sie schläft jetzt auf dem Sofa. Jens geht es schon viel besser. Ich weiß ja, dass Mama und du, also dass ihr zwei euch nicht grün seid, aber könntest du uns mal besuchen? Dein Schwiegersohn kann noch nicht so weit laufen, würde sich aber freuen, dich wiederzusehen. Und deinen kleinen Enkel willst du doch bestimmt auch mal in den Arm nehmen, oder?" Riemer lächelte vor sich hin: „Ja, mein Töchterchen, ich komme. Wie wäre es mit morgen Abend?" Seine Tochter war sehr zufrieden: „Dann sehen wir uns morgen!" Sie konnte ja nicht ahnen, dass ihr Wiedersehen viel früher stattfinden sollte.

Kommissar Riemer konnte an diesem Abend schlecht einschlafen. Er warf seinen fülligen Körper von einer Seite auf die andere, was sein Bett mit bedrohlichem Knarzen kommentierte. Gegen drei Uhr morgens nahm ihn dann doch Morpheus in seine Arme. Riemer begann zu schnarchen, als würde er den kompletten Teutoburger Wald vom Tecklenburger Land bis hin zu Horn-Bad Meinberg absägen. Deshalb hörte er auch nicht gleich, dass sein Handy klingelte. Der Anrufer war jedoch unwahrscheinlich hartnäckig, und schließlich wachte der Kommissar doch auf. Verschlafen brummelte er: „Zum Teufel, was ist los?" Am anderen Ende rief seine Tochter völlig aufgelöst: „Papa, du musst sofort herkommen! Jemand hat wieder auf Jens geschossen". Der Kommissar hätte sich selbst die Geschwindigkeit nicht zugetraut, mit der er aus dem Bett und in die Klamotten gesprungen war. Im Laufen spülte er sich schnell noch den Mund mit einem Schluck Mineralwasser aus, dann wälzte er sich ins Auto und pfiff auf jegliche Geschwindigkeitsbeschränkung. Bei seiner Exfrau angekommen, erwartete ihn seine Tochter schon an der geöffneten Haustür: „Jens musste mal aufs Klo und wollte uns nicht wecken. Dann sind drei Schüsse gefallen. Die gingen bestimmt durch die Fensterscheibe, denn ich habe das Splittern gehört. Gottseidank ist Jens nichts passiert. Aber Mama hat fast einen Herzinfarkt bekommen, sie ist zusammengebrochen. Komm schnell rein!" Riemer betrat hinter ihr die Wohnung: „Hast du schon den Notruf gewählt?" Seine Tochter schüttelte den Kopf: „Nur dich". Riemer zog sein Handy aus der Tasche, verständigte die Zentrale und forderte einen Arzt sowie die Spurensicherung an. In der Küche saß Mehlmann und atmete unregelmäßig. Der Kommissar begrüßte ihn leutselig: „Hey, Mehlmännchen, geht's?" Jens Mehlmann nickte: „Geht schon ganz gut. Ich würde mich ja wieder hinlegen, aber in meinem

Bett stecken ein paar Kugeln. Da sollte erstmal die SpuSi ein Auge drauf werfen. Außerdem zieht es gewaltig durch das kaputte Fenster".

Hauptkommissar Hohlbach thronte kerzengerade hinter seinem massigen Schreibtisch, etwa wie ein Feldherr, der soeben seinen ärgsten Feind vernichtet hatte: „Also Riemer, Sie sind bei diesem Fall viel zu emotional involviert. Schließlich ist Mehlmann Ihr Schwiegersohn. Ich entziehe Ihnen hiermit die Ermittlungen. Kommissar Bohrmann wird übernehmen. Teilen Sie ihm mit, was Sie wissen, und dann bleiben Sie zu Hause. Und damit ich sicher sein kann, dass Sie sich nicht etwa einmischen, beurlaube ich Sie hiermit auf unbestimmte Zeit. Alles klar?" Riemer tippte wütend mit dem rechten Zeigefinger an seine Stirn: „Sie wissen hoffentlich, dass Sie einen Sockenschuss haben!" Dann verließ er Hohlbachs Büro ohne die Tür zu schließen.

Riemer säuselte, so freundlich er nur konnte, in sein altes Klapphandy: „Ach Bohrmann, der Alte hat nur gesagt, dass Sie den Fall übernehmen müssen, aber nichts davon, dass Sie mich nicht informieren dürfen. Also, was gibt's Neues?" Kommissar Bohrmann zögerte etwas, dann antwortete er: „Na gut. Aber ich weiß selbst noch nicht viel. Die Kugeln in Hamburg, in dem Baum und in Mehlmanns Bett stammen aus zwei Waffen, aber in allen drei Fällen immer aus den gleichen beiden. Übrigens hat die SpuSi in dem Bett sechs Kugeln gefunden, obwohl nur drei Schüsse zu hören waren. Wir versuchen gerade den

37

Hersteller der Geschosse zu ermitteln, da es sich um teflonbeschichtete Spezialmunition handelt. Mehr weiß ich, wie gesagt, auch nicht". Riemer dankte und legte auf. Dann wählte er die Nummer von Kommissar Schimmler: „Schimmelchen, hör zu! Ich habe da so eine Idee. Bohrmann traue ich nicht, deshalb musst du was für mich untersuchen, ohne dass der Alte etwas davon erfährt!" Schimmler entgegnete ernst: „Du sollst dich doch raus halten! Also habe ich nie mit dir telefoniert! Und was ist das für eine Idee, die du nie gehabt hast?" Riemers Stimme wurde etwas lauter: „Kommt es dir nicht auch komisch vor, dass gerade Mehlmann das Ziel ist? Was hat denn der Junge bisher schon gemacht? Hier einen Teil seiner Ausbildung und in Hamburg Personenschützer, und das auch nur kurze Zeit. Es gibt nur ein einziges Ereignis, das als Grund für die Schüsse in Frage kommt. Er hat mir damals das Leben gerettet, indem er diesen Frank Schubert erschossen hat. Also wirst du mal Verwandte von diesem Schubert unter die Lupe nehmen. Ich mache jede Wette, es handelt sich hier garantiert um Rache!" Schimmler entgegnete nachdenklich: „Aber das ist doch schon ein reichliches Jahr her. Wieso jetzt?" „Genau das sollst du ja herausfinden!"

Die Kommissare Bohrmann, Schimmler und Riemer saßen um den Konferenztisch herum, während Hauptkommissar Hohlbach im Zimmer auf und ab ging: „Riemer, Riemer. Ich weiß nicht, was ich mit Ihnen noch machen soll. Sie haben meine Anweisung ignoriert, und Schimmler Tipps gegeben". Kommissar Schimmler hob die

Hand: „Wodurch dieser Fall gelöst werden konnte".
Hohlbach fuhr missgestimmt fort: „Weil Sie einfach nur
Glück hatten. Wenn Richard Schubert, der Cousin des
toten Frank Schubert, kein Rauschgift auf der Straße gekauft hätte, wären Sie nie an einen Durchsuchungsbeschluss für seine Wohnung gekommen". Schimmler fiel
im erneut ins Wort: „Aber der Kerl ist doch genau einen
Tag vor dem ersten Anschlag auf Mehlmann aus dem
Knast entlassen worden. Das war doch wohl Tatverdacht
genug". Hohlbach winkte ab: „Wie auch immer. Der Innenminister hat uns jedenfalls gelobt, weil wir diese neu-
artige Waffe aus dem Verkehr gezogen haben. Wer
kommt schon darauf, dass es ein Gewehr gibt, dessen
zweiter Lauf mit einem Computer genau auf dieselbe
Stelle ausgerichtet werden kann, auf die auch der erste
Lauf feuert. Und das außerdem noch bei jeder beliebigen
Entfernung. Aber jetzt noch einmal zu unserem lieben
Herrn Kommissar ‚Ich mache was ich will' Riemer. Wie
bereits erwähnt, haben Sie gegen meine Anweisung ver-
stoßen. Im Gegensatz zu mir, ist der Innenminister aber
der Meinung, dass Sie eine gute Spürnase haben. Auf
dessen Weisung hin ordne ich hiermit an, dass Sie Ihr
steinaltes Klapphandy abgeben müssen. Sie bekommen
als Belobigung für äußerst gute Fallaufklärung eines unserer modernen Smartphons. Natürlich mit der Auflage
meinerseits, dass Sie schnellstens lernen, mit so einem
Gerät umzugehen!" Kommissar Riemer fasste sich ent-
setzt an den Kopf: „Scheiß Technik! Jetzt haben Sie mich
doch endlich dran gekriegt!"

Ei mit Curry

Die Dämmerung legte sich langsam über die Stadt. Kommissar Riemer stand wie eine dicke Salzsäule in seiner schummrigen Küche, in der linken Hand eine Bratpfanne haltend. Je schneller die Gedanken in seinem Kopf kreisten, desto unbeweglicher wurde er. Irgendetwas musste er bei dem aktuellen Fall übersehen haben. Es gab kein perfektes Verbrechen, und es wird auch in Zukunft keins geben. Als er fast nichts mehr erkennen konnte, schreckte der Kommissar aus seinen Gedanken hoch. Er stellte die Pfanne auf den Herd, knipste das Licht an und holte Margarine sowie Eier aus dem Kühlschrank. Als das Bratfett geschmolzen war, schlug er drei Eier in die Pfanne und griff in das Küchenregal nach Salz und Pfeffer. Nun war Riemer kein Gourmet oder Sternekoch. Er besaß zum Beispiel keine Pfeffermühle. All seine Gewürze befanden sich in kleinen, runden Plastikdosen, die sich untereinander ziemlich stark ähnelten. Und wenn man tief in Gedanken versunken ist, kann es schon mal passieren, dass man feststellen muss, Rührei mit Curry statt Pfeffer schmeckt etwas gewöhnungsbedürftig. Dafür war aber der Wein wie immer sehr gut. Nach dem Essen nahm sich der Kommissar noch einmal die Akte ‚Restaurant' vor.

Genau zu dem Zeitpunkt, zu dem Riemer am Morgen die Tür der Dienststelle öffnete, kam ihm Kommissar Hausknecht entgegen. Da dieser auch ein wenig korpulent war, verkeilten sich die beiden in der Tür, und Riemer fiel die Aktentasche aus der Hand. Früher hätte er darüber gelacht. Im Moment war er viel zu sehr in Gedanken versunken. Er drückte Hausknecht zur Seite und ging weiter, ohne sich noch einmal umzudrehen. Hauptkommissar Hohlbach fing ihn auf dem Flur ab: „Kommen Sie mal mit in mein Büro!" Riemer nahm vor dem Schreibtisch Platz während sein Chef unruhig auf und ab lief: „Wie geht es Mehlmann? Ich habe gehört, dass er wieder hier ist. Glauben Sie, er würde erneut in unserer Dienststelle arbeiten?" Kommissar Riemer hatte alles erwartet, aber nicht die Frage nach seinem Schwiegersohn: „Es geht ihm wieder ziemlich gut. Aber nach seiner vollständigen Genesung geht er zurück nach Hamburg. Außerdem ist er nicht mehr bei der Kriminalpolizei, sondern hat zum Personenschutz gewechselt. Warum fragen Sie?" Hohlbach setzte sich: „Bärschneider geht nächste Woche in Rente. Da fehlt uns eine Stelle. Und wenn Mehlmann nicht mehr zu uns kommt, schickt mir das Innenministerium Kommissar Wiegand hierher". Riemer lehnte sich zurück: „Und was wäre falsch daran?" Hohlbach winkte genervt ab: „Kommissar Wiegand heißt mit Vornamen Frauke, ist dreißig Jahre alt, hübsch, schwarzhaarig und zudem unverheiratet. Wenn diese Frau hierherkommt, dann geht doch unser alter Schürzenjäger Straubinger steil. Und wie ich die Kollegen kenne, nicht nur der. Das gibt garantiert Ärger und Unruhe in der Dienststelle. Und wenn die Dame eventuell doch einmal schwanger wird? Dann fehlt mir wieder eine Stelle, die ich aber freihalten muss, bis die frischgebackene Mama aus dem Mutterurlaub zurückkommt. Ich könnte im Strahl kotzen!" Riemer musste lachen: „Warten Sie es doch erst mal ab. Nichts wird so heiß gegessen, wie es gekocht wird. Sonst noch was?" Hohlbach nickte: „Ich kann die Akte ‚Restaurant' nicht finden. Der Innenminister erwartet meinen Bericht". Riemer öffnete seine Aktentasche: „Hier. Die habe ich mit nach Hause genommen. Ich wollte sie noch einmal gründlich durchsehen". Hohlbach wurde wütend: „Sie wissen doch ganz genau, dass unsere Akten nicht das Haus verlassen dürfen. Was, wenn sie Dritten in die Hände fallen würden? Riemer, Sie stehen wieder einmal kurz vor einer Abmahnung". Der Kommissar konterte bissig: „Und wenn Sie sich endlich mal darum kümmern würden, dass unsere Akten digitalisiert werden, dann bräuchte ich kein Papier durch die Gegend zu schleppen!" Sein Chef lief dunkelrot an: „Her mit der Akte und raus mit Ihnen!" Auf dem Flur begegnete Riemer seinem Freund Schimmler. Als dieser Riemers Gesicht sah, fragte er lächelnd: „Na, wie ist die Wetterlage?" Riemer antwortete lapidar: „Wolkig mit Aussicht auf Arschtritte".

Hauptkommissar Hohlbach zog seinen Bauch ein und streckte die Brust heraus, als wäre er beim Militär: „So Leute, wie ihr wisst, geht der Kollege Bärschneider nächste Woche in den Ruhestand. Da er noch ein paar Tage Urlaub hat, sehen wir ihn wahrscheinlich heute oder morgen das letzte Mal. Als seine Nachfolgerin darf ich euch mit Frau Kommissarin Frauke Wiegand bekannt machen, die uns freundlicherweise vom Innenminister zur Verfügung gestellt wurde. Sie bezieht Bärschneiders

Zimmer, und der Kollege Bärschneider wird sie auch noch einweisen. Ich denke, wir alle werden zu ihr das gleiche freundschaftliche Verhältnis aufbauen, wie wir es zu Kollegen Bärschneider hatten … äh … haben. Und jetzt wieder an die Arbeit! Los geht's!" Kaum hatte Riemer die Tür zu seinem Dienstzimmer hinter sich geschlossen, da klopfte es. Mit einem Blick über die Schulter rief er: „Herein, wenn's kein Kommissar ist!" Frauke Wiegand trat ein, in der Hand die Akte ‚Restaurant': „Es ist kein Kommissar, sondern eine Kommissarin. Der Chef hat mich Ihnen zugeteilt, weil dieser Fall hier angeblich etwas verzwickt sein soll. Er meinte, vier Augen sähen besser als zwei. Können Sie mich mit den Fakten vertraut machen? Da brauche ich nicht den ganzen Akt durchzuackern". Riemer zeigte auf den Besucherstuhl: „Nehmen Sie doch bitte Platz! Also, es geht um das Restaurant ‚Zur Sonne'. Die Köchin, Luisa Esposito, bereitete nach dem Schließen des Lokals stets noch den nächsten Tag vor. Fleisch anbraten, Küchengeräte putzen und Ähnliches. Bei dieser Arbeit wurde sie zwischen Mitternacht und ein Uhr morgens mit einem stumpfen Gegenstand erschlagen. Wir fanden keine Einbruchsspuren, keinerlei Spuren am direkten Tatort, keine Mordwaffe und kein Motiv. Die Frau war zweiunddreißig Jahre alt, Italienerin, alleinstehend, hatte keine Verwandte in Deutschland oder Italien, keinen Freund, keine Kinder, aber sie hatte sich irgendwann mal einen Michelin-Stern erkocht, wollte ihn jedoch wieder zurückgeben. Angeblich, weil es zu viel Stress bedeutete, die Qualität zu halten. Sie galt als freundlich und hilfsbereit, und hatte nach Aussagen der Kollegen und Nachbarn keine Probleme und auch keine Feinde. Sie nahm keine Drogen, wurde bisher noch nie betrunken gesehen und spielsüchtig war sie auch nicht. Das ist alles. Aber ich kann mich des Gefühls nicht erwehren, dass ich etwas übersehen habe. Das Ganze ist aus der Sicht des Mörders einfach viel zu perfekt gelaufen, und ein perfektes Verbrechen gibt es nicht!" Die Kommissarin stand auf: „Was halten Sie davon, dass wir beiden Hübschen noch einmal gründlich den Tatort besichtigen?" Riemer nickte: „Ich rufe nur noch schnell den Besitzer an, damit er uns aufschließt".

In der Restaurantküche war alles noch so wie am Tag des Verbrechens. Während sich Riemer und Wiegand umschauten, jammerte der Wirt ihnen pausenlos die Ohren voll, dass er so schnell keine neue Köchin bekommen würde. Jedenfalls keine so gute. Deshalb wisse er auch nicht, wann er das Lokal wieder aufmachen könne. Er rechne mit mehreren zehntausend Euro Verlust. Kommissar Riemer bat ihn höflich, draußen zu warten. Frauke Wiegand blickte ihn dafür dankbar an. Nachdem die Kommissarin alle Schränke und Schubladen durchwühlt hatte, hielt sie inne und fragte: „Herr Kollege, kochen Sie gelegentlich?" Riemer schmunzelte: „Am besten Rührei mit Curry". Auf den ungläubigen Blick von Frau Wiegand hin, sagte er: „Kleiner Scherz. Ich habe mal aus

Versehen die Gewürzdosen verwechselt, bin halt kein professioneller Koch". Die Kommissarin lächelte: „Ich will ja als Neuling nicht die Besserwisserin heraushängen lassen, aber ist Ihnen aufgefallen, dass in der ganzen Küche keine Pfeffermühle zu finden ist? Eine elegante, sündhaft teure, schwarze Salzmühle steht dort drüben, aber eine Pfeffermühle? Fehlanzeige! Ich denke, wir zwei kennen jetzt die Mordwaffe!"

Frau Dr. Mertens, forensische Pathologin und ein Strich in der Landschaft, nickte Kommissarin Wiegand zu: „Das ist sehr wahrscheinlich. Wenn Sie sich auf der Röntgenaufnahme das Schädeltrauma genau ansehen, dann stellen Sie fest, dass eine Pfeffermühle, so eine für Angeber, ziemlich genau hineinpassen würde". Kommissar Riemer war verblüfft: „Komisch, wenn ich etwas gefragt habe, dann haben Sie niemals spekuliert. Jetzt kommt eine Frau und …" Die Pathologin schnitt ihm das Wort ab: „Kommt immer darauf an, wie man fragt". Riemer drehte sich um und murmelte ganz leise: „Weiber!"

Die Kommissarin hatte es sich vor Riemers Schreibtisch bequem gemacht, während der Kommissar selbst irgendwie verklemmt auf seinem Stuhl hockte. Im Schoß der Frau lag ein Tablet, auf welchem sie gelegentlich herumtippte: „Kennen Sie François Wiegand?" Riemer zog die Augenbrauen zusammen: „Ist das Ihr Gatte oder Ihr Ex?" Die Kommissarin lächelte nachsichtig: „Weder noch. Nur eine Namensgleichheit. Dieser Wiegand war der Ausbilder von Luisa Esposito. Ich habe mich in seinem

Umfeld umgehört. Er hat vor einiger Zeit lauthals getönt, dass Luisa seine Rezepte gestohlen hat, und nur deshalb den Michelin-Stern bekommen konnte. Ich bin zwar keine Zahnärztin, aber dem Kerl würde ich doch ganz gern mal auf den Zahn fühlen".

Der Mann im Verhörraum weinte wie ein kleines Kind: „Die Rezepte habe ich mir ganz allein ausgedacht. Nächtelang. Und dieses hinterhältige Weib hat sie einfach gestohlen. Dabei habe ich ihr vertraut. Das Miststück hat mich während ihrer Ausbildung umgarnt. Wir waren kurze Zeit zusammen. Nach ihrem Abschluss hat sie mich verlassen. Erst als ich gelesen habe, mit welchem Gericht sie ihren Stern erkocht hat, ist mir klar geworden, dass sie eine Diebin war. Ich habe eine Weile gebraucht, aber dann habe ich sie aufgespürt. Nachdem ich sie zur Rede gestellt hatte, hat sie nur gelacht und gesagt, dass ein Mann mit so einem kleinen Pimmel gar keine Rezepte erfinden kann. Da habe ich durchgedreht". Kommissarin Wiegand zog die Augenbrauen hoch: „Aber weshalb haben Sie die Pfeffermühle behalten?" Und Riemer ergänzte: „Hätten Sie das Ding entsorgt, dann hätten wir auch nicht das Blut darauf analysieren können, und Sie wären aus dem Schneider gewesen". Der Mann blickte ungläubig auf die beiden Kriminalbeamten: „Das war eine Peugeot Pfeffermühle, Typ Madras. Aus Edelstahl mit geschwärztem Buchenholz und auch noch mit justierbarem Mahlgrad. So etwas Feines wirft kein richtiger Koch weg. Das macht doch höchstens so ein Trottel, der seine Gewürze in kleinen Plastikdosen aufbewahrt".

Max und Grit

Die Situation: Max kramt nervös im Arbeitszimmer herum. Das Zimmer war eigentlich als Kinderzimmer geplant gewesen, aber es gibt noch keine Kinder in ihrer Beziehung. Grit sitzt indessen im Wohnzimmer, lackiert sich die Fingernägel und möchte sich gern mit ihrem Göttergatten unterhalten. Die beiden wohnen seit ihrer Hochzeit in einer Plattenbausiedlung. Sie sind genau sieben Jahre verheiratet.

Grit: „Schatz, die Frau Müller aus dem dritten Stock hat schon wieder ein neues Sommerkleid".

Max: „…"

Grit: „Max, hörst du mich?"

Max: „Ja, Liebling".

Grit: „Die Frau Müller aus dem dritten Stock hat schon wieder ein neues Kleid".

Max: „…"

Grit: „Sag mal, warum antwortest du mir nicht?"

Max: „Ganz einfach, weil du mich nichts gefragt hast. Man antwortet doch auf Fragen und nicht auf Tatsachenberichte".

Grit: „Aber du könntest doch aus Höflichkeit wenigstens sagen, dass du mich gehört hast! Oder?"

Max: „Das könnte ich".

Grit: „Gut, wir hatten einen schlechten Start. Also nochmal von vorn. Die Frau Müller aus dem dritten Stock hat von ihrem Mann schon wieder ein neues Kleid geschenkt bekommen".

Max: „Ich habe dich gehört".

Grit: „Was soll das denn nun wieder bedeuten?"

Max: „Das bedeutet, dass ich dich gehört habe. Du wolltest doch, dass ich das sage".

Grit: „Wenn du nur sonst immer alles machen würdest, was ich will".

Max: „Dann wäre ich ein Pantoffelheld".

Grit: „Komisch, ich habe dir eben gar keine Frage gestellt, und du antwortest trotzdem".

Max: „Euch Weibern kann man es wirklich nie recht machen. Sage ich nichts, ist es falsch, sage ich etwas, ist es auch falsch".

Grit: „Lenk doch nicht ab. Was sagst du zu dem Kleid von der Müllern?"

Max: „Zu dem Kleid sage ich gar nichts, es kann mir sowieso nicht antworten".

Grit: „Du blöder Krümelkacker! Ich will doch nur wissen, ob du mir auch so ein schönes Kleid schenken würdest".

Max: „Möglicherweise, falls ich endlich meine Brieftasche finde. Die suche ich nämlich schon seit Stunden. Gestern habe ich das Ding hier auf den Tisch gelegt, aber jetzt ist es weg".

Grit: „Typisch Mann. Immer alles herumliegen lassen. Deine Socken könntest du auch mal selbst wegräumen, damit ich nicht immer hinter dir herräumen muss".

Max: „Mit den Socken kann ich dir kein neues Kleid kaufen. Ich suche meine Brieftasche".

Grit: „Die habe ich gestern Abend noch weggeräumt".

Max: „Sag das doch gleich! Und wohin hast du sie gekramt?"

Grit: „Das weiß ich doch nicht. Wegen dir muss ich ja dauernd etwas wegräumen. Da kann ich mir nicht jedes Ding merken. Vielleicht solltest du selbst einmal nach deiner blöden Brieftasche suchen!"

Max: „Willst du mich verarschen? Was denkst du, was ich hier seit Stunden mache?"

Grit: „Dann halt endlich die Klappe und suche. Du weißt doch ganz genau, dass Männer nicht zwei Dinge gleichzeitig tun können. Warum quatscht du mich eigentlich immer so voll?"

Max: „Du hast doch angefangen".

Grit: „Wir sind hier nicht im Kindergarten. Ganz egal wer angefangen hat, es steht doch fest, dass ihr Männer unmöglich seid. Immer schiebt ihr die Schuld auf andere".

Max: „…"

Grit: „Warum antwortest du nicht?"

Max: „Weil du keine Frage gestellt hast. Man antwortet nur auf Fragen".

Grit: „Hätte ich bloß den Jürgen geheiratet. Der fährt schon lange einen Porsche Boxster und seine Frau fährt einen Audi Q2".

Max: „Denkste! Der fährt jetzt einen Mercedes A-Klasse auf Pump, und den Audi mussten sie letztes Jahr verkaufen".

Grit: „Du bist ein Scheusal. Immer musst du andere Leute schlecht machen. Ich glaube nicht, dass ich weiter mit dir zusammenleben will".

Zum Erstaunen des Richters gaben beide übereinstimmend an, dass der Grund für ihr Scheidungsbegehren das Kleid von Frau Müller aus dem dritten Stock sei.

Psychotherapie

Seit zwei Wochen keinen neuen Fall. Mein kleines, rotes Auto ist innen und außen blitzeblank, alle Hemden sind gebügelt und die Steuererklärung ist auch schon fertig. Für Computerspiele habe ich nicht allzu viel übrig, also was tun? Am besten etwas, das Geld einbringt. Die Miete für mein Büro läuft schließlich weiter, und essen möchte ich, wenn es halt irgendwie geht, auch jeden Tag. Vom Bourbon will ich hier mal erst gar nicht reden. Oder ich nehme das angesparte Urlaubsgeld, und fahre endlich in die wohlverdienten Ferien.

Die massive Eichentür mit der altertümlichen Messingklinke war von innen mit braunem, abgestepptem Kunstleder gegen Geräusche gesichert. Außen zierte sie ein laminiertes A4-Blatt in Querformat mit der Aufschrift: ‚Heinz Warmhaus – Dipl. Psychotherapeut'. Im Zimmer lag ein Mann etwas verkrampft auf der Couch, die Hände über dem Bauch gefaltet: „Also, Herr Doktor, mein Problem sind die Frauen". Der Psychotherapeut wehrte ab: „Moment, Herr Weniger! Erstens habe ich keinen Doktortitel und zweitens brauchen Sie nicht dort zu liegen. Mir wäre es sowieso lieber, wir säßen uns gegenüber und würden einfach nur reden". Gerhard Weniger antwortete mit einem gewissen Trotz in der Stimme: „Ich möchte aber hier liegen. Übrigens, eine Frage habe ich noch. Alles, was ich hier erzähle unterliegt doch der Schweigepflicht, oder irre ich mich da?" „Das ist richtig", sagte der Therapeut, „Sie haben vorhin Ihr Problem schon angedeutet. Was genau also treibt Sie um?" Der Patient schloss die Augen: „Frauen. Es sind die Frauen. Ich mache mir einfach viel zu viel Gedanken über Frauen. Wissen Sie, es gibt für mich sogenannte Lächel-Frauen. Die sehen aus wie ein Schluck Wasser in der Kurve. Aber wenn sie lächeln, dann haut es dich um. Oder nehmen Sie die Vergleichsfrauen. Da denkt man, dass so eine Frau hübsch ist, wenn man sie aber neben einer anderen sieht, stellt man fest, die andere ist viel hübscher. So etwas gehört doch verboten. Übrigens achte ich auf bestimmte Merkmale, die ich an einer Frau unwahrscheinlich süß finde. Tief liegende Augen, gerade Nase, angewachsene Ohrläppchen, Querfalten am Hals, stark texturierte Lippen mit exakt definiertem Rand, gerade Schultern und, das hört sich etwas blöd an, wenn der Ringfinger der Frau etwas zum Mittelfinger hin gekrümmt ist. Das finde ich am weiblichsten". Der Therapeut zuckte nur mit den Schultern: „Das ist doch aber kein Problem. Es handelt sich dabei lediglich um Ihren individuellen Geschmack und um keinerlei Krankheitsbild". Gerhard Weniger setzte sich ruckartig auf und seine Augen wurden zu Schlitzen: „Aber wenn Frauen keines dieser Merkmale haben, dann hasse ich diese Weiber. Dann will ich sie einfach nur umbringen. Erwürgen oder abstechen". Heinz Warmhaus war ein bisschen erschrocken, obwohl er schon viel in seinem Berufsleben gehört hatte: „Wissen Sie was, ich überweise Sie zu einem bekannten Psychiater. Der wird Ihnen ein entsprechendes Medikament verschreiben. Ich darf das nicht, weil ich keine ärztliche Zulassung habe". Ohne das vom Therapeuten Gesagte zu beachten flüsterte der Patient mit abgewandtem Kopf: „Besonders diese Hannelore Uhlmann, diese Schlampe bei mir im Erdgeschoss, die nehme ich mir als erste vor. Spätestens in den nächsten drei Tagen hab ich das Weib abgestochen".

Ich kam mit dem Koffer und der Reisetasche nicht so richtig klar. Wenn ich zuerst den Koffer packte, dann blieb kaum etwas für die Tasche zurück. Verstaute ich aber zuerst einen Teil meiner Sachen in der Tasche, dann war so viel übrig, dass es nicht mehr in den Koffer passte. Das soll verstehen wer will. Irgendwie erinnerte mich das Ganze an bestimmte Mathematik-Aufgaben aus meiner Schulzeit. Da ich aber in Mathe nicht unbedingt der größte Streber war, beschloss ich, am nächsten Tag eine zweite Reisetasche sowie einen zweiten Koffer zu besorgen. Dann hätte ich viel mehr Variationsmöglich-keiten, wie ich mein Zeug verpacken konnte. Also ver-schob ich gut gelaunt meinen Urlaub um einen Tag. Mor-gen früh würde ich noch einmal ins Büro gehen, und am Abend bei Hartmut Koffer und Reisetasche ausleihen. Hartmut ist zwar nicht unbedingt mein Freund, aber er ist die Ursache, dass ich mich damals von Monika scheiden ließ. Diesen Umstand reibe ich ihm immer wieder unter die Nase. Dann bekommt er stets ein schlechtes Gewis-sen und hilft mir in den verschiedensten Lebenslagen. Und da mein guter Hartmut viele wichtige Beziehungen hat, konnte er mir auch schon oft helfen. Leider immer gegen Geld. Gegen viel Geld.

Gerade hatte ich mir einen Schluck Bourbon ins Glas ge-gossen, als ein Verrückter an meiner Bürotür rüttelte. Da es aber noch nicht zehn Uhr war, hatte ich keine gestei-gerte Lust, die Tür aufzuschließen. Aber dieser komische Mensch gab nicht auf. Missmutig drehte ich den Schlüs-sel um, und der Kerl raste förmlich ins Zimmer, als hätte er dafür hundert Meter Anlauf genommen: „Sie müssen mir helfen! Mir fällt sonst kein anderer Ausweg ein". Ich drückte den Überdrehten auf den Besucherstuhl und wollte ihm erst einmal den Wind aus den Segeln nehmen: „Guten Tag, ich heiße Levin Baer. Und wer sind Sie?" Er holte tief Luft: „Das kann ich Ihnen nicht sagen. Aber es geht darum, einen Mord zu verhindern". Ich zog die Stirn in Falten und setzte mich ebenfalls: „Für Mord ist die Polizei zuständig. Da sind Sie bei mir an der falschen Adresse". Er konterte aufgeregt: „Hören Sie! Ich habe die ganze Nacht nicht geschlafen und überlegt, wie ich das Problem lösen kann. Sie sind als Privatdetektiv an die Schweigepflicht gebunden. Und damit Sie nicht etwa in Schwierigkeiten kommen können, werde ich Ihnen meinen Namen nicht nennen. Nur so viel, ich weiß, dass ein Mensch innerhalb der nächsten drei Tage aufgrund psychischer Störung einen Mord begehen will. Ich selbst bin aber an die Schweigepflicht gebunden. Also werde ich Ihnen anonym ein Honorar für fünf Tage bezahlen. Dafür beobachten Sie bitte unauffällig einen gewissen Gerhard Weniger. Falls Ihnen eine Situation gefährlich vorkommt, greifen Sie ein. Die Adresse des Mannes schicke ich Ihnen per Brief zu, damit Sie immer sagen können, Sie wüssten nicht, von wem der Auftrag stammt. Einverstanden?" Für einen kurzen Moment wusste ich nicht, wie ich darauf reagieren sollte. Dann gab ich mit verkniffenem Gesicht zu bedenken: „Ich kann einen Menschen nicht lückenlos überwachen, schon gar nicht unauffällig. Und ein Mord ist meist Sekundensache. Das ist Ihnen schon klar, oder?" Er nickte: „Aber wir hätten es dann wenigstens versucht. Vielleicht haben wir ja auch Glück". Ich stand auf: „Von ‚wir' möchte ich hier noch gar nicht reden. Ich überlege es mir bis heute Abend. Sobald ich die Adresse und das Honorar in der Hand halte, werde ich Ihnen meine Entscheidung zukommen lassen, wenn Sie mir sagen, wie das gehen könnte. Vielleicht verraten Sie mir ja Ihre Telefonnummer!" Er schüttelte energisch den Kopf: „Nein, auf keinen Fall. Ihr Honorar kommt mit dem Brief, in dem die Adresse steht. Ich habe mich erkundigt und weiß, dass Sie sehr teuer sind. Und jetzt werde ich gehen". Bevor ich noch etwas erwidern konnte, war er aus der Tür. Dann fiel durch den Briefschlitz ein verhältnismäßig dicker Umschlag. Dieser enthielt neben zwei hübschen Fünfhundertern eine Anschrift, die am anderen Ende der Stadt lag. Also schloss ich mein Büro ab, begab mich zu meinem kleinen, roten Flitzer und rollte zu der bewussten Adresse. Dummerweise schien ich bereits zu spät zu kommen. Schon von Weitem sah ich verschiedene Blaulichter blinken. Vor dem Haus selbst standen kreuz und quer mehrere Streifenwagen, und zeitgleich mit mir quetschte sich ein Leichenwagen durch die enge Straße. Neben meinem Auto schoben zwei Uniformierte einen Mann in Handschellen vor sich her. Ich beugte mich aus dem Fenster: „Sind Sie Herr Gerhard Weniger?" Er nickte. Einer der Beamten fragte energisch: „Was geht Sie das an?" Und der andere ergänzte: „Machen Sie, dass Sie wegkommen! Hier findet eine polizeiliche Maßnahme statt". Ich hatte genug gesehen und gehört und lenkte mein Auto wieder zurück zum Büro. Dort erwarteten mich zwei Dinge gleichzeitig. Ein Glas Bourbon und ein schlechtes Gewissen. Ich hatte bisher nichts in dem Fall unternommen, aber trotzdem einen Briefumschlag mit ziemlich viel Geld in meinem Tresor. Und ich wusste nicht, wem ich es zurückgeben konnte. Ach was solls, jetzt wartete erst einmal der Urlaub auf meine Person.

Am Abend lauerte Hartmut bereits auf mich: „Hier, ein großer und ein kleiner Koffer. Außerdem eine Reisetasche. Such dir aus, was du brauchst!" Ich entschied mich für die Tasche und den großen Koffer: „Beinahe wäre ich gar nicht gefahren. Ich sollte einen Fall übernehmen, aber der Sensenmann hat ihn leider für mich erledigt". Hartmut stutzte: „Hast du was mit dem Fall Weniger zu tun? Ich war heute zufällig bei einem Freund auf dem Revier. Da hab ich das Ganze nebenbei mitbekommen. Als man die Nachbarn der Toten unter die Lupe genommen hat, fand man im Briefkasten von diesem Weniger die Visitenkarte eines Seelenklempners. Und als dieser erfuhr, dass die Uhlmann erstochen wurde, pfiff er auf seine Schweigepflicht und hat der Polizei brühwarm erzählt, dass Gerhard Weniger die Frau umbringen wollte. Außerdem hat er noch gesagt, dass er so einen Trottel beauftragt hat, auf den Kerl aufzupassen. Ich lach mich kaputt! Der Trottel warst du". Etwas ärgerlich, genauer gesagt stink wütend, ließ ich die Wohnung von Hartmut hinter mir, um auf dem gesamten Weg nach Hause vor mich hin zu schimpfen.

Nach dem Frühstück am anderen Morgen setzte ich mich in Richtung Ostsee in Bewegung, ohne wie jeden Tag nachzuschauen, ob ich vielleicht beim Essen gekleckert hatte. Seltsamerweise fand mein gesamtes Gepäck in den zwei kleinen Reisetaschen Platz, was meine Laune beträchtlich nach oben katapultierte. Kurz vor der Einfahrt auf die Autobahn schoss mir plötzlich ein Gedanke durch den Kopf, der eine sofortige Notbremsung nach sich zog. Der Typ im Wagen hinter mir war sehr kreativ, was die Auswahl von Beleidigungen betraf. Dabei war an seiner Stoßstange nicht das Geringste zu sehen. Beim Wenden machte ich mir noch zwei weitere Hup-Freunde. Im Büro, mit einem Gläschen Bourbon, dachte ich intensiv über meinen Gedankenblitz nach. Was hat eine Visitenkarte in einem Briefkasten zu suchen? Kein Mensch wirft so ein Ding in seinen eigenen Kasten. Wollte dieser seltsame Psycho-Fuzzi dem Gerhard Weniger eventuell etwas anhängen? Mir wurde klar, dass ich meinen Urlaub erstmal mit Ruß in den Kamin schreiben konnte, und dass ich mich unbedingt selbst am Tatort umsehen musste.

Es gibt für einen Privatdetektiv nichts Besseres, als einen Frisörsalon mit gesprächigen Mitarbeitern. Glücklicherweise fand sich ein solcher Laden fünfzig Meter neben dem Haus der Toten. Ich ging davon aus, dass die Dame zu Lebzeiten nicht unbedingt immer weit wegfahren wollte, um sich ihre Frisur zementieren zu lassen. Also beschloss ich, dass mein Kopf nötig einen Haarschnitt bräuchte. Ich war der einzige Kunde, und so kam ich mit der Friseuse ganz gut ins Gespräch. Keine zwei Minuten und die Dame plauderte munter drauflos. Und natürlich auch von dem Mord in der Straße. So erfuhr ich nebenbei, dass die Ermordete angeblich mannstoll war und auch sonst psychische Probleme hatte. Als nämlich ein neuer Nachbar in das Haus eingezogen war, behauptete sie bis zur völligen Raserei, dieser Mann sei ihr leiblicher Bruder. Der Mann musste bei Gericht eine Verfügung erwirken, welche die Verrückte bis auf einhundert Meter von ihm fernhielt. Das war schon ein wenig bizarr. Leider musste ich nach meiner Coiffeur-Folter feststellen, dass man mit einer Kurzhaarfrisur auch nicht besser denken kann.

Es wurde Zeit, dass meine halblegale Knopflochkamera zum Einsatz kam. Am Eingang der JVA musste ich mein Handy und meine Waffe abgeben. Nach dem ausgiebigen Studium meines Waffenscheins tastete mich der Beamte gründlich ab. Dann saß ich Herrn Weniger gegenüber. Er blickte mir verzweifelt in die Augen: „Ich wars nicht. Ich würde nie jemanden umbringen. Auch nicht diese Verrückte. Die hielt mich für ihren Bruder und fragte immer, wieso ich meine Wohnung in Forchfelden aufgegeben hätte und hierher gezogen sei. Ob ich sie vielleicht umbringen wolle. Dann hat sie auch allen Nachbarn erzählt, ich würde sie eines Tages töten, um ihr Geld zu erben. Ich musste sie mir gerichtlich vom Hals halten. Und ich kenne diesen verdammten Therapeuten nicht, der mich durch seine Aussage reingeritten hat. Auch das Messer in meinem Auto ist mir völlig unbekannt". Er begann unterdrückt zu weinen, und ich verzog mich, so schnell ich konnte.

Die süße, kleine Kamera lieferte mir ein gestochen scharfes Bild des Gesichts von Weniger. Meine Überlegung bestand darin, dass eine sogenannte Mannstolle höchstwahrscheinlich nicht verheiratet gewesen war. Logischerweise hatte deren Bruder bestimmt den gleichen Nachnamen, also Uhlmann. Der Verhaftete hieß aber Weniger. Entweder war der ein guter Schauspieler und besaß falsche Papiere, oder es gab tatsächlich noch einen

Bruder in Forchfelden, der das gleiche Gesicht spazieren trug. Mit dem Foto von Gerhard Wenigers Antlitz in der Tasche, machte ich mich auf den Weg.

Die Kleinstadt besaß wunderschön restaurierte Bürgerhäuser und ein riesiges Rathaus mit Fachwerk. Ich begann meine Ermittlungen am Marktplatz und den umliegenden Geschäften. Weder bei dem Foto noch bei dem Namen Uhlmann erzielte ich einen nennenswerten Treffer. Dann setzte ich meine Bemühungen in der Fußgängerzone fort. Stundenlang nichts. Irgendwann hing mir dann die Zunge aus dem Hals. Ich musste unbedingt etwas tanken, am besten ein sogenanntes koffeinhaltiges Heißgetränk. In einem kleinen Straßencafé ließ ich mir die größte Tasse bringen, die möglich war. Unvermutet meldete sich mein Handy. Als ich den klingelnden Störenfried aus der Tasche zog, fiel das Foto zu Boden. Ich bemerkte es nicht gleich, da ich wortreich meinen Versicherungsvertreter abwimmeln musste. Ich war sowieso schon überversichert. Eine hilfsbereite Kellnerin hob das Bild auf, stutzte dann, und fragte mich misstrauisch: „Wollen Sie etwas von Rudi?" Ich wurde hellhörig: „Falls Sie Rudi Uhlmann meinen, den suche ich. Kennen Sie ihn?" Sie gab mir das Foto zurück, zögerte kurz und sagte: „Der beliefert uns gerade. Hinten im Hof". Ich warf einen Geldschein auf den Tisch, im Wissen, dass ich damit wahrscheinlich das höchste Trinkgeld gegeben hatte, das hier je gezahlt worden war. Dann rannte ich um das Haus und kam gerade noch zur rechten Zeit. Rudi hatte Milchkartons ausgeladen und schloss soeben die rückwärtigen Türen seines Transporters. Ich zog meine Handschellen aus der Tasche und überrumpelte den Nichtsahnenden: „Ich nehme Sie hiermit als Zivilperson vorläufig fest, gemäß Paragraf 127 Absatz Eins der Strafprozessordnung!" Er versuchte sich zur Wehr zu setzen, aber ein freundlicher Klaps auf den Kopf stimmte ihn um. Fast nur gestreichelt. Die leichte Gehirnerschütterung musste er schon vorher gehabt haben. Dann rief ich beschwingt die Polizei an.

An der Visitenkarte aus dem Briefkasten fand man die Fingerabdrücke von Rudi Uhlmann. Der hatte sich beim Therapeuten als Gerhard Weniger ausgegeben, um diesen ins Visier der Polizei zu rücken. Es stellte sich nämlich heraus, dass er hohe Schulden hatte, und seine Schwester eigentlich besuchen wollte, um von ihr Geld zu erbetteln. Da entdeckte er seinen Doppelgänger und schmiedete den fiesen Plan, seine Schwester zu ermorden, um sie zu beerben.

Ich ahnte ja inzwischen, dass der Anonymus, der mir damals den Auftrag zur Überwachung von Herrn Weniger erteilt hatte, der Psychotherapeut gewesen sein musste. Das Geld in seinem Briefumschlag sollte mein Honorar für fünf Tage abdecken, ich hatte aber zur Aufklärung des Falles nur drei Tage gebraucht. Normalerweise hätte ich ihm wohl vierhundert Euro zurückgeben müssen, aber so rein offiziell sollte und konnte ich ja die Identität des Kerls auf keinen Fall kennen. Somit waren in meiner

Urlaubskasse ein paar Scheine mehr als gedacht. Ostsee, ich komme!

Die Hellseherin

Das Licht in dem kleinen Raum war gedimmt. Eine Batterie von zwanzig Duftkerzen trugen zu einem, nicht für jedermann angenehmen, süßlich herben Geruch bei. Moritz nestelte Notizbuch und Kugelschreiber aus der Innentasche seines Blousons: „Gestatten Sie mir bitte, dass ich mich vorstelle! Mein Name ist Moritz Maria Moser, und Sie sind also eine Hellseherin?" Die junge Frau hinter der großen Kristallkugel lächelte ein wenig: „Mein Name ist Madam Uralia, und Sie sind also ein Skeptiker?" Sie legte achtsam beide Handflächen an die Seiten ihrer Kugel: „Dann schauen wir doch mal! Also, Sie sind Journalist. Nicht bei einer großen Zeitung, sondern bei einem Lokalblatt, das auf die Werbeanzeigen der umliegenden Industrie angewiesen ist. Sie sind in Österreich geboren worden, leben aber in Deutschland. Ihre Eltern waren Intellektuelle und zu Hause ging es förmlich und steif zu. Sie sind unverheiratet. Allerdings hatten Sie vor Kurzem vor, den Bund der Ehe einzugehen, aber ihre Auserwählte wollte oder konnte plötzlich nicht mehr heiraten. Und Sie haben noch nie Militärdienst abgeleistet. Liege ich richtig?" Moritz kritzelte etwas in sein Notizbuch: „Ja, schon. Allerdings hatten Sie seit meinem Anruf ungefähr eine halbe Stunde Zeit, sich über mich und meine Familienverhältnisse zu informieren". Madam

Uralia lachte: „Erstens wäre eine halbe Stunde dafür etwas sehr knapp gewesen, und zweitens habe ich das gar nicht nötig". Der Journalist steckte das Notizbuch wieder ein: „Wollen Sie behaupten, dass Sie tatsächlich alles aus der Kristallkugel gelesen haben?" Uralia schüttelte kaum merklich mit ihrem Kopf: „Diesen Bären hätte Ihnen wahrscheinlich meine Mutter aufgebunden. Ich habe zwar den Künstlernamen und das Geschäft übernommen, jedoch nicht das Gebaren meiner Mutter". Moritz blickte die Frau verwirrt an: „Aber woher wussten Sie dann …?" Die junge Frau löste ihre Hände von der Kugel: „Wer zu einer Hellseherin kommt und sich Notizen macht, ist zu neunzig Prozent ein Journalist. Große Zeitungen interessieren sich aber nicht für unbekannte Hellseherinnen, und wenn, dann schreiben ihre Mitarbeiter nicht mehr auf Papier. Also bleibt nur eine Lokalzeitung. Und die sind nun mal durch die Bank auf Werbeeinnahmen angewiesen. Ihr Nachname Moser, sowie ein kaum noch hörbarer Akzent deuten auf einen Österreicher hin, der durch längeren Aufenthalt in Deutschland seine Aussprache verschliffen hat. Ihr zweiter Vorname wird gern von Intellektuellen vergeben, und die Formulierung ‚Gestatten Sie mir bitte, dass ich mich vorstelle' lässt heutzutage entweder auf eine teure Erziehung in einem Nobelinternat oder auf ein ziemlich förmliches Elternhaus oder auf beides schließen. An ihrem linken Ringfinger ist ein heller Streifen zu erkennen. Da in Deutschland ein Verlobungsring immer links getragen wird, waren Sie höchstwahrscheinlich verlobt, und wollten wohl demnach auch heiraten. Weil sich aber kein Ring mehr an Ihren Fingern befindet, ist die Hochzeit höchstwahrscheinlich geplatzt. Laut Statistik geben aber mehrheitlich die Bräute ihrem zukünftigen Ehemann den Laufpass. Und Österreicher, die hier in Deutschland leben, werden nicht zum Militär eingezogen. Zufrieden?" Moritz legte begeistert die rechte Hand auf seine Brust: „Wow! Sie sollten Detektivin werden!" Die junge Hellseherin winkte ab: „Bei denen geht es doch stets nur um die Wahrheitsfindung. Damit verdient man doch kaum Geld. Wenn ich aber den Leuten eine glorreiche Zukunft voraussage, dann sind die mehr als spendabel. Und kommen Sie mir jetzt nicht mit Betrug. Die Ehre meiner Familie gebietet mir, dass hier niemand bezahlen muss. Also verlange ich auch kein Geld. Wenn mir jemand aber welches gibt, lehne ich es nicht ab. Da wäre ich ja auch schön blöd. Und ja, alles wird akribisch dokumentiert, ich gebe Quittungen aus und bezahle darauf Steuern. Sonst noch was?" Moritz Moser räusperte sich umständlich: „Wie wäre es denn, wenn wir zwei demnächst mal zusammen Essen gehen würden?" Die Hellseherin schien unbeeindruckt: „Sehen Sie den großen Kerzenleuchter zu Ihrer Linken? Heben Sie ihn an! Darunter liegt ein Zettel. Wenn Sie den bitte vorlesen würden!" Moritz faltete den Zettel auf und las mit Erstaunen: „Da Sie mich zum Essen eingeladen haben, schlage ich vor, morgen neunzehn Uhr im Restaurant Talblick". Dem Journalisten blieb der Mund offen stehen, während Uralia lachte: „Gut, was? Schließlich bin ich Hellseherin. Ach, und bevor ich es vergesse, mein bürgerlicher Name ist übrigens Marianne Gruber. Also bis morgen!"

Das Restaurant Talblick war ein Ausflugslokal. Richtig große Fenster erlaubten es, die wunderschöne Landschaft auf sich wirken zu lassen. Das meiste Geschäft machte der Wirt nachmittags mit Kaffee und Kuchen. Am Abend war die Gaststube meist nur mäßig besetzt. Moritz und Marianne saßen an einem Zweiertisch. Nachdem der Wein mattrot in den Gläsern leuchtete und die Kellnerin die Essensbestellung notiert hatte, fragte Moritz: „Woher konnten Sie wissen, dass ich Sie zum Essen einladen würde?" Marianne schmunzelte: „Konnte ich gar nicht. Aber andere Männer haben mich auch schon eingeladen. Deshalb bin ich stets vorbereitet. Wäre es beispielsweise eine Einladung zu einer Tasse Kaffee gewesen, dann hätte ich Sie nicht unter dem Kerzenständer, sondern unter Ihrem Stuhl nachschauen lassen. Dort lauerte ein anderer Zettel mit der Aufschrift: ‚Da Sie mich zum Kaffee eingeladen haben' usw. Und falls Sie mir unsympathisch gewesen wären, lag unter dem Aschenbecher ein Zettel mit der Botschaft: ‚Ich gehe prinzipiell nicht mit fremden Männern aus!' Im ganzen Zimmer sind solche Zettel verteilt. Gut, was?" Moritz war zuerst perplex, dann sagte er schelmisch: „Ich verrate Ihnen mal was! Wenn Sie nicht so hübsch wären, dann käme ich mir verschaukelt vor. Aber da sie so eine schöne Frau sind, können Sie das wieder gut machen, indem Sie mit mir Brüderschaft trinken! Damit das aber unmissverständlich klar ist, dazu gehört auch ein entsprechender Kuss!" Sie lächelte: „Das habe ich als Hellseherin vorausgesehen. Gut, was?". So kam es, dass sich die beiden seit diesem Zeitpunkt duzten.

Um 4:20 Uhr am Morgen klingelte das Handy, und auf dem Display war das Wort ‚Uralia' zu erkennen. Verschlafen murmelte Moritz: „Als Hellseherin solltest du wissen, dass ich bis um Sechs schlafen darf. Was ist los?" Mariannes Stimme klang äußerts besorgt: „Hör zu! Du darfst heute auf keinen Fall mit dem Bus zur Arbeit fahren. Hast du verstanden? Nimm auf jeden Fall das Auto und nicht den Bus!" Noch bevor er antworten konnte, hatte Marianne aufgelegt. Erst wollte Moritz zurückrufen, dann entschied er sich, lieber noch etwas zu schlafen. In die Redaktion fuhr er dann doch mit seinem Auto. Kaum angekommen, schickte ihn der Chefredakteur wieder zurück in die Stadt: „Es gab einen spektakulären Verkehrsunfall. Sammle bitte so viele Informationen, wie du kannst. Und nimm Karl-Heinz mit, der macht die besten Fotos!" Moritz lief es eiskalt den Rücken hinunter. Am Unfallort sah er seine Vermutung bestätigt. Ein völlig betrunkener Fahrer hatte seinen LKW seitlich in den Bus gerammt, mit welchem Moritz normalerweise zur Arbeit fuhr. Zwei Tote und sieben Verletzte, vier davon schwer. Als er den fertigen Artikel samt den Fotos bei seinem Chefredakteur abgegeben hatte, rief er Marianne an: „Woher hast du das gewusst? Du machst mir Angst. Kannst du vielleicht wirklich hellsehen?" Nach einer kurzen Pause antwortete Sie: „Ich erkläre es dir heute Abend. Komm bitte gegen sieben Uhr in meinen Arbeitsraum!"

Diesmal brannten keine Kerzen, und das Licht war auch nicht gedimmt. Das Zimmer wirkte blass und strahlte reinweg gar nichts Übersinnliches aus. Die Kristallkugel hatte Marianne mit einem Tuch zugedeckt. Moritz versuchte zu scherzen: „Kannst du neuerdings auch durch Tücher hindurch hellsehen? Oder putzt du gerade deine Kristallkugel?" Seine Uralia antwortete tonlos: „Das ist nicht mal Kristall. Nur billiges Glas". Moritz setzte sich: „Und was war nun mit dem Unfall? Wieso wusstest du das? Kannst du mir das Ganze, wenn's geht, rational erklären?" Marianne zögerte etwas mit ihrer Antwort: „Ich habe es nicht direkt gewusst. Es war so etwas, wie eine Vorahnung. Schon am Abend zuvor hatte ich ein seltsames Gefühl. Und dann habe ich geträumt, wie du bei einem Verkehrsunfall mit einem Bus verletzt wirst. Ich kann es dir nicht besser erklären". Moritz überlegte kurz, dann sagte er: „Weißt du was? Das Ganze war bestimmt ein Zufall. Wir wollen nicht mehr darüber sprechen. Stattdessen gehen wir jetzt einen Happen essen. Und für morgen lade ich dich ins Kino ein. Die zeigen einen Film über den angeblichen Hellseher Erik Jan Hanussen. Die Vorstellung beginnt um acht. Ich schlage vor, wir beiden Hübschen treffen uns 19:45 Uhr vor dem Kino. OK?" Immer noch etwas verstört, willigte Marianne ein.

Fünf vor acht wurde Moritz nervös. Alle anderen waren bereits im Kino. Wo blieb bloß Marianne? Er zückte sein Handy und rief sie an. Nach mehrmaligem Klingeln hörte er endlich die Stimme seiner Angebeteten: „Entschuldige bitte, aber ich habe hier noch einen Kunden, dem ich versprochen hatte, die Zukunft vorauszusagen. Das war mir total entfallen. Bitte komm her und hole mich ab!"

Enttäuscht trabte Moritz los. Kaum zwei Straßen weiter, hörte er einen riesigen Knall aus der Richtung des Kinos. Aufgeregt rannte er zurück. Die Fassade des Filmtheaters war heruntergebrochen. Ein großer Betonbrocken lag genau dort, wo Moritz vor wenigen Minuten noch gestanden hatte. Mit schlotternden Knien setzte er sich auf den Bordstein und rief die Taxi-Zentrale an. Zu Fuß hätte er es in diesem Zustand sicher nicht mehr bis zu Marianne geschafft.

„Du wusstest es", rief Moritz erregt aus, während er mit dem Zeigefinger auf Marianne deutete, „du wusstest es ganz genau. Wieso?" Die junge Frau hob abwehrend beide Hände: „Oh bitte! Du wirst doch nicht glauben, dass ich wirklich hellsehen kann. Hellsehen gibt es nun mal nicht. Ich hatte wirklich nur vergessen, dass noch ein Kunde auf mich wartete. Übrigens war es ein sehr gut zahlender Kunde. Hast du denn noch nie was vergessen? Also reg dich bitte wieder ab! Wir können doch auch morgen noch ins Kino gehen".
Und genau diese Worte waren der Beweis, dass Madam Uralia keinesfalls hellsehen konnte. Denn sonst hätte sie wissen müssen, dass Moritz am nächsten Morgen von einem Bus überfahren werden würde.

Der Zaubertrick

Eigentlich bin ich ja nur tagsüber in meinem Büro. Aber manchmal ist es trotzdem draußen so schummrig, dass ich das Licht einschalten muss. Für so einen Fall nenne ich ein schickes Rollo mein Eigen. Der Haken daran ist nur, das Ding geht ständig kaputt. Der Jalousiestoff wird mit einer weißen, eigentlich schmucklosen Plastikkette heruntergelassen bzw. auch wieder hinaufgezogen. Diese Kette läuft über ein zahnradähnliches Gebilde, und damit sie nicht von diesem Rad abrutscht, ist darüber eine Art Kappe gestülpt, die an drei Stellen eingerastet wird. Trotz der Tatsache, dass alle zugehörigen Komponenten in keinster Form beschädigt sind, und ich auch sehr zärtlich mit meinem Rollo umgehe, rutscht diese saublöde Kappe immer wieder herunter, was zur Folge hat, dass ich mit der losen Kette in der Hand wütend einen Indianertanz aufführe. In so einer peinlichen Situation öffnete sich meine Bürotür und eine Blondine trat ein. Sie trug einen eleganten, schwarzsilbern schimmernden Hosenanzug, eine rote Campomaggi-Handtasche, hatte Wimpern in der Länge meines Unterarms und einen knallroten Lippenstift aufgetragen, der bestimmt auch noch im Dunklen leuchtete. Die Erscheinung lächelte mich liebenswürdig an: „Sie sollten mit dieser Tanznummer auftreten. Ich könnte Sie an ein Varieté vermitteln". Etwas peinlich berührt sagte ich: „Aber nur, wenn ich dabei ein Tutu tragen darf, und außerdem diese wunderschöne Plastikkette um den Hals habe. Aber nehmen Sie doch Platz! Was kann ich für Sie tun?" Sie setzte sich graziös auf die vordere

Kante des Besucherstuhls: „Sie sind doch Privatdetektiv und könnten bestimmt etwas für mich herausfinden!" Ich nahm ebenfalls Platz: „Herausfinden ist mein zweiter Vorname. Worum geht es genau?" Sie rutschte etwas zurück, schlug die Beine übereinander, senkte den Blick und suchte mit spitzen Fingern Fusseln an ihrer Kleidung, welche gar nicht vorhanden waren: „Sie sollen herausfinden, wann und besonders von wem ein bestimmter Zaubertrick veröffentlicht worden ist!" Ich verzog bedenklich das Gesicht: „Mal langsam! Mit so einem Quatsch kommen Sie zu mir. Ich nehme zweihundert pro Tag. Wenn Sie da besser ein paar Zauberer fragen würden, käme das bestimmt aufs Gleiche raus, wäre aber garantiert nicht so teuer". Sie verschränkte ihre Hände über dem Knie: „Schon. Aber meine Kollegen sollen davon nichts mitbekommen. Wissen Sie, mein Exmann ist auch Zauberer. Von dem habe ich im Übrigen das Handwerk gelernt. Wir beide zeigen das gleiche Kunststück. Nun will er durchsetzen, dass ich damit aufhören soll, da er den Trick angeblich erfunden und als erster veröffentlicht hat. Was sicherlich gelogen ist. Ich will mich aber vor meinen Kollegen nicht blamieren, falls es eventuell doch so sein sollte. Und damit kommen Sie jetzt ins Spiel!" Mir war nicht so richtig klar, wie ich an die Sache herangehen sollte, deshalb versuchte ich die Dame zu verschrecken: „Ich bekomme aber sechshundert im Voraus. Auch wenn ich den Fall schneller als in drei Tagen löse, gibt es keine Rückzahlung". Sie nickte, öffnete die Handtasche, holte ein Bündel Scheine heraus und zählte sechs Hunderter auf meinen Schreibtisch. Nun konnte ich nicht mehr zurück. Honorar ist Honorar, und als solches für mich hochwillkommen. Also fragte ich: „Und um welchen Zaubertrick handelt es sich hier genau?" Sie öffnete ihre Hände und lehnte sich zurück: „Eigentlich ist es kein weltbewegender Trick. Sie müssen sich das folgendermaßen vorstellen: Auf der Bühne steht ein eleganter Tisch. Er hat drei Füße, die ihrerseits eine dünne Stange tragen, auf welcher oben eine runde Glasplatte befestigt ist. Auf diese Platte stellen Sie nun drei Sektgläser, und auf diesen Gläsern liegt wiederum eine zweite Glasplatte. Darauf kommt nun eine geschliffene Kristallflasche mit acht Facetten. In diese Flasche stopft man mit dem Zauberstab ein Seidentuch hinein, und verschließt die Öffnung mit einem Glaspfropfen. Dann vollführt man eine magische Bewegung mit der Hand oder dem Stab, und sofort ist das Tuch aus der Flasche verschwunden. Ohne jegliches Bedecken und ohne irgendeine Ablenkung. Einfach so!" Ich konnte mir tatsächlich im Geist den Trickablauf vorstellen, hatte aber nach wie vor keine Ahnung, wie ich vorgehen sollte, um den Schöpfer des Kunststücks herauszufinden. Aber angesichts des Geldes sagte ich: „Gut. Wenn Sie mir Ihre Karte da lassen, werde ich Sie im Erfolgsfall informieren, spätestens jedoch nach drei Tagen. Einverstanden?" Sie nickte und kramte eine Visitenkarte aus ihrer Tasche: „Aber ich will den Beweis haben. Sie müssen mir schon das Buch, die Broschiere oder das Original-Skript übergeben, in dem der Trick beschrieben oder abgebildet wird!" Ich lächelte süßsauer. Sie hielt mir ihre Hand hin: „Also bis dann!"

Nun kenne ich keine Zauberer, die ich hätte einfach mal so fragen können. Und wenn ich einen fragen würde, war ja auch noch nicht gesichert, dass der mir seinerseits sagen konnte, wer den Trick als Erster veröffentlicht hatte. Da ich aber wusste, dass es einschlägige Läden für Zauberartikel gibt, beschloss ich mit diesen anzufangen. Im Internet fand ich über vierzig sogenannte Zaubergerätehändler. Aber entweder kannten die Händler diesen Zaubertrick überhaupt nicht, oder sie wollten am Telefon keine Auskunft geben. Einer versuchte sogar, mir den Trick zu verkaufen. Allerdings zu einem Preis, für den man einen Kleinwagen bekommt. Aber von wem das Kunststück ursprünglich erfunden wurde, wusste dieser geschäftstüchtige Mensch auch nicht zu sagen. Also begann ich mühselig einen Magier nach dem anderen zu befragen. Einerseits telefonisch, andererseits bei einem Gespräch, nachdem ich mir seinen Auftritt angesehen hatte. Ich kann nur sagen, Magier sind auch Menschen. Die einen waren freundlich und bedauerten, dass sie mir nicht helfen konnten, die anderen meinten hochnäsig, das ginge einen Außenstehenden wohl kaum etwas an. Meine Klientin war nicht gerade erfreut, als ich ihr am sechsten Tag immer noch keinen Erfolg melden konnte. Sie gab mir noch drei Tage, dann würde sie ihren Auftrag als beendet ansehen.

In dem Gebäude, in dem mein Büro beheimatet ist, befindet sich im Erdgeschoss ein Restaurant und daneben das Büro einer Firma, welche unter anderem Haushaltsauflösungen durchführt. Den Büroleiter, Hannes mit

Namen, kenne ich gut. Der sitzt nämlich nach Feierabend ab und zu neben mir in der besagten Gaststätte. Wir trinken beide gern Bourbon. So etwas verbindet. Und miteinander dummes Zeug quatschen, können eben nicht nur Frauen. Ich hatte an diesem Tag gerade Platz genommen, um meinen Frust runter zu spülen, als mir Hannes auf die Schulter tippte: „Sag mal, du bist doch so ein Bücherwurm. Hast du nicht Lust, morgen mit mir zu einer Haushaltsauflösung zu kommen? Wir haben heute dort schon mit einem Raum angefangen, aber in dem nächsten Zimmer sind mindestens tausend Bücher. Unser Buchhändler erschlägt mich, wenn ich mit dem ganzen Kram ankomme. Die Schwarten kann ich nie in meinem Leben alle verkaufen, und sie als Altpapier verwerten zu lassen, finde ich etwas schade. Wie wär's, wenn du dir vielleicht ein paar von diesen Büchern aussuchst? Da kommen sie in gute Hände, und du könntest mir aus Dankbarkeit einen ausgeben!" Ich musste grinsen: „Na, wenn du mich so schön darum bittest, will ich mal nicht so sein!"

Am nächsten Tag kam ich aus dem Staunen nicht mehr heraus. Bücher über Bücher. Wer, wie ich, den haptischen Reiz braucht, und der auch gern auf E-Reader verzichtet, war hier im Paradies. Es befanden sich auch einige teure Erstausgaben darunter, aber die hatte sich Hannes schon unter den Nagel gerissen. Bei meinem Stöbern fiel mir ein dünner Klemmhefter in die Hände, dessen Aufschrift ‚Zauberskripte' mein gesteigertes Interesse weckte. Der Inhalt waren neun Journale im A5-Format, die jeweils den Titel ‚Zauberspiegel' trugen, und in denen Zaubertricks erklärt waren. Ich stellte zu Hannes Verwunderung sofort meine Tätigkeit ein, klemmte den Hefter unter den Arm, und fuhr mit leicht überhöhter Geschwindigkeit zu meinem Büro. Dort arbeitete ich aufmerksam die Tricks Stück für Stück durch. Manchmal verzog ich dabei unbewusst das Gesicht, weil ich gewahr wurde, wie uns die Magier gelegentlich bescheißen. Nach reichlich zwei Stunden brüllte ich plötzlich wie ein Irrer: „Heureka, ich hab's!" Schon auf dem Titelblatt des achten Heftchens war deutlich der Trickaufbau zu sehen, den mir die Frau beschrieben hatte. Als ich dann das Erscheinungsdatum las, war ich mir sicher, dass der Exmann meiner Klientin wohl kaum der Erfinder sein konnte. Das Heft war im Januar 1926 erschienen. Da müsste der Kerl ja mindestens vierundneunzig Jahre alt sein. Und so einen alten Knacker traute ich der Blondine auf keinen Fall zu. Ich rief die Gute sofort an. Eine Stunde später saß die Dame vor meinem Schreibtisch. Ich händigte ihr das bewusste Heft aus, und sie war sichtlich zufrieden. Sie blätterte mir noch weitere achthundert auf den Tisch und gab auch noch eine Freikarte für ihre nächste Show dazu. An diesem Abend legte ich mich mit dem Gefühl ins Bett, ein Genie zu sein.

Am nächsten Morgen brutzelte ich mir zum Frühstück zwei Spiegeleier. Als ich sie aus der Teflonpfanne auf den Teller schubste, spritzte etwas Fett auf den Teppich. Warum hatte ich Blödmann auch einen Flokati in der Küche zu liegen. Beim Kauen warf ich einen genaueren Blick auf die Freikarte. Da stand mit verschnörkelten

Buchstaben ‚Duo Tornado‘ aufgedruckt. Wieso Duo? Ich dachte, die Tante tritt alleine auf. Logisch, dass ich mir die Vorstellung ansah. Die zwei waren wirklich gut. Nach verschiedenen Zaubertricks, die ich schon bei anderen gesehen hatte, zeigten sie einen mehrfachen und blitzartigen Kleiderwechsel, der den Namen Tornado tatsächlich verdient hatte. Irgendwie musste mich meine ehemalige Klientin entdeckt haben, denn sie kam mit ihrem Partner nach der Vorstellung an meinen Tisch. Der Mann klopfte mir anerkennend auf die Schulter: „Sie sind also der Mann, dem wir die fünftausend Euro zu verdanken haben. Prima gemacht!“ Die Frau war sichtlich erschrocken, während mein Gesicht die Intelligenz von drei Meter Feldweg widerspiegelte: „Was meinen Sie denn damit?“ Da er immer noch nicht begriffen hatte, dass er eigentlich nicht weiter reden sollte, plapperte er munter drauflos: „Na dieses Heft mit dem gewissen Zaubertrick. Mein Exschwager wollte es unter allen Umständen haben. Er hat ja sogar in der Zeitschrift ‚Magie‘ annonciert, dass er jedem Fünftausend bar auf die Hand zahlt, der ihm das Ding bringt. Ich verstehe bloß nicht, warum Sie es nicht selbst bei ihm abgeliefert haben. Na ja, bestimmt sind ihre Geschäftsbedingungen daran schuld. Wie auch immer, nochmals vielen Dank!“ Dann lief er verwundert seiner Partnerin hinterher, die sich heimlich, still und leise verkrümelt hatte. An diesem Abend legte ich mich mit dem Gefühl ins Bett, ein Riesenrindvieh zu sein.

Eric Blumenthal

Die Leute in unserer Gegend haben schon immer gesagt, dieser Eric Blumenthal ist anders als wir.

Damals, zu meiner Schulzeit, grüßten wir uns alle gegenseitig mit einem einfachen: „Hey!" Zumindest in unserer Gegend. Eric sagte: „Grüßt euch zusammen!" Den Erwachsenen gegenüber lautete unsere gebräuchlichste Grußformel schlicht und ergreifend: „Tach!" Eric hingegen sagte: „Ich wünsche einen wunderschönen guten Tag!" Und falls wir danke sagten, natürlich erst, nachdem uns unsere lieben Eltern nachdrücklich daran erinnert hatten, benutzten wir das einfache Wort: „Danke!" Bei großen Geschenken auch mal: „Vielen Dank!" Eric sagte stets und ständig: „Den allerbesten Dank!" Und das Schönste daran war, dass Eric von Haus aus gar nicht höflich sein wollte. Sein Gehirn lief halt nur mit einem anderen Schmiermittel als unsere. Er konnte einfach nicht anders, auch wenn er gewollt hätte. Es ging das Gerücht um, dass Eric mit sieben Jahren seinen Goldhamster einkochen wollte, um zu sehen, ob da wirklich Gold übrig bleibt. Es wurde auch geraunt, dass seine Mutter früher in einer Klapsmühle behandelt werden musste, weil sie mit Erics Erziehung hoffnungslos überfordert gewesen sei. In das Salzwasser-Aquarium, das der ganze Stolz seines Vaters war, hat er einmal eine volle Dose schwarze Lasur geschüttet, mit der Begründung, die Fische sollten auch einmal nachempfinden können, wie es seinem blinden Onkel Eduard tagtäglich ergeht. Im Unterricht meldete sich Eric bei jeder passenden und unpassenden Gelegenheit. Wurde er aufgerufen, dann sagte er meist: „Verehrte Frau Lehrerin, ich wollte Sie auf diesem Wege nur wissen lassen, dass ich meinerseits die Antwort auf Ihre wichtige Frage leider aus Unwissenheit nicht geben kann". Aus dem anfänglichen Gespött seiner Mitschüler machte er sich absolut rein gar nichts, und mit der Zeit wurden seine Antworten sowie seine Person einfach Kult. Auch seine bewusst ausgeführten Streiche unterschieden sich grundlegend von unseren. Wir zum Beispiel machten gern Klingelpartie, auch Klingelsturm, Klingelmännchen oder Glockenputzen genannt. Dabei beschränkten wir uns nicht nur darauf, bei einem Wildfremden zu klingeln und danach wegzulaufen, nein, wir klemmten auch noch den gedrückten Klingelknopf mit einer Stecknadel fest, von der wir den Kopf abbrachen. Dadurch kam es nicht nur zum Dauerläuten, sondern auch zu gelegentlichen Verletzungen derer, die den Knopf wieder herauspopeln wollten. Eric empfand so eine Beschäftigung als viel zu banal. Er ging nachts, bewaffnet mit einem Schraubenschlüssel, durch die Stadt, schraubte Parkverbotsschilder ab und warf sie in die Büsche, oder stapelte sie vor dem Rathaus auf. Als wir dann in das Alter gekommen waren, in dem man uns Alkohol ausschenken durfte, rutschte Eric bereits nach dem ersten Glas unter den Tisch. Ihm fehlte das benötigte Enzym zum Alkoholabbau, ich glaube, es heißt Alkoholhydrogenase. Eric war eben anders als wir. Als Erwachsene verloren wir uns dann aus den Augen. Nur einmal berichtete mir ein ehemaliger Mitschüler, den ich zufällig im Supermarkt traf, dass unser Eric wieder einmal einen Vogel abgeschossen hätte. Er hatte wohl auf eine Partnerschaftsannonce geantwortet, in welcher eine Frau schrieb, dass sie ein wenig mollig sei. Beim ersten Treffen brüskierte Eric die Dame mit den schlichten Worten: „Schrieben Sie nicht etwas von mollig? Entschuldigen Sie bitte vielmals meine Bemerkung, aber ohne Sie beleidigen zu wollen, muss ich sagen, Sie sind doch im Grunde genommen eine richtig fette Sau". Ich kann mich also nur noch einmal wiederholen, dass Erics Gehirn seit jeher anders tickt, als das eines Durchschnittsbürgers.

Mir ist nicht bekannt, welchen beruflichen Weg Eric eingeschlagen hat. Was jedoch mich selbst betrifft, so war ich geraume Zeit arbeitslos, obwohl einer meiner Cousins in der Landesregierung sitzt. Angeblich konnte der trotzdem nichts für mich tun. Letztlich bekam ich dann einen Job als Marktmeister in unserem Städtchen. Deshalb weiß ich genau, dass es an einem Mittwoch passierte. Mittwochs war ich nämlich immer mit einem Maßband auf dem Marktplatz zugange, um für den nächsten Markttag den Stellplan der einzelnen Händlerbuden zu erstellen. An jenem historischen Mittwoch also, rannte ein Irrer kreuz und quer über den Marktplatz und rief immer und immer wieder: „Sie sind da! Sie sind angekommen! Sie sind hier! Die Aliens sind hier!" Wie sich aber herausstellen sollte, war der Mann gar nicht verrückt. Etwa fünfzig Kilometer von unserer Stadt entfernt, stand ein außerirdisches Raumschiff auf einer ausgedehnten Agrarfläche. Es war aber bei Leibe nicht so groß, wie uns bestimmte Filme immer weißmachen wollen. Natürlich war das Schiff innerhalb weniger Minuten von Schaulustigen umstellt, die sich allerdings in respektvollem Abstand hielten. Kurz danach waren auch die verschiedensten Fernsehteams vor Ort, und so konnte ich das Ganze an der heimischen Glotze verfolgen. Irgendwann öffnete sich eine Luke im Schiffskörper und mehrere kleine Kerlchen kamen herausgekrochen. Sie waren ungefähr fünfunddreißig Zentimeter groß und stellten sich kreisförmig rings um das Schiff auf. Dann begannen sie ihre teuflische Arbeit, sie fraßen. Sie fraßen alles, was nicht niet- und nagelfest war. Wirklich alles. Halme, Insekten, Bakterien, einfach alles. Ganz langsam aber sehr sicher wurde der abgeerntete Kreis immer größer. Dann kamen noch mehr dieser fiesen Gesellen aus dem Raumschiff gekrochen, um die entstandenen Lücken zwischen ihren Kameraden zu schließen. Inzwischen war auch eine Horde Wissenschaftler angereist. Die stellten mit ihren Messgeräten, Spektralanalysen und sonstigem Gedöns fest, dass es sich bei den Fressern um keine Lebewesen handelte, sondern dass es Roboter waren. Dieser Umstand brachte das Militär auf den Plan. Aus allen Richtungen wurde auf die Fressroboter und das Raumschiff geschossen. Zuerst mit Maschinengewehren, dann mit Panzerfäusten und zu guter Letzt mit Haubitzen. Der Erfolg war genau Null. Irgendein unsichtbares Kraftfeld schützte die ungebetenen Gäste. Zu diesem Zeitpunkt beratschlagten die Politiker darüber, ob man Atomwaffen einsetzen sollte. Aber die Wissenschaftler rieten davon ab. Wer Lichtjahre durch das Weltall reist und über undurchdringliche Kraftfelder verfügt, würde auch Atombomben trotzen können. Im Endeffekt wäre dann lediglich ein ziemlich großes Areal nuklear verseucht, und auf viele Jahrzehnte für die Menschen nicht mehr nutzbar. Trotz alledem wurden sicherheitshalber alle Leute im Umkreis von hundert Kilometern zwangsevakuiert. Unter vielen anderen auch ich. Wir wurden in einer Turnhalle untergebracht, in der ein mickriges Feldbett neben dem anderen stand. Angehörige der Arbeiter Wohlfahrt versorgten uns mit Wasser und Nahrung, aber wer sein Geschäft verrichten musste, der war gezwungen, nach draußen auf eine fürchterlich stinkende Mobiltoilette zu gehen. Als ich von so einer Verrichtung erleichtert wieder in die Halle zurückkam, lief mir Eric über den Weg. Angesichts der Umstände war die Wiedersehensfreude nicht besonders hoch. Eric begann auch sofort damit, mich voll zu texten: „Die sind behämmert. Die sind alle blöd. Die können einfach nicht aus ihrem begrenzten Denkschema ausbrechen. Ist das nicht furchtbar?" Mir war nicht ganz klar, worauf er abzielte: „Was meinst du denn konkret damit?" An seinem Gesichtsausdruck war ziemlich deutlich abzulesen, dass er mit meinen geistigen Fähigkeiten auch nicht ganz zufrieden war: „Diese Dinger sind doch mit ihrem Raumschiff quer durch die Galaxie gereist. Das braucht Energie, viel Energie. Also wird man doch so ein Raumschiff möglichst leicht konstruieren, ob man nun ein Mensch oder ein Alien ist. Stimmts?" Er wartete meine Antwort erst gar nicht ab: „Also wird man neben Leichtmetallen auch Kunststoff verbaut haben. Ich sage dazu nur ‚Ideonella sakaiensis 201-F6' und ‚Pestalotiopsis microspora'.

Kapiert?" Ich muss verhältnismäßig doof drein geschaut haben, denn er fuhr kopfschüttelnd fort: „Mensch, das sind Bakterien und Pilze. Kleine Lebewesen, die Plastik fressen und verdauen können. Wenn man dem außerirdischen Kroppzeug nicht mit großen Geschossen das Handwerk legen kann, dann vielleicht mit ganz kleinen Geschöpfen. Ohne Isolation versagen nun mal elektrische Komponenten". Ich überlegte einen Moment. Dann fragte ich: „Hast du das schon jemandem erzählt?" Eric verneinte: „Das sind doch alles Ignoranten. Die würden das sowieso nicht verstehen". Ich zückte mein Handy. Da aber in der Halle kein Empfang war, rannte ich nach draußen, rief meinen Cousin an und unterbreitete ihm Erics Gedanken.

Wissenschaftler mehrerer Länder hatten sich zusammengetan. Einige Hubschrauber verharrten surrend über dem fremden Raumschiff und klinkten ihre Ladung aus. Und tatsächlich gelang es den abgeworfenen Kleinstlebewesen das feindliche Kraftfeld zu durchdringen. Wahrscheinlich wurden derart kleine Kreaturen von unseren Widersachern nicht als Bedrohung angesehen. Es dauerte genau sechs Tage. Die Roboter hatten inzwischen einen Kreis mit zwei Kilometern Durchmesser leergefressen, als sie schlagartig ihre Tätigkeit einstellten. Aus Ihrem Mutterschiff stieg eine schwarze Rauchwolke in den Himmel, man hörte, wie im Inneren elektrische Entladungen knisterten und nach fünfzehn Minuten war der ganze Spuk vorbei. Logischerweise stürzten sich Forscher auf Schiff und Roboter. Aber keiner von denen konnte die Konstruktion auch nur annähernd begreifen. Mein Herr Cousin bekam für die brillante Lösung des A-lien-Problems einen Verdienstorden und wurde von einer Fernsehsendung zur nächsten weitergereicht. Aber von Eric oder mir hat er bisher nicht das Geringste erwähnt. Seitdem ignoriert der liebe Verwandte auch jeglichen Anruf meinerseits. Von Eric habe ich nie wieder etwas gehört. Bestimmt wird er noch viele weitere Probleme unserer Zeit lösen.

Die Leute in unserer Gegend haben schon immer gesagt, dieser Eric Blumenthal ist anders als wir.

Kidnapping

Es gibt Tage, an denen sollte man morgens besser nicht aufstehen. So ein Tag war Dienstag, der Tag, an dem ich den bescheuertsten Auftrag meines Lebens übernahm. Wie üblich schloss ich Punkt zehn Uhr die Tür meiner Detektei auf. Eine Frau wartete bereits auf mich. Sie war schätzungsweise vier- oder fünfunddreißig Jahre alt, un-frisiert, hatte rotgeheulte Augen und zitterte am ganzen Körper. Bevor ich etwas sagen konnte, brach es aus ihr heraus: „Bitte helfen Sie uns! Sie sind unsere letzte Hoff-nung". Ich nötigte sie erst einmal zum Sitzen, dann sagte ich betont ruhig: „Ganz langsam! Worum geht es?" Sie griff nach meiner Hand: „Unsere Lena wurde entführt. Die Erpresser verlangen drei Millionen Euro, und …" Ich unterbrach sie: „Moment mal, warum gehen Sie nicht zur

Polizei? Die hat viel mehr Mittel zur Hand als ich. Und auch wesentlich mehr Erfahrung in solchen Sachen". Die Frau schüttelte energisch ihren Kopf: „Nein, nein. Die haben gesagt, wenn wir zur Polizei gehen, dann stirbt unsere Lena. Und vor zwei Jahren wurde in unserer Nachbarschaft schon ein Junge entführt. Die Eltern sind damals bei der Polizei gewesen. Sie haben das Kind nur noch tot aufgefunden. Nein, wir werden zahlen. Wir haben voriges Jahr in der Euro-Lotterie zehn Millionen gewonnen. Drei davon können wir leicht verschmerzen, wenn wir nur unser Kind wiederkriegen". Ich setzte mich: „Und was bitte soll ich dabei tun?" Sie zog ein Taschentuch aus dem Ärmel ihrer Bluse und putzte sich die Nase: „Sie müssen morgen das Geld übergeben. Es soll ihr Schade nicht sein. Eigentlich wollte ja mein Mann das Geld den Entführern bringen, aber er hatte gestern einen Fieberanfall und liegt im Krankenhaus. Ich selber würde es ja machen, aber ich kann doch meine Kinder nicht alleine lassen. Wissen Sie, wir haben noch drei weitere Kinder, von denen zwei schwerbehindert sind. Und mein Bruder ist eine Memme. Er hat gesagt, dass er sich keinesfalls in Gefahr begeben würde. Was soll ich machen? Einem Wildfremden das Geld anvertrauen? Da fiel mir ein, dass es doch auch Privatdetektive gibt. Denen kann man doch von Berufs wegen trauen. Oder?" Natürlich beteuerte ich: „Sicher, Sie können mir vertrauen". Sie schien erleichtert: „Also, Sie bekommen zehntausend Euro, wenn das Geld übergeben worden ist. Nehmen Sie den Auftrag an?" Und ob ich bei dieser Summe annahm. Ich kramte einen Vertragsvordruck aus dem Schreibtisch und ließ die Dame unterschreiben. Hätte ich Riesenarschloch doch vorher gefragt, wo der Übergabeort sein soll. Als sie ihn mir nannte, war mir, als hätte Thor seinen Hammer auf meinem Kopf geparkt: „Der Arc de Triomphe in Frankreich". Ich schnappte nach Luft, wie ein Fisch auf dem Trockenen: „Waaaas?" Sie nickte unschuldig: „Der Triumphbogen in Paris. Steht hier auf dem Zettel". Sie reichte mir ein Stück Papier, und ich las mit geweiteten Augen: ‚Die Übergabe der drei Millionen hat am Mittwoch um genau fünfzehn Uhr am Arc de Triomphe du Carrousel in Paris, der Hauptstadt Frankreichs zu erfolgen. Das Nachspiel bei Nichtzahlung ist Ihnen bereits bekannt'. Aufgeregt sagte ich: „Den Zettel muss unbedingt die Polizei kriegen. Da gibt's bestimmt Fingerabdrücke. Und Schriftproben können die auch vergleichen". Sie schüttelte wiederum energisch ihren Kopf: „Nein. Bevor die zu Potte gekommen sind, ist Lena tot. Außerdem hat unsere Polizei in Frankreich nichts zu melden. Und Interpool reagiert garantiert wegen einer kleinen Deutschen auch nicht innerhalb eines Tages. Außerdem habe ich ganz fürchterliche Angst, dass die Entführer den Braten riechen. Dann ist Lena tot. Nein, nein. Mein Mann hatte schon den Flug nach Paris gebucht, bevor er krank wurde. Sie kommen jetzt mit mir mit und holen die Geldtasche und die Bordkarte! Sie haben es versprochen. Der Flug geht morgen um zehn Uhr zwanzig vormittags von München aus. Bitte kommen Sie!" Schweren Herzens stimmte ich zu: „Aber nur unter einer Bedingung. Sowie ich im Flugzeug sitze, gehen Sie mit dem Zettel zur Polizei!" Sie begann wieder zu weinen:

„Aber …" Ich schnitt ihr das Wort ab: „Nix aber. Entweder versprechen Sie es, oder ich fliege erst gar nicht!" Sie gab mir unter Tränen ihr Ehrenwort. Und so kam es, dass ich, ziemlich dümmlich in die Gegend blickend, ab dreizehn Uhr fünfundvierzig mit einer Tasche voller Geld an dem weltbekannten Arc de Triomphe in Paris herumlungerte. Gegen sechzehn Uhr stand ich immer noch dort und bekam langsam Panik. Ungefähr eine Viertelstunde später kam ein uniformierter Flic auf mich zu: „Parlez-vous français?" Meine Antwort lautete nur kurz und bündig: „Non!" Daraufhin radebrechte er mühevoll: „Du bestimmt schpreschen deutsch, du Allemand, n'est-ce pas?" Verwundert darüber, dass so ein stolzer Franzose doch etwas Deutsch sprechen konnte, nickte ich. Er setzte sein offizielles Gesicht auf: „Du bist ver-aftet!" Dann legte er mir Handschellen an, winkte ein blauweißes Auto mit der Aufschrift ‚POLICE' heran, und forderte mich mit einem „Vite, vite!" energisch zum Einsteigen auf. Meine wertvolle Tasche landete im Kofferraum. Auf der Polizeistation angekommen, begrüßte mich zurückhaltend ein Herr in einem gepflegten Anzug. Er fragte in aktzentfreiem Deutsch: „Darf ich Ihre Papiere sehen?" Nach dem ausgiebigen Studium meines Passes wandte er sich wieder an mich: „Was machen Sie hier?" In der Annahme, mit der Wahrheit am Weitesten zu kommen, erzählte ich die ganze Geschichte. Mein Gegenüber wiegte seinen Kopf hin und her. Dann sagte er gedämpft: „Nun ja, mein Freund, Sie werden heute Abend unter meiner Begleitung nach Deutschland fliegen. Dort übergebe ich Sie dann der Polizei ihrer Heimatstadt. Bis dahin genießen

Sie bitte die französische Gastfreundschaft in einer unserer Gefängniszellen!"

Der Rückflug in Handschellen war genauso unangenehm wie der Beamte, der mir gegenüber saß. Er popelte sich ständig mit dem Zeigefinger im Ohr. Um ein Haar hätte ich gesagt: ‚Versuch es mal mit waschen!', konnte mich aber gerade noch zurückhalten. Sein Ton war äußerst überheblich, als er sich mir zuwandte: „Diesen Quatsch glauben Sie doch selber nicht! Ich sag Ihnen mal, wie es wirklich war. Sie selbst haben die Kleine entführt. Dann haben Sie sich mit dem Geld nach Frankreich abgesetzt. Stimmts?" Ich bemerkte, dass meine Geduld langsam zerrann, wie ein Stück billiger Butter in heißer Wüstensonne: „Hör zu du Clown! Ich sage es dir jetzt zum zweiten Mal. In meinem Büro hängt eine Überwachungskamera. Es ist alles aufgezeichnet worden, was ich zu Protokoll gegeben habe. Also hebe deinen fetten Arsch aus dem Sessel und überprüfe das! Oder lass dir ruhig Zeit, ich werde deine Dienststelle sowieso wegen Unfähigkeit verklagen!" Er begann zu brüllen: „Und ich kriege dich wegen Beamtenbeleidigung am Arsch!" Bevor ich zurückbrüllen konnte, öffnete sich die Tür zum Verhörraum, eine Frau trat ein und winkte nur mit dem Finger. Mein Peiniger trabte lammfromm von dannen. Sie setzte sich lächelnd: „Herr Baer, Sie sind rehabilitiert. Wir wissen inzwischen über alles Bescheid. Die Kollegen von der Police nationale haben die Kidnapper festgenommen. Nur gut, dass Sie Ihrer Klientin geraten haben, den Zettel zu uns zu bringen. Das hat die Verhaftung erst möglich gemacht. Außerdem ist die kleine Lena auch wieder zu Hause. Und das Geld haben Sie ja gut bewacht. So konnten wir es sicherstellen und den Besitzern wieder zurückgeben. Sie können gehen!" Ich atmete hörbar aus: „Und wieso habe ich dann keinen von den Entführern gesehen?" Das freundliche Lächeln verschwand aus ihrem Gesicht: „Nun, eigentlich wollte ich Ihnen diese Peinlichkeit ersparen. Die Sache kann nämlich das Gemüt eines Privatdetektivs ziemlich aus dem Gleichgewicht bringen. Wollen Sie es denn trotzdem hören?" In der schlichten Gewissheit, dass mich nichts mehr umhauen könnte, antwortete ich angeberisch: „Na klar will ich es hören. Sie brauchen keine Rücksicht auf mein Gleichgewicht zu nehmen!" Doch was dann folgte, brachte mich leider trotzdem dazu, mich in Grund und Boden zu schämen. Sie lächelte erneut: „Auf dem Zettel stand, dass die Übergabe am ‚Arc de Triomphe du Carrousel' stattfinden sollte. Das ist zwar ein Triumphbogen, aber halt nur der kleinere von beiden. Sie standen dagegen an dem allgemeinhin bekannten ‚Arc de Triomphe de l'Étoile'. Ich würde sagen, wer lesen kann, ist eindeutig im Vorteil. Sonst noch was?" Ich verneinte, und machte mich wie ein begossener Pudel vom Acker. Auf dem Weg zu meiner Wohnung betete ich zum Himmel, dass noch genügend Bourbon in der dort wartenden Flasche wäre, um diese Schmach verkraften zu können. Und siehe da, Gott hatte mein Flehen erhört. Was dadurch bewiesen wurde, dass am nächsten Morgen mein Schädel nicht mehr durch die Küchentür passte.

Der Planet hinter dem Wurmloch

Unser Volk war und ist sehr, sehr geduldig. So stellte es auch für uns kein Problem dar, mit unserem Raumschiff reichlich drei Millionen Jahre durch die Kälte des Weltalls zu reisen, obwohl jeder von uns nur rund zweihundert Jahre alt wird. Unser Nachwuchs lauscht stets wissbegierig den Ausführungen der Alten, nimmt deren Ideen auf, und verfolgt sie bis zu ihrem Tode oder auch bis zum endgültigen Erfolg weiter. Generation für Generation. Das war nie anders. Eigentlich sollte ja die Reise so ungefähr zwanzig Millionen Jahre dauern, aber unsere Wissenschaftler fanden dann tatsächlich ein passierbares Wurmloch. Es brachte uns nur ganz gering vom berechneten Kurs ab. Trotzdem traten wir an einer unerwarteten Stelle wieder in den normalen Raum ein. Und deshalb drehte sich vor unserer Nase ein völlig anderer Planet, als der, den wir ursprünglich ansteuern wollten. Da jedoch diese Kugel über eine möglicherweise atembare Atmosphäre verfügte, beschlossen wir, diesen Himmelskörper zu erforschen.

Wie gesagt, wir sind ein geduldiges Volk. So störte es uns auch wenig, dass die Untersuchung der Atmosphäre und des Bodens einige Monate dauerte. Was unsere Bordwissenschaftler alles darin fanden, war jedoch schon seltsam. Neben Radioaktiver Strahlung schwirrte auch jede Menge Staub unterschiedlicher Größe dort unten durch die Gegend. Es schien, als würde es für deren Erzeugung Quellen geben, welche nicht natürlichen

Ursprungs waren. Außerdem fanden sich die verschiedensten Giftstoffe und große Mengen CO_2 in der Luft. Zunächst schlossen wir daraus, dass dort kein intelligentes Leben vorhanden sein konnte. Denkende Lebewesen hätten sicherlich ihre Luft technisch gereinigt. Was uns aber noch mehr beunruhigte, das waren ganz kleine Lebewesen, die munter durch die Atmosphäre segelten. Sie glichen den Bakterien auf unserem Heimatplaneten, und waren fraglos eine große Gefahr für unsere Gesundheit. Sicherlich waren diese Dinger die vorherrschende Spezies auf diesem Planeten, und hatten allen anderen Lebewesen den Tod gebracht. Dann entdeckten wir Siedlungen und danach auch Produktionsstätten. Daraus schlossen wir, dass hier einst höhere Lebewesen existiert haben müssen, welche durch die Bakterien oder auch durch diverse Gifte ausgerottet wurden. Man kann unser Erstaunen kaum ermessen, als wir entdeckten, dass trotz alledem verschiedene Lebewesen auf der Oberfläche herum werkelten. Wir mussten zu unserem Leidwesen feststellen, dass sich diese Wesen gegenseitig töteten. Da wir nun nicht mehr sicher sein konnten, ob uns derartige Wesen gewogen sein würden, blieben wir in unserem Tarnmodus. Wir versuchten, sozusagen aus der Ferne, die verschiedenen sozialen Interaktivitäten zu verstehen, was sich aber zunächst als viel zu kompliziert erwies. Deshalb entschieden wir, erst einmal die Anatomie dieser Wesen zu erforschen. Wir schickten einige unsere kleinen Luftgleiter aus, die mit einem Sogstrahl ein paar Individuen ins Mutterschiff brachten. Später mussten wir feststellen, dass es dabei dann doch einige technische

Schwierigkeiten gegeben hatte. Der eine oder der andere Gleiter verlor kurzzeitig seine Tarnung und wurde leider gesichtet. Aber zu unserer Beruhigung brachte es das Leben dort unten kaum aus der Bahn. Die aufgesammelten Leiber wurden von unseren Forschern genau unter die Lupe genommen. Diese Körper unterschieden sich wundersamerweise kaum von unseren. Es gingen sogar die Gerüchte in unserem Schiff um, dass einige unserer Wissenschaftler Sex mit den weiblichen Wesen gehabt haben sollen. Angeblich soll es auch kein Problem gewesen sein, ihnen einige Gliedmaßen zu amputieren und danach wieder anzunähen. Die Selbstheilung dieser Wesen stellte sich als nachweislich besser heraus, als die unserer Spezies. Natürlich wurden die Probanden von uns wieder auf ihren Planeten zurückgebracht, nachdem wir ihr Gedächtnis gelöscht hatten. Was aber nach wie vor für uns im Dunklen blieb, war ihr soziales Zusammenleben. Möglicherweise hatten sie zu verschiedenen Wesen ein gutes Verhältnis, zu anderen aber entwickelten sie Hass. Wir alle konnten das nicht so richtig nachvollziehen. Also beschlossen wir einstimmig, weiterhin im Tarnmodus zu verharren, um den Planeten mit seinen Lebewesen dauerhaft und sorgfältig zu beobachten. Mindestens zwanzigtausend bis dreißigtausend Jahre. Unser Volk war schon immer sehr geduldig

Der Versicherungsvertreter

Kommissar Riemer stand in seinem Flur und blickte alle Minuten nervös auf die Armbanduhr. Eigentlich hätte er bereits auf dem Weg zur Dienststelle sein müssen. Als es endlich klingelte, riss er schwungvoll die Tür auf: „Sind Sie dieser Versicherungsvertreter?" Der Mann wechselte seine Aktentasche von der rechten in die linke Hand, um den Kommissar begrüßen zu können: „Äh, Müller mein Name. Gerold Müller. Versicherungen aller Art". Riemer übersah einfach die hingestreckte Hand: „Folgen Sie mir in die Küche! Hier schauen Sie! Die Decke ist völlig verrußt. Und da steht dieser blöde Eierkocher. Wie Sie sehen können, komplett verschmort, obwohl er ausgeschaltet war". Herr Müller fragte skeptisch: „Haben Sie irgendetwas verändert?" Der Kommissar war empört: „Ich bin Kriminalist. Da weiß man genau, dass am Ort des Geschehens nichts verändert werden darf". Der Versicherungsvertreter entgegnete: „Haben Sie vielleicht noch die Gebrauchsanweisung des Eierkochers zur Hand?" Kommissar Riemer wühlte in einer Küchenschublade, und brachte endlich ein kleines Heftchen ans Tageslicht. Der Vertreter blätterte ein wenig darin herum. Dann zitierte er eine Textstelle: „Nach dem Gebrauch ist der Stecker des Gerätes zu ziehen". Riemer zog die Schultern hoch: „Und?" Herr Müller zeigte auf den Kocher: „Der Stecker steckt noch in der Steckerleiste". Der Kommissar sagte ungläubig: „Aber das ist eine Schalterleiste. Und die Leiste ist ausgeschaltet. Das ist doch dasselbe". Der Vertreter schüttelte den Kopf: „Tut mir leid. Aber wir als

Versicherung müssen uns konsequent an bestehende Wortlaute halten. Für uns liegt somit kein Versicherungsfall vor. Also können wir auch kein Geld auszahlen!" Nach einem Blick auf Riemers Gesicht zog er schnell den Kopf ein, und verließ fluchtartig die Wohnung. Riemer rief ihm noch durch die geöffnete Tür nach: „Ich werde alle Kollegen über Sie informieren! Irgendwann parken Sie mal falsch, und dann kriege ich Sie dran!"

Bis kurz vor eine Explosion geladen, betrat Kommissar Riemer sein Dienstzimmer. Selbst die Tatsache, dass der Aktenberg auf seinem Schreibtisch in letzter Zeit sichtlich geschrumpft war, konnte ihn nicht besänftigen. Er musste noch einen Bericht schreiben, hatte aber nicht für einen Sechser Lust. Zuerst kaute er gedankenverloren auf dem Ende seines Kugelschreibers herum, dann schleuderte er das unschuldige Schreibgerät mit einer ausladenden Bewegung auf den Tisch, um sich danach schnaubend auf den Weg in die Kantine zu machen. Dort nölte er das Personal voll, dass der Kaffee nach alten Socken schmecken würde. Dann ließ er die Tasse einfach stehen und verließ hemdsärmelig die Dienststelle. In dem kleinen Café an der Ecke genehmigte er sich einen dreistöckigen Kognak und einen Espresso. Das besserte geringfügig seine Laune. Zurück in seinem Dienstzimmer griff er zum Telefonapparat und bat darum, den Rest des Tages frei zu bekommen. Es wurde ihm gewährt.

„Hören Sie, ich will nicht Ihre Firma kaufen, ich will nur, dass Sie meine Küchendecke streichen! Und wenn Ruß zehnmal fettig ist, interessiert mich das einen Scheißdreck! Es ist Ihr Problem! Also machen Sie gefälligst einen neuen Kostenvoranschlag!" Der Kommissar knallte sein Handy mit aller Wucht auf den Tisch, obwohl das arme Gerät wohl kaum etwas für Riemers Laune konnte. Von sich selbst erschrocken, nahm der Aufgebrachte das Handy wieder hoch und suchte nach Beschädigungen. Es schien aber keinerlei Blessuren davongetragen zu haben, denn es klingelte genau in diesem Moment. Am Rohr war Kommissar Schimmler: „Hey Alter! Es tut mir leid, aber du musst sofort zurück in die Dienststelle kommen!" Riemer grunzte: „Was soll das? Der Alte hat mir frei gegeben!" Schimmler antwortete bekümmert: „Der Chef hat einen Anruf bekommen, der mit deiner Person zu tun hat. Komm bitte, und zwar möglichst schnell!"

Hauptkommissar Hohlbach thronte nach alter Manier hinter seinem massiven Schreibtisch: „Also Riemer, der Tote war Versicherungsvertreter. Er hatte in seinem Telefon Ihre Nummer gespeichert, und in seiner Jackentasche fanden wir einen Zettel mit Ihrer Adresse". Kommissar Riemers Hände machten die Geste des Nichtbegreifens: „Der Kerl war bei mir und hat meine Küchendecke inspiziert, nachdem mein Eierkocher abgebrannt ist. Die halbe Decke ist voller Ruß. Also warum bin ich eigentlich hier?" Hohlbach schien das Folgende regelrecht zu genießen: „Nachdem der Mensch bei Ihnen war, hat er sich wütend via Telefon bei seinem Bereichsleiter beschwert. Sie haben ihm gedroht, dass Sie ihn drankriegen wollen. Und nun ist er tot. Die Kugel in seinem Rücken ist vom Kaliber 9 x 19 mm. Ist das nicht zufällig das Kaliber Ihrer P10?" Riemer tippte sich demonstrativ an die Stirn: „Chef, Sie haben einen Vogel, so groß wie ein ausgewachsener Albatros". Auf Hohlbachs Stirn pulsierte eine dicke Ader, als er schrie: „Sie wissen wohl nicht, mit wem Sie reden?" Riemer hingegen blieb völlig ruhig: „Mit dem, der zu doof ist, sich die Dienstpistole aus meinem Schreibtisch zu holen und von der Ballistik überprüfen zu lassen. Seit dem letzten Trainingsschießen vor sechs Monaten hat nämlich keine Kugel den Lauf verlassen. Von einem, der immer von mir fordert gründlich zu arbeiten, hätte ich mehr erwartet". Hohlbachs Gesicht war inzwischen purpurrot angelaufen: „Raus hier, bevor ich Sie feuern lasse!"

Es klopfte und Kommissarin Frauke Wiegand betrat Riemers Dienstzimmer. Der Kommissar blickte auf: „Sie brauchen nicht immer anzuklopfen, wenn Sie zu mir kommen!" Die Kommissarin nahm Platz: „Hauptkommissar Hohlbach hat mich mit dem Fall ‚Versicherungsvertreter' betraut. Ich habe mir ausbedungen, dass Sie mit von der Partie sind. Schließlich haben Sie den Mann als Letzter lebend gesehen". Kommissar Riemer lächelte schief: „Und das macht mich zum Hauptverdächtigen. Ich hatte ja schließlich ein Motiv". Frauke Wiegand lachte: „Ja sicher, wenn ein Vertreter eine Versicherungssumme verweigert, ist das ein hundertprozentiges Motiv zum Töten. Mann, nach dieser Logik gäbe es

inzwischen schon lange keine lebenden Versicherungsvertreter mehr. Also, ich schlage vor, dass ich mich im
familiären Umfeld des Toten umsehe, während Sie mal
seinem Bereichsleiter und seinen Kollegen auf den Zahn
fühlen. Einverstanden?" Riemer zuckte schwach mit den
Schultern: „Von mir aus!"

Kommissar Riemer hatte soeben den Hörer abgenommen, als Frauke Wiegand eintrat, in der Hand ihr Tablet.
Der Kommissar legte den Hörer zurück: „Ich wollte Sie
gerade anrufen". Die Kommissarin setzte sich: „Sie dürfen mich auch ruhig mal in meinem Zimmer besuchen.
Oder ist es hier üblich, dass die Neue immer zu den anderen hinkommen muss?" Riemer hob den Zeigefinger:
„Mal langsam, Madam! Ich wollte Sie anrufen, um zu
sehen, ob Sie im Hause sind, damit ich Sie in Ihrem Zimmer aufsuchen kann. Vor zehn Minuten war ich nämlich
schon einmal dort, aber Sie waren leider noch unterwegs.
Wir sollten jetzt aber lieber aufhören, uns gegenseitig
Freundlichkeiten an den Kopf zu werfen! Reden wir über
den Fall. Ich habe nämlich ein Motiv gefunden". Die
Kommissarin legte ihr Tablet auf Riemers Schreibtisch
ab: „OK. Ich habe übrigens auch ein Motiv gefunden.
Aber bitte erst Sie!" Riemer zog sein Notizbuch aus der
Hemdtasche und blätterte ein wenig darin herum: „Der
Tote war seit einiger Zeit einer Gruppe auf der Spur, die
professionell Versicherungsbetrug betreiben. Ein Mit-
glied dieser Clique vollzieht an einer grünen Ampel eine
Vollbremsung. Wenn dann der nachfolgende Fahrer auf-
fährt, beschwört ein anderer, als angeblich unbeteiligter

Passant, dass die Ampel rot gewesen sei. Dann kassieren sie die Versicherungssumme, reparieren das Auto oberflächlich in ihrer Garage, und ziehen danach erneut die gleiche Nummer in einer anderen Stadt durch. Zwei Tage vor seinem Tod übergab Gerold Müller seine Erkenntnisse schriftlich dem Bereichsleiter, der daraufhin eine Anzeige einreichte, in welcher auch der Name des toten Herrn Müller auftaucht. Das ist für mich Motiv genug". Frauke Wiegand nickte: „Jetzt ich. Gerold Müller hatte ein hübsches Sümmchen auf der hohen Kante, bevor er heiratete. Angeblich aus einer größeren Erbschaft. Um zu beweisen, dass seine Braut nicht nur hinter seinem Geld her war, unterschrieb sie einen Ehevertrag, der ihr im Falle einer Scheidung kaum das Hemdchen über dem Hintern erlaubte. Nun gab es vor drei Tagen bei den beiden ein riesiges Tamtam, das alle Nachbarn miterleben durften. Unser Opfer hat nämlich seine Frau in flagranti erwischt, deren Liebhaber die Treppe hinuntergeworfen und lautstark getönt, dass er die Scheidung einreichen würde. Durch sein Ableben erbt allerdings nun die Gute den ganzen Zaster. Das nenne ich ein starkes Motiv. Seltsamerweise habe ich bei meinen Recherchen nichts aus der Vergangenheit des Toten ermitteln können. Es ist, als wäre er erst vor drei Jahren auf dieser Erde aufgetaucht. Irgendwie kommt mir das Ganze oberfaul vor".

Obwohl einige Tage vergangen waren, stockten die Ermittlungen. Es hatte sich nichts Neues ergeben, und Motive sind nun mal keine Beweise. Kommissar Riemer angelte sich eine Tafel Vollmilchschokolade aus der linken

Schublade seines Schreibtisches, entfernte akribisch das Papier von der oberen Hälfte und brach drei Riegel ab. Er wollte sie gerade in den Mund schieben, als Kommissar Hausknecht eintrat. Riemer hielt ihm die Schokolade hin: „Auch ein Stück?" Hausknecht wehrte vehement ab: „Bin eh schon zu dick. Außerdem nehme ich Medikamente gegen Diabetes. Du solltest das Zeug wohl auch lieber lassen! Wieviel wiegst du zurzeit?" Riemer ließ die Schokolade auf den Tisch fallen: „Bist du von den Weight Watchers? Wenn ja, dann raus. Falls nicht, dann sag mir endlich, was du eigentlich hier willst!" Kommissar Hausknecht setzte sich: „Pass auf! Wir hatten doch vor drei Jahren einen unaufgeklärten Fall. Eine junge Frau war erstochen worden, und im ganzen Haus gab es blutige Fingerabdrücke, die wir einem gewissen Oskar Fiedler zuordnen konnten. Die Spurensicherung hat damals Fotos gefunden, auf denen die Tote in Lack und Leder mit einer Peitsche zu sehen war, und vor ihr kroch pudelblank dieser Fiedler auf allen Vieren herum. Du erinnerst dich vielleicht, wir nahmen damals an, dass die Dame den Nackten erpressen wollte und deshalb über den Jordan gehen musste. Allerdings haben wir den Mann nie ausfindig machen können. Er war einfach vom Erdboden verschwunden. Und nun wird's lustig. Ich habe mich zufällig mit unserer neuen Kollegin in der Kantine unterhalten. Dabei fiel uns beiden die Zeitspanne von drei Jahren auf, welche in eurem Fall und auch in dem alten Fall eine Rolle spielt. Also haben wir, sozusagen ins Blaue hinein, die Fingerabdrücke beider Fälle verglichen. Halt dich fest! Oskar Fiedler ist Gerold

Müller. Die Wiegand vermutet nun, dass hier Rache im Spiel ist. Sie macht sich gerade vor Ort ein Bild über die familiären Verhältnissen der getöteten Domina, und hat mich gebeten, dich über den neuesten Stand in Kenntnis zu setzen. Was ich hiermit getan habe". Kommissar Riemers Gesicht drückte zunächst Anerkennung für seine Kollegin aus, danach jedoch kolossalen Genuss, als er sich die drei Schokoladenriegel in den Mund stopfte.

Frauke Wiegand saß vor Riemers Schreibtisch und blickte gelegentlich auf ihr Tablet: „Der Kerl hat es mir ziemlich einfach gemacht. Nach dem Tod seiner Schwester ist er überall mit einem Bild dieses Oskar Fiedler herumgereist, und hat alle Leute gefragt, ob sie wüssten, wo der zu finden sei. Da er auch wiederholt geäußert hat, dass er den Kerl umbringen will, habe ich einen richterlichen Durchsuchungsbeschluss erwirken können. Unter einem Stück lockeren Laminat in seinem Wohnzimmer wurde dann auch die Waffe gefunden, mit welcher der Fiedler alias Müller erschossen wurde. Er hat gestanden, den Mörder seiner Schwester nach drei Jahren ausfindig gemacht und von hinten erschossen zu haben. Fall gelöst! Und jetzt gehen wir beide zu Hohlbach und erstatten Bericht". Riemer wehrte ab: „Nein, nein, nein! Ich bin außen vor. Die Ehre gebührt Ihnen und Hausknecht. Sie beide haben in einem Rutsch die zwei Fälle gelöst. Ich persönlich habe nichts dazu getan". Frauke Wiegand stand verwundert auf: „Wir haben schließlich zusammengearbeitet. Aber wenn Sie kein Eckchen vom Ruhm abhaben wollen, dann ist das Ihre Sache". Als sie den

Raum verlassen hatte, nahm der Kommissar seinen abgekauten Kugelschreiber, warf ihn in hohem Bogen in den Papierkorb und rieb sich zufrieden die Hände. Endlich mal ein Fall, bei dem er selbst keinen Bericht schreiben musste.

Zufall und Wahrscheinlichkeit

Die Mutter von Latif war Chinesin, sein Vater Inder, sein Name arabisch und sein Lebensmittelpunkt Deutschland. Da die Eltern wollten, dass er in der Schule gut mitkommt, wurde zu Hause nur deutsch gesprochen. Jedoch weder seine Mutter noch sein Vater beherrschten diese Sprache wirklich. Das war logischerweise der Grund dafür, dass Latif einen sehr gewöhnungsbedürftigen Akzent an den Tag legte. Seine Mitschüler verspotteten ihn deswegen, ohne den Grund dafür zu kennen, denn keiner wusste von seinen häuslichen Verhältnissen. Es machte sich auch keiner die Mühe, einmal nachzufragen. Das ist leider für viele Menschen typisch. Einer der Schüler aus Latifs Klasse machte sich stets und ständig über alles lustig. Eben nicht nur über Latif, sondern beispielsweise auch über den heiligen Martin. Man sagt, als Martin von Tours noch römischer Legionär war, teilte er mit dem Schwert seinen Mantel und gab die Hälfte einem frierenden Bettler. Jener Schüler meinte nun, dass eine derartige Handlung Schwachsinn sei, weil jetzt beide frören. Er, für seine Person, hätte dem Bettler den ganzen Mantel gegeben. Die meisten der Mitschüler stimmten ihm zu, ohne die Geschichte zu hinterfragen. Außer Latif. Der wusste nämlich den wahren Grund. Damals war es so, dass ein römischer Soldat die Hälfte seiner Ausrüstung selbst bezahlen musste. Die andere Hälfte bezahlte der Kaiser. Den Besitz des Kaisers aber zu verschenken, bedeutete Hochverrat. Also zerteilte Martin den Mantel, und verschenkte nur den Teil, der ihm selbst gehörte. Man sieht, hinterfragen lohnt sich. Und Latif fragte. Er hatte spätestens mit elf Jahren begonnen Fragen zu stellen, als nämlich sein Vater beim Überqueren der Straße von einem Motorrad erfasst wurde, und drei Tage danach im Spital verstarb. Wieso musste das passieren? Hätte der Vater nur zwei Sekunden später das Bein auf die Fahrbahn gestellt, würde er immer noch leben. Oder etwa nicht? Die Mutter von Latif bezeichnete den Tod ihres Mannes als tragischen Zufall. Aber Latif fragte sich im Stillen, was ist eigentlich ein Zufall? Und gibt es tatsächlich Zufälle, oder ist es unabdingbar, dass bestimmte Ereignisse eintreten? Er begann sich zu belesen. In der Literatur fand er vorderhand verschiedene Definitionen, die aber im Prinzip immer auf das Gleiche hinausliefen: Zufall ist, wenn ein Ereignis geschieht, ohne dass eine objektive Ursache dafür erkennbar ist. Menschen neigen nun mal dazu, unerklärliche Dinge stets erklären zu wollen. Der Psychoanalytiker Carl Gustav Jung hat in dem Zusammenhang den Begriff der „Synchronizität" geprägt. Mit diesem Wort bezeichnete er zeitnah aufeinander folgende Ereignisse, welche keineswegs in einer

Kausalbeziehung stehen, jedoch von den Betroffenen als sinnhaft verbunden erfahren werden.

Später stieß Latif dann noch auf einen sehr interessanten Vergleich:

Auf einem, im Freien stehenden Gartentisch, ist eine Nagelkuppe zu sehen. Falls man jetzt aus einem Flugzeug in einer Höhe von eintausend Metern mit einer Pipette einen Wassertropfen fallen lässt, wäre es ein riesiger Zufall, wenn dieser Tropfen genau den Nagelkopf treffen würde. Wenn es aber regnet, wird der Nagel nass. Das bedeutet, Ereignisse, bei Regen also herunterfallende Tropfen, müssen nur oft genug eintreten, dann kann man eigentlich nicht mehr von Zufall sprechen.

Nach diesem Beispiel begriff Latif langsam die Zusammenhänge. Je häufiger ein Erdenbürger eine Fahrbahn überquert, desto wahrscheinlicher ist es, dass diese Person in einen Verkehrsunfall verwickelt wird. Das war der Auslöser dafür, dass Latif Mathematik studierte, mit der Spezialisierung auf Probabilistik, auch Wahrscheinlichkeitstheorie genannt. Wie er im Nachhinein errechnete, bestand eine hohe Wahrscheinlichkeit, dass er sich während des Studiums in eine seiner Kommilitoninnen verliebte. Weniger wahrscheinlich war es, dass das Mädchen sich auch in ihn verlieben würde. Es passierte jedoch trotzdem. Latif verbuchte diesen Umstand unter dem generellen Fachbegriff ‚Bedingte Wahrscheinlichkeit'. Sabrina, so hieß die junge Frau, war die Tochter eines Automatenfabrikanten. Die Firma stellte neben Getränkeautomaten auch verschiedene Spielautomaten her. Als Latif sein Studium abgeschlossen hatte, und sich nicht genau im Klaren war, was er weiterhin so tun sollte, überredete ihn seine zukünftige Braut, in der Firma ihres Vaters zu arbeiten. Er wurde in der Entwicklungsabteilung eingesetzt, und war für die Konstruktion elektronischer Spielautomaten mitverantwortlich. In dem Gesetzestext der GewO werden derartige Automaten ‚Spielgeräte mit Gewinnmöglichkeit' bezeichnet. Durch seine berufliche Tätigkeit beschäftigte er sich notwendigerweise auch mit der Norm GLI 11. Eine wichtige Anforderung dieser Norm ist, dass innerhalb eines Spiels zufällig bestimmte Ereignisse immer gleich oft auftreten, und kein Zufallsergebnis irgendwelche Auswirkungen auf zukünftige Zufallsentscheidungen haben darf. Da Latif beharrlich alles hinterfragte, fragte er sich auch, ob man in absehbarer Zeit diese Anforderung durch entsprechende Programmierung der Software umgehen könne, ohne dass jemand eine derartige Manipulation bemerken würde. Was zunächst ein theoretisches Gedankenspiel war, erschien viel zu verlockend, um es nicht in die Praxis umzusetzen. So kam es, dass es seitdem vierstellige ‚Einarmige Banditen' gab, die nach dem Anzeigen von vier unterschiedlichen Symbolen sowie einer anschließenden Inaktivität von siebzehn Sekunden, genau nach drei weiteren Versuchen vier gleiche Bilder zeigten. Da nur außerordentlich selten ein Spieler zwischen zwei Versuchen siebzehn Sekunden wartet, fiel das nie einem Menschen auf. Für Latif war das Ganze nur eine Bestätigung seines Könnens. Er nutzte sein Wissen nicht aus, da er niemals in Spielhallen ging. Dass er es doch eines Tages anwenden würde, war sehr unwahrscheinlich. Hätte er es berechnet, wäre er zu dem Ergebnis gelangt, dass es nie dazu kommen würde.

Wenn eine Frau hübsch ist, kann man damit rechnen, dass sie wahrscheinlich mehreren Männern gefällt. Das ist kein Zufall. Und so gab es in der Firma einen jungen Mann, der Latif zutiefst beneidete, zumal Sabrina die einzige Tochter des Chefs war. Er begann Latif zu beschatten, und schrieb sich alle seine Tätigkeiten sowie die zugehörigen Uhrzeiten auf. Nach einiger Zeit bekam dann Sabrina einen Brief von einem ‚anonymen Freund'. Dort waren minutiös alle Zeiten aufgeführt, an welchen Latif nicht bei seiner Freundin weilte, gefolgt von der Behauptung, dass er in diesen Stunden mit einer Anderen im Bett gewesen sei. Sabrina schäumte und machte sofort mit Latif Schluss. Dann lief sie mit dem Brief zu ihrem Vater, der den Ahnungslosen auf der Stelle feuerte. Latif konnte protestieren und beteuern was er wollte, weder Tochter noch Vater glaubten ihm. Danach beherbergte Latifs Brust zwei sehr unterschiedliche Gefühle. Zum einen die Angst keine andere Arbeit zu bekommen, zum anderen blanke Rache, weil man ihm ohne nachzuprüfen Unrecht getan hatte. Er ging in die nächstgelegene Kneipe, um sich zu betrinken. Dazu kam es aber gar nicht, denn er erspähte an der hinteren Wand einen Spielautomaten seiner ehemaligen Firma. Er setzte sich an das Gerät, und hatte innerhalb der nächsten halben Stunde den Jackpot geknackt. Der Wirt, der am Umsatz des Automaten beteiligt war, erteilte Latif daraufhin Hausverbot. Es dauerte gar nicht lange, dann liefen in Latifs ehemaliger Firma etliche Beschwerden aus dem ganzen Land ein, weil deren Spielautomaten viel zu oft hohe Gewinne ausschütteten. Aber selbst die Kontrollbehörden fanden keinen Fehler an den Automaten. Weitere Recherchen ergaben, dass es immer nur ein spezieller Spieler war, der kräftig absahnte. Man setzte Detektive ein, um der Person habhaft zu werden, kam aber immer zu spät. Der Gewinner hatte sich rechtzeitig vom Acker gemacht. Es war, als wäre er in der Lage, jede Aktion der Gegenseite vorauszuberechnen. Die betroffenen Automaten wurden sicherheitshalber abgebaut. Kein Spielhallenbesitzer orderte mehr irgendein Gerät dieser Firma. Und während sich Latif ein Häuschen kaufte, musste der Vater von Sabrina Insolvenz anmelden. Da fragt man sich doch schon, war das nun Zufall? Oder war das sogar wahrscheinlich?

Des Kommissars Beinbruch

Nachdem Hauptkommissar Hohlbach den Brief geöffnet hatte, schlug er mit der Faust auf den Tisch: „Das macht der absichtlich. Nur damit ich mich ärgere!" Dann griff er zum Hörer und befahl Kommissar Schimmler zu sich ins Büro. Kaum war Schimmler eingetreten, blaffte Hohlbach ihn auch schon an: „Hören Sie, der dicke Riemer hat sich krank gemeldet. Ich denke mir aber, er simuliert bloß. Einfach, um mich zu ärgern". Kommissar Schimmler konnte sich ein kurzes Schmunzeln nicht verkneifen: „Ich denke genau das Gegenteil. Denn wenn er

hier wäre, würde er Sie noch viel mehr ärgern. Stimmts?"
Hohlbach winkte ab: „Wie auch immer. Sie machen jetzt
einen Krankenbesuch und stellen fest, ob Riemer wirklich dienstuntauglich ist!" Kommissar Schimmler zog
die Nase kraus: „Ich bearbeite doch gerade den Raubmord in der Ritterstraße. Außerdem bin ich kein Lauf-
bursche. Kann das nicht jemand vom Telefondienst übernehmen? Oder vielleicht einer von der Gewerkschaft? O-
der Sie schicken eine Streife hin. Wie wäre das?" Hohlbach sprang ärgerlich auf: „Schimmler, Sie sollen mal
mein Nachfolger werden. Da verlange ich Disziplin. Sie
werden also auf der Stelle den von mir gegebenen Befehl
ausführen!" Kommissar Schimmler drehte sich um und
verließ langsam das Zimmer. Weil er aber wusste, dass
Riemer oft die Tür aufließ, um den Chef zu ärgern, ließ
auch er diesmal die Bürotür hinter sich sperrangelweit
offen. Hohlbach wetterte: „Wir sind hier nicht in einem
Bus mit Automatiktüren". Schimmler überhörte es beflissentlich.

Als es klingelte humpelte Kommissar Riemer, unterstützt
von einer Krücke, zur Wohnungstür. Da er aber noch un-
geübt im Umgang mit einer Gehhilfe war, fiel diese zu
Boden, als er die Tür öffnete. Schimmler bückte sich und
hob die Krücke auf: „Du hast da was verloren". Riemer
war erstaunt: „Was machst du denn hier? Hast du nichts
zu arbeiten? Aber komm rein! Ich wollte gerade eine Flasche Wein aufmachen, da kannst du ein Gläschen mit-
trinken!" Schimmler wehrte ab: „Nein, ich bin im Dienst,
wie du eigentlich wissen solltest". Riemer humpelte

voraus ins Wohnzimmer, und beide nahmen jeweils in einem der Sessel Platz. Kommissar Riemer krempelte mühevoll sein linkes Hosenbein hoch, zog den Hausschuh aus und präsentierte seinem Besucher ächzend einen pinkfarbenen Castverband: „Da, dieses Zeug ersetzt Gips. Das ist angeblich aus Glasfasern und Kunstharz". Kommissar Schimmler lehnte sich zurück: „Und was, in drei Teufels Namen, hast du nun genau angestellt?" Riemer ließ langsam das Hosenbein wieder herunter: „Schuld ist dieser blöde Maler. Der sollte doch nur meine verrußte Küchendecke streichen. Aber die Höhe des Kostenvoranschlages hätte gereicht, um eine Komplettsanierung von Schloss Neuschwanstein durchzuführen. Also bin ich selbst zu Werke gegangen. Blöderweise ist die oberste Sprosse meiner Stehleiter durchgebrochen. Und als ich nach hinten weggekippt bin, hat sich mein Bein zwischen zwei anderen Sprossen verfangen. Die sind dann auch noch durchgebrochen, und mein Bein ebenfalls. Und wehe, du lachst jetzt!" Schimmler musste sich tatsächlich das Lachen verkneifen. Er hielt sich die Hand vor den Mund und simulierte husten zu müssen. Kommissar Riemer schmunzelte nun auch seinerseits über Schimmlers Versuch, das Lachen zu verbergen: „Ist schon gut. Ich musste auch lachen, aber erst im zweiten Moment, als der Schmerz nachgelassen hat". „Und sag mal", fragte Schimmler, „was war schlimmer, jetzt das Bein zu brechen, oder damals angeschossen zu werden?" Riemer hielt den Kopf ein wenig schief: „Du wirst es nicht glauben, aber das Allerschlimmste, nach der Kugel im Bauch, war damals der Polizei-Psychologe. Der

Mensch hat mir derart peinliche Fragen gestellt, dass ich fast im Erdboden versunken wäre. Und dann hat er aus meinen Antworten regelrecht bescheuerte Schlussfolgerungen gezogen. Ich hätte den Kerl um ein Haar erwürgt. Er hatte Glück, dass er mich damals für diensttauglich erklärt hat, sonst wäre ich noch einmal zurück gegangen, um diesen Seelenfuzzi abzuwatschen. Ich schwöre dir hoch und heilig, ich lasse mich zukünftig lieber erschießen, als noch einmal zu diesem bekackten psychologischen Dienst gehen zu müssen. Aber mal was anderes, was tut sich eigentlich zurzeit in unserer Dienststelle?" Schimmler zog etwas ärgerlich die Mundwinkel nach unten: „Ich habe da so einen Raubmord in der Ritterstraße. Das Backsteinhaus neben der kleinen Trattoria Rizzoli. Trotzdem hat mich der Alte abgezogen, damit ich dich besuche. Na ja, dieser schießwütige Einbrecher dort war meiner Meinung nach sowieso kein Profi. Er ist zwar zu einer Zeit eingestiegen, an welcher der Mieter auf Arbeit sein sollte, versäumte es aber zu recherchieren, dass der Mensch einen Tag frei hatte. Wie gesagt, eben kein richtiger Profi. Also überraschte ihn der Bewohner, und der Dieb hat sein Opfer eiskalt abgeknallt. Die Spurensicherung hat zwar jede Menge Fingerabdrücke und auch DNA-Spuren gefunden, wir können sie aber niemanden zuordnen. Allerdings konnten wir anhand der Spuren feststellen, dass der Täter schon andere Einbrüche begangen hat. Bisher aber ohne herum zu ballern. Und diesmal war die Kugel viel zu deformiert, um auf eine Waffe schließen zu können. Mit anderen Worten, ich habe gar nichts". Riemer richtete seinen linken Zeigefinger auf

Schimmlers Brust: „Siehste, und deshalb hast du auch Zeit, mich zu besuchen. Und weil mir langweilig ist, spielen wir jetzt eine Partie Schach. Wenn du willst, lasse ich dich auch gewinnen!" Schimmler musste erneut lachen: „Als ob du irgendwann schon einmal gegen mich gewonnen hättest".

Am Abend ärgerte sich Riemer, dass er sich nicht getraut hatte, Schimmler nach Frauke Wiegand zu fragen. Die Kommissarin hatte es ihm angetan. Aber eigentlich sollte das niemand wissen. Er hatte viel zu viel Angst, aufgrund seiner Körperfülle einen Korb zu kriegen. Um sich abzulenken wollte er mit seiner Tochter in Hamburg skypen. Er klappte seinen Laptop auf und wählte unter den Favoriten die Adresse seiner Tochter. Es meldete sich sein Schwiegersohn: „Hallo Opa!" Riemers Mine verfinsterte sich: „Hör zu, du Mehlmann, wenn du mich noch einmal Opa titulierst, dann fordere ich dich zum Zweikampf heraus. Du hast die Wahl der Waffen". Mehlmann grinste: „Wie wäre es mit Handgranaten auf eine Entfernung von zwei bis drei Metern?" Kommissar Riemer schmunzelte: „Quatschkopp! Sag mir lieber wie es euch geht!" Sein Schwiegersohn antwortete: „Wie solls schon gehen. Wie immer. Ich bin fertig mit meiner Reha und arbeite wieder, und deine liebe Tochter kocht gerade Brei für den Kleinen. Der hat übrigens letzte Nacht durchgeschlafen". Das Handy auf Riemers Tisch begann zu surren. Der Kommissar brach daher das Gespräch ab: „Mein Telefon! Ich muss Schluss machen. Gib meiner Tochter einen Kuss von mir!" Er beendete das Programm und nahm das

Gespräch vom Handy an. Es meldete sich eine Frauenstimme: „Guten Tag. Hier ist die Kanzlei Gunzinger. Wir wollten Ihnen unsere Dienste anbieten. Wir sind spezialisiert auf Steuerberatung". Riemer unterbrach abrupt den Redefluss der Dame: „Dann beraten Sie mal schön ihr Steuer!" Er legte auf und holte sich ein Bier aus dem Kühlschrank. Seltsamerweise hatte er heute kein Verlangen nach Rotwein. Er stellte den Fernsehapparat an, holte sich noch eine Tüte Chips und machte es sich auf dem Sofa gemütlich. Allerdings hatte das Fernsehprogramm die gleiche Eigenschaft wie der Fernseher, nämlich flach. Der Kommissar wachte nach ungefähr einer Stunde auf, schaltete das Fernsehgerät wieder aus und trollte sich ins Bad. Zwanzig Minuten später lag er in der Klappe, und träumte süß von einer gewissen Kollegin. Ein ungewohntes Geräusch ließ ihn hochschrecken. Schlaftrunken wusste er nicht gleich, wo er am Vorabend die Dienstpistole hingelegt hatte. Aber natürlich lag sie in der Nachttischschublade, in der er sie schließlich jeden Abend verstaute. In seinem Wohnzimmer klapperte etwas. So leise es mit dem kaputten Bein ging, schlich er sich an. Im Schein einer Taschenlampe kramte dort eine Person im Wohnzimmerschrank. Riemer knipste das Deckenlicht an: „Hände hoch! Polizei!" Der Einbrecher erschrak, zog aber sofort eine Pistole aus dem Hosenbund und schoss. Im gleichen Moment hatte der Kommissar abgedrückt. Riemers Kugel traf den Langfinger an der Schulter. Der Kerl stolperte und fiel nach hinten um. Das Geschoss des Diebes schlug in Riemers bandagiertem Bein ein, wobei der Castverband das Meiste abfing. Riemer zielte mit der

Rechten auf die Nase des Liegenden: „Junge, stehe lieber nicht auf. Es könnte deine letzte Bewegung sein". Dann angelte er sich sein Handy vom Tisch, immer mit den Augen auf dem Angeschossenen. Mittels der Kurzwahltaste verständigte er die Zentrale: „Kommissar Riemer. Einbruch mit Schusswechsel in meiner Wohnung. Ich benötige einen Krankenwagen!" Kurze Zeit darauf hörte man den Klang von Martinshörnern auf der Straße. Riemer humpelte zur Wohnungstür, immer darauf bedacht, den Lauf seiner Waffe auf den Einbrecher zu richten. Zwei Uniformierte und zwei Sanitäter mit einer Liege drängten in die Wohnung. Der Einbrecher und auch Riemer wurden ins Krankenhaus gebracht. Die Verletzung des Kommissars war gering. Allerdings konnte kein neuer Castverband oder Gips angelegt werden, da sonst die Wunde der Schussverletzung nicht ordnungsgemäß geheilt wäre. Demnach wurde das Bein geschient. Riemers Kommentar: „So viel Metallstreben hat ja nicht mal der Eifelturm".

Der Kommissar saß auf seinem Sofa und hatte das geschiente Bein auf einem Stuhl abgelegt. Als es klingelte, rief er laut: „Es ist offen!" Schimmler betrat die Wohnung mit einen Präsentkorb: „Von den Kollegen. Wir wünschen gute Besserung! Sogar Hohlbach hat was dazu gegeben. Ich soll dir speziell von ihm alles Gute wünschen". Riemer verzog das Gesicht: „Die Affenfresse kann sich seine heuchlerischen Wünsche in eine dunkle Körperöffnung schieben!" Schimmler musste grinsen: „Du tust ihm Unrecht. Schließlich hat er dich vor allen

Kollegen gelobt. Er hat gesagt, dass sich alle ein Beispiel an dir nehmen sollen. Trotz deiner Dienstuntauglichkeit würdest du noch einen Raubmord und andere Einbrüche aufklären". Riemer winkte unwirsch ab: „Reiner Zufall. Ich konnte doch nicht wissen, dass es der selbe Kerl ist, der den Raubmord und die anderen Diebstähle begangen hat. Wenn er nicht bei mir eingebrochen hätte, wäre er bestimmt dir demnächst in die Fänge geraten. Denn wer so blöd ist, und bei einem Kriminalpolizisten einbricht, der tappt schon irgendwann in die Falle". Schimmler nickte: „Ich soll dir aber noch etwas von deinem heißgeliebten Hauptkommissar Hohlbach ausrichten. Da du einen Menschen umgenietet hast, musst du nach deiner Genesung erst noch einmal zum Polizei-Psychologen, bevor du wieder arbeiten darfst".

Den Leuten auf der Straße vor Riemers Haus lief ein Schauer über den Rücken, denn sie hörten einen scheinbar Wahnsinnigen in übernatürlicher Lautstärke brüllen: „Ich bringe ihn um! Ich bringe diesen Mistkerl um! Morgen bringe ich ihn um!"

Hast du Bier mitgebracht?

Folgende Konstellation: Die Wohnungstür fällt lautstark ins Schloss, und die Ehefrau betritt das Wohnzimmer:

„Ich bin wieder zu Hause!"

„Prima, meine Süße. Hast du Bier mitgebracht?"

„Aber Schatz, du weißt doch genau, dass Bier ungesund ist, oder?"

„Heißt das, du hast keins mitgebracht?"

„Ich will nicht, dass mein Mann ein Säufer wird!"

„Nun mach's aber mal halblang! Eine einzige Flasche Bier am Wochenende macht doch keinen Säufer".

„Ich habe gelesen, dass man süchtig wird, wenn man regelmäßig Bier zu sich nimmt. Und Samstag für Samstag eine Flasche, das ist doch regelmäßig. Stimmts, oder habe ich Recht?"

„Aber Mausi, von einer Flasche Bier wird doch niemand süchtig".

„Außerdem habe ich es satt, dich ständig zu bedienen".

„Moment! Ich wollte doch eigentlich selbst Einkaufen fahren. Aber du hast mich dann wortreich überredet, es dir zu überlassen".

„Weil ich auch mal Auto fahren möchte. Das nennt sich Gleichberechtigung".

„Hä? Hab ich was verpasst? Du fährst doch jeden Tag mit unserem Auto zur Arbeit".

„Ja, aber nicht zum Einkaufen. Außerdem wollte ich auch noch bei meiner Freundin Cordula verbeischauen. Die hat nämlich selbst gemachten Fruchtwein. Und den sollte ich unbedingt mal probieren".

„Aber doch nicht, wenn du Auto fahren musst".

„Ich musste ja nicht, ich wollte".

„Du veralberst mich doch! Also jetzt mal raus mit der Sprache! Hast du nun mein Bier mitgebracht oder nicht?"

„Nein!"

„Gut, mein lieber Schatz, das ist ja kein Beinbruch. Gib mir bitte die Autoschlüssel, dann fahre ich selbst nochmal los!"

„Die Schlüssel kann ich dir nicht geben".

„Wieso?"

„Die stecken noch im Auto".

„Hast du den Wagen nicht abgeschlossen?"

„Mit so einer Delle in der hinteren Stoßstange, klaut den sowieso keiner".

„Wie bitte? Was für eine Delle?"

„Kann ich was dafür, wenn die Blödmänner von der Stadtverwaltung so niedrige Betonpoller aufstellen, dass kein Schwein die Dinger im Rückspiegel sieht?"

„Schatzi, wir haben aber einen Parkassistenten im Auto. Der piept doch immer, wenn du dich einem Hindernis näherst".

„Das habe ich abgeschaltet. Weißt du eigentlich, wie mir dieser dämliche Piepser auf den Geist geht? Schließlich habe ich auch nur Nerven und bin nicht so abgestumpft wie du".

„Ich dreh durch! Also ich rufe gleich mal die Werkstatt wegen einer neuen Stoßstange an".

„Dann sage denen auch gleich, dass wir vorne ebenfalls eine neue brauchen!"

„Du willst doch nicht etwa behaupten …"

„Doch. Aber dafür kann ich nun wirklich nichts. So ein blöder Kerl hatte mich eingeparkt. Aber dem habe ich es gezeigt. Die Stoßstange an seinem Auto ist sogar abgefallen".

„Und dann bist du weitergefahren? Das ist Fahrerflucht. Dafür kann man bis zu drei Jahren in den Knast kommen. Bist du wahnsinnig? Und unser Auto ist außerdem auch noch zum Teufel".

„Du hast wohl noch nie einen Fehler gemacht, was? Außerdem könnte ja ein Auto mit zwei verbeulten Stoßstangen theoretisch noch fahren. Und nebenbei gibt es ja auch noch Schlimmeres".

„Noch Schlimmeres? Um Gottes Willen, was denn?"

„Ich bin vom Nachbarn schwanger".

„Waaaaaas? Jetzt reichts! Du packst auf der Stelle deinen Koffer und verschwindest aus der Wohnung!"

„Soll ich den Kalender auch mit einpacken?"

„Was soll denn das nun wieder?"

„Schau mal drauf! Heute ist der erste April. April, April, ich bin gar nicht schwanger. Das habe ich nur gesagt, damit du begreifst, dass das mit unserem Auto gar nicht so schlimm ist".

„Du machst mich fertig. Ist das mit dem Auto eventuell auch ein Aprilscherz?"

„Leider nein. Beide Stoßstangen sind hin".

„Was mache ich durch. Ich kann nicht mehr! Tu mir den einzigen Gefallen, hole bitte den Autoschlüssel, und vergiss nicht abzuschließen!"

„Kann ich nicht. Der Autoschlüssel ist nass".

„Bitte? Wie kann denn ein Autoschlüssel nass sein?"

„Na ja, die Straße vorm Supermarkt ist abschüssig. Und ich war so fürchterlich aufgeregt, da habe ich vergessen die Handbremse anzuziehen. Jetzt steht unser Auto auf dem Grund des Stausees. Dort bei dem kaputten Zaun".

„Scheiße, das wird teuer. Ich hänge mich am besten auf".

„Das ist wieder mal typisch. Dir geht's nur ums Geld. Warum ich so aufgeregt war, und deshalb die Handbremse vergessen habe, das interessiert dich überhaupt nicht".

„Also gut, warum warst du so aufgeregt?"

„Wegen des armen Radfahrers, der jetzt im Krankenhaus liegt. Beim Abbiegen sieht man diese Strampler einfach nicht. Man könnte ja auch einen Fahrradhelm aufsetzen, aber nein, der Herr hätte sich ja damit vielleicht die Frisur verhunzt".

„Oh lieber Gott! Nicht das auch noch! Man reiche mir eine Pistole. Falls ich meine Angetraute nicht treffen sollte, dann erschieße ich mich eben selbst".

„Du bist immer so melodramatisch. Nur keine Sorge, der Mann kommt schon durch".

„Äh, warte mal, was machst du denn da?"

„Ich packe meine Reisetasche. Ich brauche doch für die nächsten Tage zumindest Zahnbürste und Pyjama".

„Aber dich wirft doch gar keiner raus. Was soll das?"

„Nun ja, sagen wir mal so. Unten wartet die Polizei. Ich muss wegen Trunkenheit am Steuer ins Gefängnis. Aber sie haben mir noch erlaubt, meine Tasche zu packen. Also mach's gut mein Schatz! Bis später!"

„Halt, halt, halt! Und wer holt mir jetzt mein Bier?"

Es geht um Geld

Wenn man das Wort ‚Tradition' nachschlägt, dann wird einem verklickert, dass es sich um die Überlieferung von Wissen, Fähigkeiten sowie der Sitten und Gebräuche innerhalb einer Kultur oder einer Gruppe handelt. Das Wort ‚Mensch' taucht bei dieser Definition nicht auf. Ich weiß also nicht genau, ob Ameisen oder Bakterien irgendwelche Traditionen besitzen, aber ich weiß, dass ich für meine Person eine ganz bestimmte Tradition zelebriere. Ich bin Levin Baer, der einzige Mitarbeiter der Detektei ‚Baer und Behr‘, und eingeführt hat diesen Brauch mein verstorbener Partner Max. Es handelt sich darum, morgens zwischen neun und zehn langsam und genüsslich zwei fingerbreit Bourbon aus einem zylindrischen Glas zu schlürfen. Ich führe diese Tradition als Andenken an meinen Freund fort. Nebenbei erledige ich anstehenden Papierkram oder lasse einfach meinen Gedanken freien Lauf. Dabei gehen mir die seltsamsten Dinge durch den Kopf. Vor einigen Wochen habe ich beispielsweise darüber sinniert, ob man wirklich den ganzen Quatsch braucht, der einem während der Schulzeit in den Kopf geprügelt wird. Damals war ich der Meinung, dass man das Meiste weglassen könnte. Dass ich aber gerade bei dem Fall, der heute auf mich zu kommen sollte, ein paar Dinge aus dem Deutschunterricht anwenden müsste, hätte ich ganz bestimmt nicht gedacht.

Es war kurz vor meiner anstehenden Mittagspause, als es an meine Bürotür klopfte. Das musste ein wirklich gut erzogener Mensch sein, denn alle anderen waren bisher einfach hereingestürmt. Nach meinem: „Immer herein!“, trat sehr achtsam eine alte, wacklige Dame ein. Sie stützte sich auf einen Gehstock mit Elfenbeingriff, hatte schlohweißes Haar und mehr Falten im Gesicht, als der Ozean Wellen hat. Vor ihrer Brust baumelte an einer silbernen Kette eine Lesebrille. Nach meiner Aufforderung nahm sie bedächtig Platz, und sagte mit belegter Stimme: „Sie sind alle tot!" Ich verstand nicht ganz: „Wie meinen?" Sie stützte beide Hände auf den Knauf ihres Stockes: „Alle sind tot. Alle, die Anspruch auf das Geld gehabt hätten. Das wollte ich nur im Vorhinein sagen, damit das als Grundlage für die weiteren Erörterungen dient!" Ich war mir nicht ganz im Klaren, ob ich nun belustigt oder neugierig sein sollte: „Na, dann erzählen Sie mal weiter!" Sie räusperte sich umständlich: „Also, mein Name ist Herta Weinreuter, und ich bin nicht stolz darauf, aber als junge Frau hatte ich eine Affäre mit einem verheirateten Mann. Sein Name war Friedrich, und wir haben uns in der städtischen Bibliothek kennengelernt. Wir liebten beide Lord Byron, besonders seine Bonmots. Kennen Sie das? ‚Große Menschen sind stolz, kleine eitel'. Oder auch …" Um ihren Redefluss zu stoppen, begann ich zu rezitieren: „Es ist viel leichter, für eine Frau, die man liebt, zu sterben, als mit ihr zu leben. Das ist auch von Byron. Aber, gute Frau, diese Sinnsprüche bringen unseren Fall nicht weiter. Was genau wollen Sie eigentlich von mir?" Man sah ihr an, dass sie ein klein wenig ärgerlich wurde: „Junger Mann, Sie sollten etwas geduldiger sein. Aber das lernen Sie schon noch. Wenn Sie erst einmal, wie ich, neunzig Jahre alt sind, kommt das von allein. Aber jetzt müssen Sie mir schon zuhören, damit Sie alles begreifen! Also wo war ich? Ach so, Friedrichs Frau war ein Findelkind, hatte also keine Verwandten. Man fand sie in einem Körbchen vor einem Kloster. Dummerweise konnte sie leider keine Kinder bekommen. Friedrich wollte sich deshalb von ihr trennen, und mich heiraten. Jedenfalls hat er mir das so gesagt. In dem Fall, dass seine Frau eventuell irgendwelche Schwierigkeiten machen sollte, hatte er heimlich eine größere Summe beiseite gebracht. Angeblich sei das Geld irgendwo versteckt. Er gab mir einen Zettel. Darauf wäre der Ort genau bezeichnet, allerdings verschlüsselt. Friedrich hat nämlich im zweiten Weltkrieg immer Nachrichten entschlüsseln müssen. Als er mir den Zettel gab, wiederholte er immer und immer wieder, dass Lord Byron der Schlüssel sei. Aber eines Tages war mein Friedrich plötzlich tot. Der Bestatter fand an Lippen und Nägeln der Leiche etwas Ungewöhnliches, und es gab eine Autopsie. Seine Frau war uns auf die Spur gekommen, und hatte ihn vergiftet. Bei einer Durchsuchung fand man im Haus die Dose mit dem Gift. Ich weiß nicht mehr genau, welches Gift es war, aber auf der Dose waren die Fingerabdrücke von Friedrichs Frau. Sie hat sich dann im Gefängnis das Leben genommen. Aus der Bettwäsche hat sie einen Strick gedreht und sich am Fenstergitter aufgehängt. Friedrich hatte nur noch einen Bruder, sonst keine weiteren Verwandte. Dieser Bruder nun war Single und besaß keine Kinder. Vor drei Tagen ist er an Altersschwäche gestorben. Jetzt sind alle tot. Es gibt also keine Angehörigen mehr. Und ich dachte, ich könnte mir das Geld jetzt endlich holen. Nicht für mich, ich bin zu alt für teure Kinkerlitzchen. Aber man könnte es spenden. Ich kann aber den Zettel nicht entschlüsseln, deshalb überlegte ich mir, dass Privatdetektive so etwas können sollten. Wenn Sie das Geld finden, gehören zehn Prozent Ihnen. Falls aber nicht, kann ich Sie bedauerlicherweise nicht bezahlen. Sind Sie bereit, dieses Risiko einzugehen?" Ich kratzte mich längere Zeit am Kopf. Meine Gedanken rannten wie wild hin und her, mal leise auf Hausschuhen, mal lautstark in Stiefeln. Zwar hatte ich im Moment sowieso keinen Fall, aber es würden bestimmt Spesen anfallen. Als ich lange genug das Pro gegen das Kontra abgewogen hatte, sagte ich: „Zwölf Prozent". Sie nickte selbstsicher: „Einverstanden. Ich wäre sowieso bis fünfzehn gegangen. Hier ist der Zettel. Hinten drauf habe ich meine Telefonnummer geschrieben. Wenn Sie was wissen, rufen Sie mich an!" Danach verfinsterte sich ihr Gesicht, sie stand auf und stampfte energisch mit ihrem Stock auf den Boden: „Und lassen Sie es sich ja nicht einfallen, das ganze Geld selbst zu behalten! Ich beobachte Sie! Ein Wort von mir zur Polizei, und sie sind Ihre Lizenz los! Außerdem trete ich Ihnen dermaßen in den Allerwertesten, dass Sie drei paar Schuhe zum Bremsen brauchen!" Mir blieb der Mund offenstehen, selbst dann noch, als sie schon lange aus meinem Büro gestakst war.

Nun ist die Kryptographie sowieso mein Hobby. Trotzdem gab mir der Zettel ein paar Rätsel auf. Aus dem völligen Buchstabenwirrwarr war erstmal gar nichts abzulesen. Ich ging also zunächst davon aus, dass es sich um einen deutschen Text handelte. Es waren 558 Zeichen. Das Wissen, dass der Buchstabe ‚e' im Deutschen mit 17,4 % am häufigsten vorkommt, hatte ich noch aus meiner Schulzeit im Kopf. Schule war also nicht immer umsonst. Dementsprechend hätte ich aber ungefähr 97 identische Zeichen finden müssen, die dann einem ‚e' gleichzusetzen gewesen wären. Fand ich aber nicht. Dann versuchte ich es mit Englisch. Da hätte ich bei statistisch belegten 12,7 % immer noch etwa 71 gleiche Buchstaben stellvertretend für das ‚e' ermitteln müssen. Das war jedoch auch nicht der Fall. Somit war klar, dass es sich nicht um eine simple Caesar-Verschlüsselung handelte. Nun hatte ja meine Klientin erwähnt, dass ‚Lord Byron' der Schlüssel wäre. Also nahm ich meinen Laptop zu Hilfe und begann immer Gruppen zu neun Zeichen mit allen Varianten des Schlüssels ‚Lord Byron' zu verknüpfen. Mal in Großbuchstaben, mal in Kleinbuchstaben, in regulärer Schriftweise, oder in Groß-Klein-Umkehrung. Nix. Nur Buchstabensalat. Ich konnte mir aber auch nicht vorstellen, dass dieser gewisse Friedrich eine Schlüsselmaschine wie T52, SZ 42 oder die Enigma aus dem zweiten Weltkrieg für seine Verschlüsselung verwendet haben könnte. Schließlich sollte doch bestimmt seine Geliebte jeder Zeit in der Lage sein, hinter das Geheimnis zu kommen. Es war also wahrscheinlich, dass der Text durch eine geschickte Transposition verändert wurde. Zumindest hoffte ich das. Wenn man nun beispielsweise davon ausgeht, dass das deutsche Alphabet 26 Buchstaben hat, gefolgt von Ä Ö Ü und ß, dann kommt man auf die Gesamtzahl 30. Angenommen das Schlüsselwort wäre tatsächlich ‚Lord Byron' und ich will damit das Wort ‚Test' verschlüsseln, dann muss ich wissen, dass das L der zwölfte Buchstabe ist, und das T der neunzehnte. Man rechnet dann 12+19. Da das Ergebnis um 1 größer als 30 ist, schreibt man ein A, weil das eben den ersten Buchstaben im Alphabet darstellt. Das gleiche führt man dann mit den zweiten Buchstaben der beiden Wörter aus, wobei man ignoriert, ob es sich um große oder kleine Buchstaben handelt. Also O von Lord und E von Test, sprich 15+5. Das ergibt T, weil T der zwanzigste Buchstabe ist, usw. Aber diese Vorgehensweise brachte mir auch kein vernünftiges Ergebnis. Also beschloss ich, erst einmal eine Nacht darüber zu schlafen. Ein paar kräftige Schlucke Bourbon halfen mir beim Einschlummern.

Am nächsten Morgen zu Hause kleckerte ich wieder etwas Marmelade auf den Teppich. Wie üblich. Als ich mich auf die Knie begab, um den Fleck zu beseitigen, zog ich aus Versehen die Morgenzeitung vom Tisch herunter. Direkt vor meinen Augen sah ich in roter Fettschrift die Zeile ‚SEK-Mann erschossen‘ prangen. Ich brauchte eine ganze Weile, bis ich begriff, dass ‚SEK‘ für ‚Spezialeinsatzkommando‘ stand. Immer diese blöden Abkürzungen. Und dann machte es laut Klick in meiner Birne. Eigentlich war doch ‚Lord Byron‘ ebenfalls nur eine Kurzform von ‚George Gordon Noel Byron‘. Ich ließ meinen Kaffee stehen, stolperte die Stufen vor meiner Haustür hinunter, schwang mich in mein kleines, rotes Auto und raste ins Büro, denn dort lag der bewusste Zettel im Tresor. Es dauerte gar nicht lange, und vor mir lag folgender Text:

ICH SAH DICH WEINEN

ICH SAH DICH WEINEN,- HELL UND SCHWER
DIE TRÄN' IM TIEFSTEN BLAU;
DA DÄUCHTE MIR, DASS AUGE WÄR'
EIN VEILCHEN, FEUCHT VON TAU.
ICH SAH DICH LÄCHELN,- BLEICH UND FAHL
ERSCHIEN DES SAPHIERS GLÜHN,
BESIEGT VON DEM LEBEND'GEM STRAHL.
DEN BLANKE SCHEIBEN SPRÜHN.

WIE DAS GEWÖLK DEN BLAUEN SAUM
VON JENER SONN' EMPFÄNGT,
DEN SELBST DER ABENDSCHATTEN KAUM
VOM HIMMELSZELT VERDRÄNGT,
SO STRAHLT DEIN LÄCHELN ALL SEIN GLÜCK
INS FINSTERE GEMÜT
UND LÄSST DEN SONNENSCHEIN ZURÜCK,
DER HELL DAS HERZ DURCHGLÜHT.

Bloß was das Ganze zu bedeuten hatte, war mir absolut
unklar. Also wählte ich die Telefonnummer von der
Rückseite des Zettels. Eine zittrige Stimme fragte am anderen Ende ziemlich mürrisch: „Was ist?" Ich versuchte
möglichst höflich zu bleiben: „Ist dort Frau Weinreuter?"
Die Antwort war: „Natürlich. Oder glauben Sie, wenn
Sie bei mir anrufen, geht der japanische Kaiser dran?"
Ich sagte unbeeindruckt: „Levin Baer hier. Ich habe ein
erstes Ergebnis. Könnten Sie zu mir ins Büro kommen?"

Sie sprach gereizt: „Da müssen Sie schon warten, bis mein Bus fährt! Für ein Taxi habe ich kein Geld".

Als meine Klientin vor dem Schreibtisch Platz genommen hatte, schob ich ihr das Blatt mit dem entschlüsselten Text über den Tisch: „Können Sie damit etwas anfangen?" Sie setzte ihre Brille auf und studierte aufmerksam das Gedicht. Dann schien plötzlich die Sonne in ihrem Antlitz aufzugehen: „Sie kennen nicht viele Gedichte von Byron, stimmts?" Ich verneinte und sie fuhr fort: „Hier, die Zeile ‚Den blanke Scheiben sprühn.' muss eigentlich heißen ‚Den deine Blicke sprühn'. Und ‚Wie das Gewölk den blauen Saum' ist auch falsch. Es muss ‚goldnen Saum' heißen. Wissen Sie was das bedeutet?" Ich hob beide Hände: „Keine Ahnung. Wissen Sie es?" Sie strahlte weiterhin über das ganze Gesicht: „In meinem Garten steht ein kleines Gartenhaus in der Form eines achteckigen Pavillons. Und wenn die Sonne untergeht, werden die Sonnenstrahlen von zwei Fensterscheiben direkt in mein Schlafzimmer reflektiert. Deshalb ist hier die Formulierung ‚blanke Scheiben sprühn'. Und innen in dem Pavillon läuft rund um die Kuppel eine blaue Vertäfelung, sozusagen ein blauer Saum. Verstehen Sie jetzt endlich?" Und wie ich verstand. Ich verfrachtete die alte Dame in mein Auto, fuhr zu mir nach Hause, holte mein Brecheisen aus dem Keller und raste mit der Frau zu ihrem Anwesen.

Das Innere des Pavillons war verwahrlost, was meine Klientin damit erklärte, ihn jahrelang nicht mehr benutzt zu haben. Ich setzte voll Tatendrang mein Brecheisen an der blauen Vertäfelung an, und bereits beim zweiten Brettchen begann es Geldscheine zu schneien. Nachdem alles heruntergerissen war, murmelte ich: „Wieviel mag das wohl sein?" Und die alte Dame entgegnete lapidar: „Zweihundertfünfzigtausend. Allerdings sind das noch alte D-Mark-Scheine". Ich setzte meine Gehirnregion für Kopfrechnen in Gang. Mit D-Mark konnte man zwar nicht mehr einkaufen, aber den Schotter immer noch bei der Bank einzahlen, da die Scheine ihre Gültigkeit angeblich nie verlieren würden. Der Umrechnungsfaktor war, falls ich mich nicht täuschte, 1,95 und Zerquetschte. Also hatten wir nach dem Umtausch etwas mehr als 125.000 € zu erwarten. Zwölf Prozent wären dann rund 15.000 €. Obwohl mein Herz wie verrückt hüpfte, wurde mir bewusst, dass wir gezwungen waren, das viele Geld auch irgendwie wegzuschaffen. Ich fragte freudetrunken Frau Weinreuter: „Haben Sie einen Koffer oder eine große Reisetasche, oder Ähnliches?" Sie ging zu einer völlig verstaubten Truhe und brachte einen alten Seesack zum Vorschein. Wir stopften das Geld abwechselnd hinein, und traten dann mit unserer Beute ins Freie. Was uns dort erwartete, erschien mir genauso unreal, als hätte vor uns ein rosa Elefant gestanden. Es dauerte gefühlt ganze drei Minuten, bevor mir klar war, dass es um uns von Polizisten wimmelte. Meiner Partnerin und mir wurden Handschellen angelegt, wir wurden in unterschiedliche Streifenwagen geschubst, und schon ging die wilde Fahrt ab, Richtung Polizeirevier.

Der Verhörraum war schmucklos, wie es sich nun mal für einen solchen Raum gehört. Was mich wunderte, war der Umstand, dass man mir die Fesseln abgenommen hatte. Als sich die Tür öffnete, trat ein Zivilbeamter mit einer Vollglatze und Schnurrbart ein. Er lächelte: „Sie hatten Recht. Und ich finde es verhältnismäßig klug, dass Sie eine Überwachungskamera in ihrem Büro installiert haben. Wir konnten somit Ihre Aussage überprüfen. Wie wir feststellen mussten, wollte Sie Ihre Freundin ganz hinterhältig über den Tisch ziehen, und hat Sie nach Strich und Faden belogen. Sie haben Glück, dass Sie noch leben". Mein Gesicht musste mein Unverständnis deutlich ausgedrückt haben, denn mein Gegenüber fing an zu lachen: „Also, Madam Weinreuter war und ist eine Heiratsschwindlerin, die auch nicht vor einem Mord zurückschreckt. Sie hat sich immer an reiche Männer heran gemacht, und sie dann nach allen Regeln der Kunst ausgenommen. Und im Zuge dessen, traf sie auch auf diesen Friedrich. Obwohl er verheiratet war, hatte sie mit ihm eine Affäre. Er wollte sich aber nicht von seiner Frau trennen, denn die beiden hatten bei der Eheschließung Gütertrennung vereinbart, und er wäre nach einer Scheidung sofort arm wie eine Kirchenmaus gewesen. Die Weinreuter überredete ihn, mit gefälschter Unterschrift das Bargeld seiner Frau abzuheben, um zusammen durchzubrennen. Allerdings hatte die Schwindlerin nie vor, das Geld zu teilen. Er musste diesen Umstand gerochen haben, denn er versteckte vorsichtshalber das Geld, und gab ihr nur einen Zettel mit verschlüsseltem Text. Da Madam aber von sich selbst überzeugt war, und dachte, den Text entschlüsseln zu können, brachte sie ihren verheirateten Liebhaber mittels Gift um die Ecke. Die Ehefrau, besser gesagt die Witwe, wusste aber von dem Verhältnis, und hat die Polizei auf die Fährte der Heiratsschwindlerin gesetzt. Man hat bei dieser Weinreuter in der Küche die Büchse mit dem Gift gefunden, und die Gute wanderte für fünfundzwanzig Jahre ins Gefängnis. Angeblich wusste sie aber nichts über den Verbleib des gestohlenen Geldes. Vor zehn Tagen wurde sie entlassen, und wir haben sie seitdem überwacht. Wir sind immer davon ausgegangen, dass sie versuchen würde, sich die Kohle zu holen. Und wir hatten Recht. Da aber inzwischen leider keine Erbberechtigten mehr leben, fällt nun das Geld entsprechend § 1936 BGB dem Staat zu. So, nun wissen Sie alles. Und jetzt dürfen Sie gehen!" Ich war kurz vorm Weinen: „Ist wenigstens eine Belohnung für die Wiederbeschaffung des Geldes ausgesetzt?" Mein gegenüber schüttelte bedauernd seinen haarlosen Kopf. Ich gab noch nicht auf: „Aber Finderlohn ist doch bestimmt drin. Das Geld hab ich doch eindeutig gefunden, oder?" Die Glatze verneinte erneut: „Sie haben es nicht gefunden, sondern aufgrund eines Hinweises von einem alten Zettel mit Gewalt aus einem Versteck geholt. Kein Finderlohn, tut mir leid!"

Am Boden zerstört saß ich am nächsten Morgen in meinem Büro. Ich hatte nicht einmal gefrühstückt. Kein Hunger, kein Appetit, kein gar nix. Aber dafür wusste ich jetzt, wie man sich fühlt, wenn einem 15.000 € schlichtweg durch die Lappen gegangen sind. Eigentlich wollte ich traditionsgemäß zweifingerbreit Bourbon zu mir nehmen, aber es wurde diesmal das Doppelte. Außergewöhnliche Umstände erfordern außergewöhnliche Maßnahmen. Als ich um zehn meine Tür aufschloss, stand da ein älterer Herr. Er bot mir allen Ernstes eine lukrative Beteiligung an, wenn ich eine größere Summe Geldes ausfindig machen könnte, die seine verstorbene Gattin vor Jahren versteckt hätte. Der arme Mann kann sich bis heute noch nicht erklären, warum ich ihn damals, ohne ein Wort zu sagen, auf die Straße gesetzt habe.

Mittelhochdeutsch

Einige Jährchen an Lebenserfahrung haben mich gelehrt, dass Kneipenfreundschaften nichts bedeuten. Meistens erkennt einen der Andere am nächsten Tag gar nicht mehr, und falls doch, dann weiß er kaum noch, was er am Vortag gesagt bzw. versprochen hat. Der Grund dafür ist, dass Alkohol die Bildung von Gamma-Aminobuttersäure anregt. Dieser Stoff hemmt das Andocken von Neurotransmittern an Gehirnzellen. Es kommt dadurch zu einer falschen oder veränderten Übertragung von Informationen zwischen den einzelnen Nervenzellen. So etwas nennt dann der Volksmund Filmriss. Der bärtige Kerl, der neulich in der Gaststätte an meinem Nachbartisch saß, schien aber gar nicht betrunken zu sein. Trotzdem quatschte er völlig blödes Zeug. Zuerst bemerkte ich gar nicht, dass er mit mir sprach. Da er mich aber intensiv dabei anschaute, wandte ich mich ihm dann doch zu. Er trank einen Schluck, wischte sich den Mund mit dem Handrücken ab, und sagte: „Du wirst es nicht glauben, aber ‚kebse‘ heißt Hure. Und ‚witze‘ heißt Verstand. Lustig, nicht?" Ich muss wohl sehr komisch geguckt haben, denn er fing an lauthals und mit geschlossenen Augen zu deklamieren:

„Ich saz ûf eime steine
und dahte bein mit beine:
dar ûf satzt ich den ellenbogen:
ich hete in mîne hant gesmogen
daz kinne und ein mîn wange.
dó dâhte ich mir vil ange,
wie man zer welte solte leben.
deheinen rât kond ich gegeben,
wie man driu dinc erwurbe,
der keines niht verdurbe".

Weiter kam er nicht. Zwei seltsame Gestalten in einer Art Fantasieuniform stürmten in das Restaurant, griffen ihm links und rechts unter die Arme, und führten ihn aus dem Raum. Ich konnte noch hören, wie einer der beiden sagte: „Doktor Wiesner, Sie wissen genau, dass Sie Alkohol meiden sollen!" Dann war der Spuk vorbei. Als ich ausgetrunken hatte, kam die Bedienung an meinen Tisch, um die Luft aus dem Glas zu lassen. Sie sah mein immer noch verwundertes Gesicht und schmunzelte: „Das war Walther von der Vogelweide". Ich stutzte: „Aber die zwei haben ihn doch mit Doktor Wiesner angeredet". Der

Blick der Kellnerin zeigte deutlich, dass sie mich für einen absoluten Volltrottel hielt: „Was er rezitiert hat, das war Walther von der Vogelweide. Der hat das nämlich im Mittelalter gedichtet". Ich lächelte schräg: „Wusste ich doch. War doch nur ein Scherz".

Zufällig genau eine Woche später saß ich wieder in der selben Gaststätte. Nicht dass ich regelmäßig einkehren würde, aber manchmal bin ich auch zu faul zum Kochen. Und ein frisches Bier zum Essen ist ebenfalls nicht zu verachten. Ich war ziemlich erstaunt, als die Tür aufging, und dieser Doktor Wiesner eintrat. Er steuerte zielsicher auf meinen Tisch zu: „Hier ist doch noch frei?" Ich nickte mit zwiespältigen Gefühlen. Er nahm etwas unbeholfen Platz und zeigte auf mich: „Sie waren doch damals so freundlich, mir zuzuhören. Das vergesse ich Ihnen nicht. Mir hört nie einer richtig zu. Dabei spreche ich doch so gern Mittelhochdeutsch". Er wandte sich zur Kellnerin, die gerade an unserem Tisch vorbeiging: „Ein Pils und einen Korn bitte!" Ich erinnerte mich an die peinliche Szene von voriger Woche: „Wenn ich richtig informiert bin, sollen Sie doch keinen Alkohol trinken". Er lachte: „Ich bin doch erwachsen. Die haben bloß alle Angst, dass ich meine Erfindungen nicht weiterentwickeln kann, weil ich leider Alkohol nicht so richtig gut vertrage". Dann kramte er eine Weile in seinen Taschen herum, brachte eine Art Ohrstöpsel zum Vorschein und hielt ihn mir hin: „Hier, das ist ein Übersetzungsgerät. Das übersetzt jede mittelhochdeutsche Sprechweise in unser feinstes Hochdeutsch. Ich schenke es Ihnen. Inzwischen habe ich ein noch kleineres gebaut". Zögernd nahm ich das Ding entgegen. Er grinste: „Passen Sie auf was ich sage: ,maget'. Und nun stecken Sie sich den Übersetzer in einen ihrer Lauscher!" Ich tat wie geheißen, und steckte mir den Stöpsel ins linke Ohr. Er sagte wieder: „maget", aber in meinem Ohr tönte es: „Jungfrau". Ich war zwar beeindruckt, aber meilenweit davon entfernt, einen praktischen Nutzen darin zu sehen: „Und wozu braucht das ein Normalbürger?" Er zögerte: „Ich weiß nicht recht, ob ich Ihnen das jetzt schon sagen sollte". Die Kellnerin kam an unseren Tisch und stellte seine Getränke ab. Doktor Wiesner kippte hurtig den Korn hinunter und spülte mit einem kräftigen Schluck Bier nach. Fast im gleichen Moment kamen wiederum die beiden Uniformierten hereingestürmt, drückten der Bedienung einen Geldschein in die Hand, und führten meinen Tischnachbarn mit sanfter Gewalt hinaus. Fast schon aus der Tür, rief er mir noch zu: „Bis nächste Woche!"

Es war ja wohl mehr als logisch, dass ich eine Woche später wiederum im selben Lokal saß. Meine Geduld wurde etwas auf die Probe gestellt, aber schließlich trat Dr. Wiesner ein. Im Vorbeigehen bestellte er sich bei der Bedienung ein Bier, dann setzte er sich fröhlich grinsend an meinen Tisch: „Da bin ich wieder! Übrigens ist mir aufgefallen, dass wir beiden uns nun schon drei Wochen kennen, aber noch nicht vorgestellt haben. Also, mein Name ist Ludwig Wiesner. Und wie, wenn ich fragen darf, heißen Sie?" Wohlerzogen, wie ich nun mal bin, ergriff ich seine hingestreckte Hand: „Ich heiße Egon

Breitenbacher-Leitmüller". Er grinste noch etwas stärker: „Das ist kein Name mehr, sondern schon eine Kurzgeschichte. Kleiner Scherz. Entschuldigen Sie bitte! Aber dafür ist Egon sehr gut. Egon passt prima. Egon bedeutet ‚der Schwertstarke‘, und ist seit dem Mittelalter eine eigenständige Nebenform von Egino. Was machen Sie beruflich?" Höflich antwortete ich: „Nichts. Ich bin zurzeit arbeitslos. Meine Firma hat mich mit einer großzügigen Abfindung rausgeworfen. Und es sieht leider so aus, als bekäme ich in meinem Alter keine neue Arbeit mehr. Jetzt habe ich meinerseits aber mal eine Frage. Warum lassen Sie sich jedes Mal von den zwei Typen hier raustragen?" Er lehnte sich zurück und schien die Antwort regelrecht zu genießen: „Ich arbeite für ein privates Institut. Ein sehr gut zahlendes Institut. Da musste ich natürlich einen Vertrag unterschreiben. Und da meine Unverträglichkeit von Alkohol bekannt war, steht da drin, dass mich mein derzeitiger Arbeitgeber abhalten darf, Alkohol zu mir zu nehmen. Sie dürfen mich aber nicht einsperren oder anketten. Um jedoch die Leute da ein bisschen zu ärgern, leihe ich mir einmal die Woche ein Dienstfahrzeug aus, fahre in irgendeine Kneipe und lasse mich wieder heimkutschieren. Die schicken mir nämlich immer zwei Kerle des hauseigenen Wachschutzes hinterher. Die Armen müssen von draußen durchs Fenster beobachten, ob ich trinke. Dann dürfen sie reinkommen und mich abführen. Mir macht das einen riesigen Spaß, und die zwei sind auch froh, dass sie mal aus dem Haus kommen. Ansonsten müssten sie unablässig über die leeren Flure patrouillieren. Sehen Sie, so wichtig bin ich!" Irgendwie erschien mir das alles sehr seltsam: „Bei allem Respekt, aber ein Übersetzungsgerät für Mittelhochdeutsch ist doch wohl nicht der Riesenknaller. Wer interessiert sich schon für sowas?" Er schien keineswegs beleidigt zu sein: „Der Übersetzer ist nicht der Knaller, aber das, wozu man das Ding gebrauchen kann". Ich zweifelte immer noch: „Und was wäre das?" Seine Stimme wurde ganz leise: „Das darf ich Ihnen aufgrund des Vertrages nicht sagen. Aber mein netter Kontrakt hat glücklicherweise eine dicke Lücke. Man darf mich im Institut besuchen. Kommen Sie doch mal! Aber leihen Sie sich lieber einen Geländewagen aus, der Weg bis dahin ist recht uneben!" Er schob mir eine Visitenkarte über den Tisch. Im gleichen Moment stellte die Kellnerin das Bier vor ihn hin. Er hatte es bereits halb ausgetrunken, als die beiden Wachmänner hereinstürmten und ihn mitnahmen.

Zwei Tage überlegte ich hin und her. Dann siegte die Neugier. Da mein rumänischer Wagen ganz gut mit schwerem Gelände zurechtkam, machte ich mich eines Morgens mit gemischten Gefühlen auf den Weg. Ich übergab die Adresse der Visitenkarte an mein Navi, und drückte aufs Gas. Mein elektronischer Wegweiser schickte mich tief in das naheliegende Waldgebiet. Der Weg wurde immer holpriger, und ich kam nur noch im Schneckentempo voran. Knapp eine Stunde später stand ich vor einem schmucklosen Plattenbau, an dessen Front zwei große, goldene Buchstaben prangten: ‚IW'. Später erfuhr ich dann, dass sie die Abkürzung für ‚Institut

Wendarius' darstellten. Als ich das Gebäude betrat, sah ich mich einer Gittertür gegenüber, an derer linken Seite eine Art Pförtnerkabine stand. Ich beschloss den Großkotz raushängen zu lassen, und knallte die Visitenkarte auf das Brettchen vor der Glasscheibe: „Ich bin der angemeldete Besucher von Herrn Doktor Ludwig Wiesner. Würden Sie ihn bitte schnellstmöglich benachrichtigen!" Nachdem mich der Pförtner eingehend gemustert hatte, trat er aus seinem Kabuff heraus und schloss die Gittertür auf: „Folgen Sie mir!" Aber er führte mich nicht zu Wiesner, sondern in ein leeres Büro: „Warten Sie hier!" Zehn Minuten später trat eine Frau mit strenger Mine, einem enganliegenden Hosenanzug und einem Blatt Papier ins Zimmer: „Wenn Sie Dr. Wiesner besuchen möchten, dann müssen Sie hier noch unterschreiben. Das ist eine Schweigeverpflichtung. Ich mache Sie aber gleich zu Anfang darauf aufmerksam, dass Zuwiderhandlungen eine Gefängnisstrafe nicht unter zehn Jahren nach sich ziehen. Ich unterschrieb. Die Dame bedeutete mir mit einer augenfälligen Handbewegung, ihr zu folgen. Vor einer Tür mit der lapidaren Aufschrift ‚Wiesner' blieben wir stehen: „Treten Sie ein!" Dann drehte sich meine Begleiterin um, und verschwand. Als ich die Tür öffnete, erwartete mich ein völliges Chaos. Mehrere große Bildschirme stapelten sich wacklig übereinander, überall lagen diverse elektronische Bauteile, seltsam bestückte Leiterplatten und teilweise kaputte Messgeräte herum. Beim ersten Schritt in das Zimmer zerplatzte ein winziges Glasröhrchen unter meinem Schuh, und beim zweiten trat ich in einen ausgekatschten Kaugummi. Ludwig

Wiesner war über ein fremdartiges Gerät gebeugt, und wühlte in dessen Eingeweiden herum. Als er mich bemerkte, stand er auf, wischte sich die Hand an seinem Bart ab und hielt sie mir hin: „Haben die Sie doch tatsächlich reingelassen. Wie schön!" Ich war einerseits etwas über die Unordnung enttäuscht, andererseits aber auch verdammt neugierig: „Was machen Sie da?" Er wurde ernst: „Ich versuche, ein anderes Jahr einzustellen. Geht aber nicht. Weiß der Teufel warum. Moment mal! Sie sind doch zurzeit arbeitslos. Wissen Sie was, wir melden Sie bei der Institutsleitung als Proband an. Dann erfahren Sie zwangsläufig alles über die Forschung und meinen Teil der Arbeit daran. Außerdem gibt's auch noch ein paar Mäuse auf die Hand. Was sagen Sie dazu?" Meine Neugier stieg ins Unermessliche: „Was genau habe ich zu tun?" Er zog mich am Ärmel nach draußen und bis ins Büro von Herrn Wendarius. Was ich da zu hören bekam, warf mich glatt vom Hocker. Ich sollte als einer der Probanden eine Zeitreise in die Vergangenheit machen. Ein anderer hätte vielleicht gezögert, oder es für einen Scherz gehalten. Aber nicht so ich. Hellauf begeistert unterschrieb ich den nötigen Vertrag. Schon am nächsten Tag sollte es losgehen. Ludwig Wiesner wurde die Verantwortung für meine Person übertragen. Noch am Abend wies er mich ein. Das Anliegen des Instituts bestand darin, einige Menschen in die Vergangenheit zu transferieren, um so festzustellen, ob Märchen und Sagen einen Funken Wahrheit in sich bargen. Meinem Freund Wiesner war es aber im Moment nur möglich, ein spezielles Jahr anzusteuern, und zwar das Jahr 1284. Warum das so war, entzog sich hartnäckig den Erkenntnissen aller im Institut beschäftigten Wissenschaftler. Da dieses Jahr aber im Mittelalter lag, hatte Wiesner vorsorglich dieses gewisse Übersetzungsgerät entwickelt, sonst würde keine Sau von heute die damalige Sprache verstehen.

Am nächsten Morgen wurde ich in aller Herrgottsfrühe von einer Dame eingekleidet, natürlich im Mittelalterstil. Ein Biesenhemd mit Holzknöpfen, darüber ein Baumwollwams im Fischgrätenmuster, eine weiße Hose mit Beinschnürung sowie braune Schnürstiefel mit Stulpen. Das Ganze wurde komplettiert mit einer hässlichen Bundhaube, die mal gerade so auf meinen dicken Kopf passte. Dann holte mich Ludwig Wiesner ab, und teilte mir das Ziel meiner Reise mit. Ich sollte zeitlich zurück nach Hameln geschickt werden, und zwar genau am Johannistag 1284, um die Wahrheit der Sage des Rattenfängers zu überprüfen. Wiesner führte mich durch einen scheinbar endlosen Flur bis in einen Raum, in welchem ein Mann im Laborkittel neben einem riesigen Kasten aus Aluminium stand. Der Doktor legte mir die Hand auf die Schulter: „Bereit?“ Ich nickte. Dann steckte er mir einen Übersetzungsstöpsel ins Ohr, öffnete eine Klappe an dem Kasten und schob mich vorsichtig hinein. Als der Zugang wieder geschlossen war, umfing mich tiefe Dunkelheit sowie ein leises, surrendes Geräusch. Keine fünf Sekunden später, löste sich scheinbar der Kasten auf, und ich stand auf dem Marktplatz von Hameln. Ich fand, dass es hier einigermaßen schmutzig war. Aus einer Gasse roch es unangenehm nach Urin, was aber die Händler nicht abhielt ihre Waren feilzubieten, angefangen von laut gackernden Hühnern bis hin zum feinsten Damast. Und dann sah ich ihn auch schon, den Rattenfänger. Er hatte das grüne Gewand eines Jägers an, aber einen roten, ziemlich unpassenden Hut auf dem Kopf. Aus seiner Querpfeife strömten seltsame Töne, und eine Schar Kinder lief wie in Trance hinter ihm her. Angesichts dieses Geschehens wollte ich mich nicht mit der Rolle eines Beobachters begnügen. Ich preschte zu dem Burschen hin, und schlug ihm die Flöte aus der Hand. Allerdings hatte ich nicht mit Gegenwehr gerechnet. Es schien zu stimmen, was einige Historiker vermuteten, nämlich, dass die Menschen damals um Einiges kräftiger waren als wir heute. Ein ziemlich böser Faustschlag von diesem groben Gesellen versetzte mich für einige Minuten in eine Art Halbschlaf. Mein Körper wehrte sich mit allen Mitteln gegen eine völlige Ohnmacht, und allmählich kam ich wieder zu mir. Ich lag in meinem Bett, die Nachttischlampe warf ihr mildes Licht in mein Schlafzimmer, und auf meiner Brust lag das Buch der Brüder Grimm: Deutsche Sagen, Nr. 245. Es ist doch wirklich unglaublich, was man manchmal für eine Scheiße träumt.

Das Testament

Eine meiner Vorlieben ist, barfuß zu gehen. Insbesondere innerhalb meiner Wohnung. Deshalb liegt in meiner

Küche ein Teppich über dem gekachelten Fußboden. Es ist ein, von einer Verehrerin geschenkter, Flokati. In meinem Bad hingegen liegt so eine Art länglicher Läufer, damit ich beim Rasieren und Zähneputzen keine kalten Füße bekomme. Kalte Füße führen bei mir sofort zu heftigem Niesen. Allerdings habe ich festgestellt, dass jeden Tag nach meiner Morgentoilette der Läufer verschoben war, genauer gesagt, verdreht. Als wolle sich das Ding um seine Mittelachse im Kreis bewegen. Nachdem ich Tag für Tag die Lage wieder korrigiert hatte, beschloss ich eines Tages, das Ding einfach machen zu lassen. Zurzeit liegt diese seltsame Matte quer. Der zweite Hauptsatz der Thermodynamik besagt ja, dass die Entropie in einem geschlossenen System ständig bestrebt ist zuzunehmen. Und der unordentlich daliegende Läufer in meinem Bad stellte somit den Beweis dieser These dar. Zugegeben, normalerweise marschieren solche hochwissenschaftlichen Gedanken nicht durch mein träges Hirn, aber gestern war mein alter Physiklehrer bei mir im Büro. Erst habe ich ihn gar nicht erkannt, aber als er seinen Namen nannte, hat es bei mir Klick gemacht. Ihm schien es genauso mit mir zu gehen. Nachdem er mich eingehend gemustert hatte, konnte man in seinem Gesicht die Erkenntnis förmlich ablesen: „Sind Sie nicht dieser, dieser Baer? Äh, Levin, stimmts?" Ich nickte freundlich: „Ja, und Sie sind Herr Bachmayer, mein ehemaliger Physiklehrer in der siebenten Klasse". Er schien etwas traurig zu werden: „Ehemaliger stimmt. Bin jetzt leider Pensionär. Aber weswegen ich gekommen bin, ich habe da eine Frage. Kann ein Privatdetektiv feststellen, ob mein

Halbbruder tatsächlich mein Halbbruder ist?" „Naja", entgegnete ich ein wenig zurückhaltend, „ein Genlabor wäre dazu wohl besser geeignet. Ich kann leider keine DNA-Vergleiche anstellen". Er wehrte ab: „Nein, nein. Darum geht es nicht. Ich habe schon seine und meine Zahnbürste überprüfen lassen. Unser sogenannter Verwandtschaftskoeffizient liegt bei genau 0,25. Das Labor sagt nun, damit wären wir hundertprozentige Halbbrüder. Aber er ist nicht mehr der Mensch, den ich vor drei Jahren gekannt habe. Rupert war im Rahmen einer Hilfsmission im Kongo. Er war schon immer der Liebling meines Vaters. Ich kam stets an zweiter Stelle. Jetzt ist mein Vater gestorben, und hat eine erkleckliche Summe Geldes hinterlassen. Ich bekomme nur meinen Pflichtanteil, während Rupert laut Testament einen Riesenbrocken davontragen kann. OK, es war der Wille meines Vaters, aber dieser Rupert ist nicht Rupert. Er mag ihm ähnlich sehen, aber er ist es nicht. Das örtlich zuständige Amtsgericht als Nachlassgericht hat ihn anhand der DNA als Erbe anerkannt, und meine Testamentsanfechtung glatt zurückgewiesen. Was kann ich tun? Können Sie vielleicht einen Ausweg aus meinem Dilemma finden? Sie sind doch schon in der Schule immer ein pfiffiges Kerlchen gewesen". Ich zog meine Mundwinkel nach unten: „Das hieße eine Nadel im Heuhaufen suchen, ohne zu wissen, wo sich der Heuhaufen eigentlich befindet. Fangen wir mal von vorne an. Schildern Sie mir bitte genau, woran Sie erkannt haben, dass es nicht Ihr Halbbruder ist!" Er überlegte kurz: „Naja, mein Bruder war immer ein Feingeist und Ästhet. Hat sich stets sehr gewählt ausgedrückt, wurde nie laut und hat nie geflucht. Der andere Rupert flucht am laufenden Band, und das in ziemlicher Lautstärke. Mein Rupert hat gern mal ein Glas Rotwein getrunken, der andere Rupert trinkt gar keinen Alkohol. Mein Halbbruder hat penibel darauf geachtet, dass die Klobrille immer heruntergeklappt ist. Der Neue lässt das Ding stets oben. Und noch eins, mein Halbbruder hat gern und genüsslich eine gute Kuba-Zigarre geraucht. Er hat dabei stets nur mit einem speziellen Messer ein kleines, rundes Deckelchen vom Mundstück abgeschnitten. Der andere nimmt jetzt einen Zigarrenabschneider, und verpasst so der Zigarre eine rechtwinklige Kerbe. Ist das nicht Grund genug, an dieser Person zu zweifeln?" Ich war mir nicht ganz sicher: „In drei Jahren kann sich ein Mensch schon ändern. Besonders im Ausland. Und ein DNA-Beweis ist nicht einfach vom Tisch zu wischen. Sagen Sie mal, haben Sie die gleiche Mutter oder den gleichen Vater?" Er war nicht sehr erbaut von meinem Zweifel: „Den gleichen Vater. Aber was hat das damit zu tun?" Geduldig antwortete ich: „Jede Information, selbst die allerkleinste, könnte mir in Ihrem Fall helfen. Wo befindet sich Ihr Halbbruder jetzt?" Seine Laune schien noch mehr in den Keller zu sinken: „Er wohnt bei mir, in dem Haus unseres Vaters. Der Mensch hat das Schlafzimmer meiner verstorbenen Mutter okkupiert. Wenigstens solange, bis sein Haus in der Toskana fertiggestellt sein wird. Was sollte ich dagegen machen, er ist doch mein Bruder. Schließlich haben wir als Kinder immer miteinander gespielt". Ich überlegte kurz: „Kann ich ihn kennenlernen? Nur, um mir mein eigenes Urteil zu bilden". Mein ehemaliger Physiklehrer nickte: „Wir essen jeden Tag um neunzehn Uhr zusammen Abendbrot. Er lässt immer großkotzig das Essen von einem Nobelhotel liefern. Ich glaube, er will mich damit demütigen, weil ich das Testament anfechten wollte". „Na gut", antwortete ich nachdenklich, „dann laden Sie mich doch einfach mal zum Abendbrot ein!"

Die Villa Bachmayer war ein beeindruckendes Gebäude mit unwahrscheinlich vielen und auch großen Fenstern. In diesem Haus würde ich, ehrlich gesagt, nicht besonders gern als Fensterputzer angestellt worden sein. Ich hätte wetten können, dass es hier mehr Schlafzimmer gab, als jemals Personen im Haus gewohnt haben. Im sogenannten Esszimmer war eine lange Tafel aufgebaut, die sich nur so vor Speisen bog. Neben meinem Physiklehrer saß der falsche Rupert. Er vollzog eine gönnerhafte Bewegung mit seiner rechten Hand: „Nehmen Sie doch Platz! Ich habe extra besonders teure Lebensmittel bestellt. Die Freunde meines lieben Bruders sind, verdammt noch mal, auch meine Freunde". Dann begann er, ohne darauf zu warten, dass ich Platz genommen hatte, geräuschvoll sein Essen hinunterzuschlingen. Nachdem wir satt waren, räumte mein Physiklehrer die Tafel ab. Dann brachte er kubanische Zigarren, Rotwein und für Rupert eine Tasse Tee. Während ich dem Wein zusprach, zündeten sich die Brüder je eine Zigarre an. Rupert benutzte dazu ein Benzinfeuerzeug. Er schien darauf stolz zu sein: „Hier, das alte Ding habe ich von unserem Vater geerbt. Geht noch mit Benzin und nicht mit Gas.

Funktioniert aber trotzdem jedes Mal". Dann schaufelte er sich drei Löffel Zucker in den Tee. Ich hatte genug gesehen. Eine Havanna mit einem derartigen Feuerzeug anzuzünden war ein Sakrileg. Außerdem verfälscht jeglicher Tee den erlesenen Geschmack von Zigarren. Und auch Süßes zur Zigarre wird von jedem Kenner abgelehnt. Diese Tatsache, sowie die Art und Weise, wie der Mensch sein Essen verschlungen hatte, war für mich der Beweis, dass dieser Rupert kein Gourmet, sondern eher ein Gourmand war. Wenn der Halbbruder meines Klienten wirklich ein Feingeist und Ästhet gewesen sein soll, dann hatten wir es hier mit einem Lügner zu tun. Aber hatte mir denn mein Klient wirklich die Wahrheit gesagt? So ganz nebenbei fragte ich diesen Rupert: „Wo wurden Sie denn geboren?" Sein Gesicht versteinerte sich: „Das geht Sie, verflucht nochmal, einen Dreck an. Sie stellen mir zu viele Fragen. Besser, Sie gehen jetzt, bevor ich ausraste!" Mein Physiklehrer begleitete mich sichtlich angespannt nach draußen: „Der echte Rupert wurde in Rüdesheim am Rhein geboren. Hat das was zu sagen?" Ich klopfte ihm auf die Schulter: „Werden wir sehen. Darum kümmere ich mich schon. Halt, ich habe da noch eine Frage! Wissen Sie zufällig ob seine Mutter noch lebt, wie sie heißt und wie ihre Adresse lautet?" Er verneinte: „Ich habe die Frau nie gesehen. Rupert ist bei uns aufgewachsen. Darauf hat damals mein Vater bestanden. Da Rupert mit Nachnamen Ballhausen hieß, denke ich, dass seine Mutter den gleichen Namen hatte. Aber ich habe keine Ahnung wo sie wohnte und ob sie überhaupt noch lebt". Auf dem Weg nach Hause fuhr ich noch schnell tanken. Am nächsten Morgen wollte ich mich nämlich in aller Herrgottsfrühe nach Hessen aufmachen.

Als ich losfuhr fing es an zu regnen. Was sage ich, es begann wie aus Eimern zu schütten. Na prima! Da würden dort kaum Leute auf der Straße sein, die ich befragen könnte. Schließlich rannten in diesem Städtchen, trotz einer Gebietsreform, nur rund 10.000 Menschen herum. Andererseits war damit die Change größer, dass ich zufällig jemanden treffen würde, der die Frau kannte. Also konnte ich nur hoffen, dass sich während der vierstündigen Fahrt das Wetter bessern würde. Und so kam es dann auch. In Rüdesheim am Rhein angekommen, blinzelte die Sonne gelegentlich zwischen dicken Wolken hervor. Egal, was ich hier auch erreichen würde, auf jeden Fall standen noch drei Sehenswürdigkeiten auf meinem Tagesplan, die ich mir vorgenommen hatte zu besuchen. Als erstes Siegfrieds Mechanisches Musikkabinett, als zweites dann das Spielzeug- und Eisenbahnmuseum und als drittes, obwohl ich eigentlich nur Bourbon trank, das Asbach-Besucher-Center. Eventuell, wenn ich die Zeit finden würde, noch das Mittelalterliche Foltermuseum. Nachdem ich einen Parkplatz ergattert hatte, fing ich an, jeden zu löchern, der mir begegnete. Eine Frau Ballhausen schien jedoch niemand zu kennen. Nachdem ich mir die Füße wund gelaufen hatte, beschloss ich, erst einmal eine Tasse Kaffee zu mir zu nehmen. In der Altstadt fand ich dann auch das passende Café mit Blick auf die Seilbahn. Ich entschied mich für einen Rüdesheimer Kaffee mit Sahnehaube und mit Asbach Uralt, der am Tisch flambiert wurde. Mechanisch fragte ich auch die Kellnerin nach Frau Ballhausen. Sie kannte die Frau nicht, aber am Nachbartisch wurde ein Mann auf mich aufmerksam: „Was wollen Sie denn von dieser Dame?" Ich kehrte den Freundlichen heraus: „Ach, wissen Sie, es geht um ihren Sohn. Aber darf ich höflich fragen, wer Sie sind?" Er war im Gegensatz zu mir gar nicht freundlich: „Ich denke, das geht Sie nichts an. Aber um welchen von den beiden Zwillingen handelt es sich denn, um Rupert oder um Reinhold?" Hoppla! Zwillinge? Davon hatte mein Klient nichts erwähnt, bringt aber schlagartig Licht in den Fall. Ich versuchte, mir nichts anmerken zu lassen: „Es geht um Ruppert. Kennen Sie ihn?" Die Neugier schien in dem Mann die Oberhand zu gewinnen: „Wie kommen Sie auf Rupert? Soviel ich weiß, wurde der doch im Kongo ermordet". Und noch einmal zuckte ein ‚Hoppla!' durch mein Hirn. Der Mann zückte einen Ausweis, und hielt mir das Ding direkt vor die Nase: „Kriminalkommissar Warmhold. Und wer sind Sie, wenn ich fragen darf?" Wahrheitsgemäß antwortete ich: „Levin Baer. Privatdetektiv. Und Ihr angeblich Ermordeter sitzt in meiner Heimatstadt in der Villa Bachmayer. Jetzt nehme ich allerdings eher an, es handelt sich dabei um seinen Zwillingsbruder".

Was soll ich noch groß erzählen? Mein ehemaliger Physiklehrer hatte sein Leben lang keine Ahnung gehabt, dass er sogar zwei Halbbrüder besaß. Ruperts Mutter hatte es, warum auch immer, vor allen verheimlicht. Kommissar Warmhold bat bei der hiesigen Polizei um

Amtshilfe, und wie sich herausstellte, war Reinhold seinem Zwillingsbruder in den Kongo heimlich nachgereist und hatte ihn dort ermordet, um selbst das Erbe zu bekommen. Aufgrund dieses Mordes konnte dann mein Klient das Testament erfolgreich anfechten, und wurde zum Alleinerben erklärt. Und was macht diese Mistratte? Dieser undankbare Schiffschaukelbremser zahlt doch tatsächlich punktgenau das von mir geforderte Honorar. Nicht einen einzigen Cent zusätzlich. Lehrer!

Das Märchen vom Böckchen

Es lebte einst ein Ziegenböcklein, dessen Ziegenmutter war bei seiner Geburt gestorben. Und da sich jemand um den armen Kleinen kümmern musste, kam es dazu, dass er nicht im Stall, sondern in der Wohnung des Bauern aufwuchs. Die Kinder des Bauern, zwei liebe Mädchen mit strohblonden Zöpfen, nahmen sich des Tieres an, und versahen ihn mit dem Namen „Böckchen". Sie gaben ihm Milch aus dem Fläschchen, so oft der Kleine Hunger hatte, sie fuhren ihn im Puppenwagen umher, als wäre er tatsächlich eine Puppe, und am Abend sangen sie ihm Schlaflieder vor. Gelegentlich, wenn draußen gar arges Wetter war, erzählte ihm auch eins der Mädchen eine Geschichte. Am liebsten hörte unser Böckchen die Geschichte vom Weihnachtsmann, der mit einem Schlitten fuhr, den die Rentiere Dasher, Dancer, Prancer, Vixen, Comet, Cupid, Donner, Blitzen und Rudolph zogen. Und abends, wenn das Tierchen einschlief, wünschte es sich im Stillen, auch einmal so einen Schlitten ziehen zu dürfen. Als Böckchen dann aber größer war, Gras fressen konnte, und in den Stall zu den anderen Ziegen kam, da fragte er jedes Tier, das ihm über den Weg lief, wo denn der Weihnachtsmann zu finden wäre. Doch keins der Tiere hatte je die Geschichte vom Weihnachtsmann gehört, und so konnte ihm auch nie jemand Antwort geben. Da wurde Böckchen traurig, denn es wäre doch zu gern ein Rentier gewesen, oder hätte wenigstens zusammen mit anderen Rentieren einen Schlitten gezogen. Und so kam es auf die Idee, in die Welt hinaus zu gehen, um irgendwann dem Weihnachtsmann zu begegnen. Denn dieser, davon war es überzeugt, war der einzige, der ihm zur Erfüllung seines Wunsches verhelfen konnte. Als an einem schönen Sonnentag die Ziegen auf der Wiese des Bauern herumtollten, nahm Böckchen einen riesigen Anlauf und sprang über den Zaun. Ohne sich umzudrehen rannte es über Stock und Stein, bis es anfing dunkel zu werden. Da traf es auf ein Häschen, das sich in eine Kuhle geduckt hatte. „Weißt du, wo es zum Weihnachtsmann geht?", fragte Böckchen, doch das Häschen sagte: „Nein, aber wenn du willst, kannst du dich neben mich kuscheln. Dann können wir beim Schlafen einander wärmen". Kaum, dass am nächsten Morgen die Sonne aufgegangen war, lief Böckchen weiter, und fragte jeden nach dem Weg zum Weihnachtsmann. Es fragte die bunten Kühe auf der Weide, die flinken Vögel in der Luft und die fleißigen Ameisen am Wegesrand. Aber keiner von denen allen konnte Auskunft geben. So lief das

Ziegenböcklein immer weiter, Tag für Tag für Tag. Und eines Tages fiel etwas Weißes vom Himmel. Es war inzwischen Winter geworden, und es schneite, was der Himmel hergab. Böckchen fror jämmerlich, und schließlich konnte es nicht mehr weiter. Es ließ sich in den Schnee fallen, und dachte ans Sterben. Da hörte es Schlittenglocken. Eine Hand hob es auf, und deckte es mit einem warmen, roten Mantel zu. Es war der Weihnachtsmann, der gerade vorbeikam, um ein braves Kind zu bescheren. Nachdem er alle Geschenke ausgeliefert hatte, nahm Santa das Böckchen mit an den Nordpol. Dort durfte es sich aufwärmen und bei den Rentieren Heu fressen. „Das nächste Mal", sagte Böckchen, „ziehe ich mit an eurem Schlitten". Doch die Rentiere lachten: „Kannst du denn fliegen? Sicher nicht! Dann darfst du auf keinem Fall mit an unserem Schlitten ziehen!" Das Ziegenböcklein wurde sehr, sehr traurig, und begann leise zu weinen. Das bemerkte der Weihnachtsmann. Er ging in seine Werkstatt, nahm selbst Säge, Hammer und Nägel in die Hand, und baute einen kleinen Schlitten. Der hatte zwar Rädchen an den Kufen, damit er auch auf dem Trocknen fahren konnte, aber die waren so klein, dass man sie kaum zu sehen bekam. Und fortan luden die Gehilfen des Weihnachtsmannes das soeben gefertigte Spielzeug in diesen kleinen Schlitten, und Böckchen zog den Schlitten quer durch die Werkstatt, bis hin zu dem großen, großen Sack, in dem alles verstaut wurde. So brauchte niemand mehr etwas zu tragen, und Böckchen konnte tatsächlich einen Schlitten vom Weihnachtsmann ziehen. Und wenn unser Böckchen nicht gestorben ist, dann zieht es noch heute voller Stolz den kleinen Schlitten. So kann es gehen, wenn man weiß, was man will.

50. Geburtstag

„Natürlich kommen wir zu deiner Geburtstagsfeier, Papi. Jens hat sich extra frei genommen. Wir wohnen dann drei Tage bei Mutti. Deine Wohnung wäre ja doch nicht groß genug für uns alle. Aber den Kleinen bringen wir nicht mit in die Gaststätte. So eine große Feier ist noch nichts für sein Alter. Wir lassen ihn lieber bei Oma". Kommissar Riemer wechselte das Handy vom rechten an das linke Ohr: „Bei welcher von beiden Omas denn?" Der Ton seiner Tochter wurde etwas gereizt: „Na, bei welcher wohl? Bei der, die du nicht eingeladen hast. Aber Mutti wäre auch auf keinen Fall gekommen, selbst wenn du sie eingeladen hättest. Ihr beide benehmt euch nicht wie Eltern, sondern als wärt ihr die Kinder". Der Kommissar steckte sich den Zeigefinger hinter den Hemdkragen. Das tat er immer, wenn er mit einer Situation nicht so ganz zufrieden war: „Das diskutiere ich nicht mit dir. Ich mische mich nicht in deine Beziehung ein, und du hältst dich gefälligst aus meiner raus!" Es war kurz Stille am anderen Ende, dann sagte seine Tochter: „Also bis nächste Woche. Dann finden wir bestimmt auch einen Termin, wann du mal den Kleinen sehen kannst. Denn zu Mutti wirst du ja nicht kommen wollen, oder?" Riemer antwortete ausweichend: „Ich muss jetzt leider Schluss machen. Der Alte hat mir vorhin eine SMS geschickt, dass ich gleich nach dem Eintreffen in der Dienststelle in sein Büro zu kommen habe. Und er mag es gar nicht, wenn ich zu spät komme. Dann mach's mal gut, bis nächste Woche!" Er ließ das Handy in die Tasche gleiten, schloss die Wohnungstür ab und hastete zum Auto. Er war auch wirklich spät dran. Beim Einsteigen stellte er fest, dass sein Bauch wohl wieder etwas gewachsen sein musste. Wenn er jedoch den Sitz noch weiter nach hinten schieben würde, käme er mit seinen kurzen Beinen nicht mehr bis an die Pedale. Missmutig trat er aufs Gas. Wenn er jetzt nicht etwas Zeit schinden würde, käme er garantiert zu spät zum Dienstantritt. Da aber nach Murphys Gesetz alles schiefgehen wird, was auch schiefgehen kann, rumpelte er prompt in eine Verkehrskontrolle. Wenn es wenigstens nur ein Blitzgerät gewesen wäre, aber nein, ein Verkehrspolizist winkte ihn mit einer roten Kelle rechts raus. Nachdem Riemer die Scheibe heruntergelassen hatte, fragte der Uniformierte wichtigtuerisch: „Und, wie schnell waren wir denn?" Der Kommissar antwortete genervt: „Wieso wir?" Dann zückte er seinen Dienstausweis: „Hören Sie, Herr Kollege. Ich muss ganz schnell in die Dienststelle. Könnten Sie nicht mal kurz ein Auge zudrücken?" Der Angesprochene entgegnete trocken: „Das könnte ich. Mach ich aber nicht. Und wären Sie mal kurz mit einem Bußgeld einverstanden?" Riemers Blutdruck stieg ganz leicht an: „Ich habe kein Geld dabei. Schicken Sie mir den Bußgeldbescheid zu! Mein Kennzeichen haben Sie ja. Und jetzt aus dem Weg!" Er startete den Wagen und brauste unter den verdutzten Augen des Verkehrspolizisten davon. Hoffentlich gab das nicht noch ein Nachspiel. Als der Kommissar sein Büro betrat, warf er wie immer seinen Hut in Bond-Manier an den Garderobenständer. Und wie immer verfehlte die Kopfbedeckung ihr Ziel. Nachdem Riemer seinen Mantel über die Stuhllehne gelegt hatte, spurtete er gleich zum Büro des Chefs. Er klopfte nur einmal kurz mit dem Fingerknöchel an und trat wortlos ein. Hauptkommissar Hohlbach stand, mit dem Rücken zur Tür, am Fenster und blickte auf die Straße: „Ach Sie sind das schon, ich hätte Sie gar nicht so früh erwartet". Riemer konterte: „Sie können sich Ihre zynische Bemerkung sparen. Ich bin leider in so eine blöde Verkehrskontrolle geraten. Die haben mich über Gebühr aufgehalten". Hohlbach drehte sich um: „Riemer, Riemer. Sie müssen noch viel lernen. Meine Bemerkung war nämlich keineswegs zynisch. Ich meinte es lediglich ironisch, allerhöchstens sarkastisch. Sie haben in der Schule nicht gut aufgepasst". Der Kommissar wurde unleidlich: „Bin ich etwa nur hier, weil Sie mit mir über meine Schulzeit reden wollen? Dann reden wir doch mal über ihre Kinderstube!" Hohlbach hob den Zeigefinger: „Vorsicht! Sie reden mit Ihrem Vorgesetzten. Und als solcher ist mir zu Ohren gekommen, dass Sie unserer neuen Kollegin schöne Augen machen. Ich dulde aber in meiner Dienststelle kein Verhältnis unter Kollegen. Das bringt nur Unruhe und schluderhafte Arbeit mit sich. Haben wir uns da verstanden?" Riemer entgegnete ganz ruhig: „Ich weiß nicht, was Sie so rauchen, aber ich möchte auch was davon haben!" Dann drehte er sich gelassen um, und verließ das Zimmer. Hohlbach rief ihm wütend hinterher: „Sie können doch ohne meine Erlaubnis nicht einfach gehen!" Bereits auf dem Flur, rief Riemer zurück: „Sie sehen doch, dass ich das kann".

Gerade hatte sich der Kommissar, leicht frustriert, einen Schoko-Riegel aus der linken Schreibtischschublade geholt, als sein Freund Schimmler eintrat: „Es gibt Arbeit. Der Chef wollte es dir aus unerfindlichen Gründen nicht selbst sagen. Auf der Baustelle unserer neuen Kunstgalerie ist ein Bauarbeiter unter mysteriösen Umständen vom Gerüst gefallen. Du sollst sofort hinfahren!"

Als Riemer eintraf, ruhten bereits alle Arbeiten auf der Baustelle. Mehrere Bauarbeiter standen um den Toten herum. Neben dem Kopf des Leichnams hatte sich eine große Blutlache ausgebreitet. Der Kommissar glaubte einen ungewöhnlichen Geruch wahrzunehmen und kniete sich neben die Leiche. Dadurch schwenkte sein Schlips nach vorn, und tunkte mit der Spitze ins Blut. Riemer fluchte vor sich hin: „Scheiße, morgen nähe ich mir einen Druckknopf an das Ding!" Dann stand er ächzend auf, holte sein Taschentuch heraus und säuberte damit das Ende des Binders. Das Ergebnis bestand darin, dass jetzt auch noch sein Taschentuch versaut war. Mit dem Tuch in der einen und dem Schlips in der anderen Hand, fragte er in die Runde: „Wer ist hier der Polier?" Ein kräftiger Mann mit einem weißen Bauhelm trat gelassen nach vorn und schaute den Kommissar scheinbar ohne jegliches Interesse an. Riemer fragte unangenehm berührt: „Wieso hat dieser Mann keinen Helm?" Der Polier hob die Schultern: „Er muss ihn wohl entgegen der Vorschrift abgenommen haben. Der Helm liegt dort auf dem Gerüst". Er zeigte nach oben. Riemer fragte beklommen: „Wie komme ich da hoch?" Der Polier entgegnete mit einem spöttischen Blick auf den Bauch des Kommissars: „Wie wir alle. Es gibt da eine Erfindung, die heißt Leiter".

Wieder zurück in seinem Dienstzimmer, feuerte Kommissar Riemer den Schlips nebst Taschentuch in den Papierkorb. Dann versuchte er sich den Baustaub von den Hosenbeinen zu rubbeln. Anschließend griff er zum Telefon und rief Frau Dr. Mertens an: „Sie bekommen in den nächsten Minuten einen Bauarbeiter zum Obduzieren gebracht. Ich glaube einen seltsamen Geruch wahrgenommen zu haben. Wenn Sie Näheres wissen, rufen Sie mich doch bitte gleich an!"

Hohlbach saß kerzengerade hinter dem Schreibtisch, während Kommissar Riemer lässig auf seinem Stuhl klemmte. Der Kommissar hatte sein kleines Notizbuch aufgeklappt, um seinem Chef einen vorläufigen Bericht zukommen zu lassen: „Also dieser Bauarbeiter wurde mit Chloroform betäubt, und dann sehr wahrscheinlich von der Brüstung geworfen. Da er vor Kurzem eine körperliche Auseinandersetzung mit einem Kollegen hatte, habe ich mir diesen Mann mal zur Brust genommen. Nach fünf Stunden hat er gesungen wie ein Zeisig. Der Tote hatte mehrmals mit dessen Frau geschlafen, und da wollte sich der Gehörnte nun endlich rächen. Der

Mensch wird heute noch dem Untersuchungsrichter vorgeführt". Hohlbach räusperte sich: „Ich sag's nicht gern, aber das war gute Arbeit". Riemer unterbrach ihn: „Das war leider noch nicht alles. Die Ehefrau des Mörders ist seitdem auch verschwunden. Vielleicht handelt es sich sogar um einen Doppelmord. Ich würde gern mit einem Suchkommando die Wohnung des Täters sowie deren nähere Umgebung abklopfen!" Hohlbach kratzte sich am Kinn: „Ich gebe Ihnen 24 Stunden. Mehr nicht!"

Nach reichlich einem Monat war die neue Kunstgalerie fertiggestellt, die vermisste Ehefrau aber weder tot noch lebendig aufgetaucht. Riemer hatte eine Karte zur Einweihungsfeier der Galerie ergattert. Nicht etwa, weil er ein Kunstkenner war, sondern weil er hoffte, die sprichwörtliche Nadel im Heuhaufen zu finden. Schließlich soll ja gelegentlich eine Leiche in einem Betonsockel entsorgt worden sein. Was allerdings in diesem Fall kaum denkbar war, denn sämtliche Betonarbeiten waren zum Zeitpunkt des Verschwindens der Frau längst ausgeführt worden. Als Riemer bei der Galerie ankam, wartete dort schon eine große Menschentraube auf den Einlass. Es dauerte aber noch ungefähr eine Viertelstunde, bevor sich die Türen öffneten. Ein hoch aufgeschossener Mann in einem weißen Anzug begrüßte die Gäste: „Herzlich willkommen in unserer neuen Kunstgalerie. Ich bin Ihr Guide, und hoffe, Ihnen einige interessante Fakten vermitteln zu können. Anschließend an die Besichtigung dürfen Sie mir dann Fragen stellen". Der Kommissar war derart in Gedanken, dass er kaum etwas von der Führung mitbekam. Nur einmal wurde er hellhörig, nämlich, als der Weißgekleidete einen Vergleich zu Paris zog: „Wir haben hier den gleichen Aufzug wie im Pariser Louvre. Besser gesagt, es ist ein Poller-Lift. Es gibt keine Kabine und keine Seile. Ein großer Zylinder wird wie ein Straßenpoller hydraulisch aus dem Boden nach oben geschoben. Und noch etwas haben wir mit dem Louvre gemeinsam. Hier soll nämlich nachts, ähnlich wie Belphégor, dem Phantom des Louvre, auch der Geist eines verunglückten Bauarbeiters spuken. Ob das stimmt, kann ich nicht sagen, denn nachts wird hier immer abgeschlossen". Riemer schlug sich mit der flachen Hand vor die Stirn, machte auf dem Absatz kehrt, und verließ schnellen Schrittes die Galerie.

Es waren über zwanzig Gäste gekommen. Riemer stand auf und klopfte mit dem Löffel an sein Glas: „Ich danke Euch allen für euer Erscheinen! Aber noch mehr danke ich euch für die schönen Geschenke! Insbesondere für die vielen Schlipse und Taschentücher. Ich hoffe, ich kann sie umtauschen. Aber mal ohne Spaß, ich fühle mich gar nicht wie fünfzig. Mir kommt es eher so vor, als wären es vierzig Jahre und einhundertzwanzig Monate. Man sagt ja im Allgemeinen, dass ein ordentlicher Mann mit Vierzig sterben sollte, damit seine Frau auch noch was vom Leben hat. Leider trifft das auf mich nicht zu, weil ich glücklich geschieden bin. Und nun ran ans Buffet, bevor ich euch alles wegesse!" Einige standen auch sofort auf, um sich die besten Stücke zu sichern. Mehlmann kam auf Kommissar Riemer zu: „Nanu, warum ist denn dein Chef nicht hier?" Riemer grinste: „Ach, mein liebes Schwiegersöhnchen, die Affenfresse Hohlbach ist stinksauer, weil ich wieder mal einen spektakulären Fall gelöst habe. Eigentlich wollte er mich wegen Insubordination abmahnen. Aber jetzt traut er sich nicht mehr. Weißt du, als ich diesen komischen Fahrstuhl gesehen habe, hat es Klick gemacht. Wenn dieser Zylinder in seiner Gänze von unten nach oben soll, muss er ja irgendwie tiefer als das Erdgeschoss im Boden versenkt sein. Und da unten wird wohl kaum ein Mensch hinkommen. Der beste Platz, eine Frauenleiche zu verstecken. Und jetzt gehen wir zwei Hübschen mal an die Bar!" Mehlmann war erstaunt: „Willst du denn nichts essen?" Riemer schmunzelte: „Was macht das denn für einen Eindruck, wenn so ein dicker Mensch wie ich auch noch das Buffet plündern würde? Nein, nein, ich esse heute nichts". Als er dann das völlig verblüffte Gesicht seines Schwiegersohnes sah, kniff Kommissar Riemer das rechte Auge zu: „Aber das Buffet ist ein klein wenig überdimensioniert, und ich habe mit dem Wirt ausgemacht, dass er mir alles einpackt, was übrigbleibt".

Die Beschaffer

Wir waren, wie man so schön sagt, eine dufte Truppe. Erna war der Boss, und wollte auch so angeredet werden. Sie war ein brillanter Geist, aber gerade mal einen Meter und fünfzig Zentimeter groß. Trotzdem fuhr sie in der

Regel unseren Kleinbus. Das war ihr nur möglich, weil ein Schmied Verlängerungen angefertigt hatte, die an die Pedale angeschraubt werden konnten. So war es ihr trotz der kurzen Beine möglich, einen flotten Reifen zu fahren, was eine ganze Reihe von Strafzetteln bewies. Erna hatte lange, schwarze Haare und war stets korrekt geschminkt. Der zweite in der Hierarchie wurde von uns anderen stets nur Neger genannt, denn er hieß wirklich und wahrhaftig mit Familiennamen Neger. Hinzukam, dass er unbestreitbar von dunkler Hautfarbe war. Seinen Vornamen hatten wir längst vergessen, und so kam es manchmal zu Irritationen, wenn wir in der Öffentlichkeit nach ihm riefen. Unseren Vorschlag, seinen Namen ändern zu lassen, lehnte er kategorisch ab, um seine Adoptiveltern nicht zu kränken. Beruflich hatte er schon einiges ausprobiert. Nach dem Abitur arbeitete er in einer großen Autowerkstatt, dann studierte er Medizin, und wechselte gleich danach ins Computerfach. Neger war unser Technikgenie. Innerhalb von drei Minuten hatte er jedes kaputte Handy repariert. Außerdem war er neben unsere Internetseite auch noch für den einwandfreien Zustand unseres Fahrzeugs verantwortlich. Der dritte im Bunde hatte den Spitznamen Rambo. Er war knapp zwei Meter groß, und außer der Fähigkeit ungeheuer viel essen zu können, war er auch noch in der Lage, einen Kleinwagen mit bloßen Händen anzukippen, sowie mit den Fäusten seinen Widersachern die Falten aus den Mundwinkeln zu bügeln. Als nächstes wäre Engel zu erwähnen. Sie war dreiunddreißig Jahre alt, ein rothaariger Wuschelkopf und hieß eigentlich Sarah. Ihre Stimme klang dermaßen sanft, dass man glaubte, sich mit einem Engel zu unterhalten, ohne zu ahnen, dass sie inzwischen den 3. Dan in Karate erreicht hatte. In ihrer Jugend absolvierte sie erfolgreich eine Lehre als Schneiderin, und fast alle unserer Klamotten waren von ihr angefertigt worden. Allerdings hatte sie einen kleinen Spleen. So oft es ihr nur möglich war, saß sie splitterfasernackt in der Gegend herum. Ich muss zugeben, dass mir sehr gut gefiel, was ich da sah. Wenn sie zufällig bemerkte, dass ich sie wieder einmal anstarrte, provozierte sie mich, indem sie ihre Beine öffnete. Was ich dann sah, gefiel mir noch viel besser. Ich wünschte mir heimlich, jeden Zentimeter ihrer weißen Haut mit meinen Lippen erkunden zu können. Nur Erna durfte das alles nicht mitbekommen. Sie ranzte mich dann immer ziemlich lautstark an, dass ich gefälligst meine Augen im Kopf zu behalten hätte. Wobei wir bei meiner Person wären. Ich war der Springer, Ausputzer und Lückenbüßer, falls mal einer ausfiel oder abzulösen war. Beispielsweise konnte ich auch unseren Kleinbus fahren, wenn ich die Verlängerungen abschraubte, und zur Not unsere Internetseite aktualisieren. Autos ankippen lag mir zwar nicht, aber ich wusste, wo der Wagenheber zu finden war, und kam damit auch zum gewünschten Ergebnis. Und mit Nadel und Faden konnte ich zumindest aufgeplatzte Nähte wieder herrichten. Zusätzlich war meine Aufgabe einzukaufen, und gelegentlich auch mal das eine oder das andere Fertiggericht aufzuwärmen. Das brachte mir den Namen Smutje ein. Zusammen waren wir ‚Die Beschaffer'. Ob Schrottplatz, Flohmarkt, Entrümpelung, oder komplette Haushaltsauflösung, ob

Sperrmüll oder Abriss, wir waren meist als erste vor Ort und pickten uns die besten Stücke für unsere Kundschaft heraus. In einem Gebäude auf Ernas riesigem Anwesen hatten wir eine Werkstatt eingerichtet, in der wir unsere Schätze vor dem Weiterverkauf aufmöbelten. Neger und Rambo kannten sich gut mit Holz aus. Rambo war zusätzlich für Glas zuständig, und stellte bei Bedarf meisterhaft mundgeblasene Hauben für Sturzuhren her. Engel fiel der Bereich Stoff und Farbe zu, während ich für alles aus Metall die Kompetenz hatte. Es konnte da auch schon mal vorkommen, dass ich für eine antike Truhe ein komplettes Kastenschloss nachempfinden musste. Über eine längere Zeit hinweg machten wir mit alten Bauernschränken richtig viel Kohle, aber als dieser Trend rückläufig wurde, mussten wir unser Gebiet gezwungenermaßen etwas erweitern. Und da wir uns großkotzig als Beschaffer titulierten, fingen wir an, gestohlene Gegenstände wiederzubeschaffen. Erna, der Boss, löste mit ihrem hellen Köpfchen Fälle, welche die Polizei nicht auf die Reihe brachte, oder wegen Geringfügigkeit zu den Akten legte. Allerdings beschlich mich der Verdacht, dass Erna über Kontakte zur Unterwelt verfügte, und auf diese Art entscheidende Hinweise zu den Diebstählen erlangte. Wenn dann Rambo zwei der Langfinger gleichzeitig in die Luft hob, gaben uns die Diebe meist sehr gern alles Entwendete wieder heraus. Nur einmal zückte einer seine Pistole. Ein kurzer Tritt von Engel brach ihm das Handgelenk. Das Dumme war nur, dass wir mit der Wiederbeschaffung von Dingen, die für den Besitzer nur ideellen Wert hatten, nicht allzu viel verdienten. Fast

wäre unser mustergültiger Verein dadurch auseinander-
gebrochen. Neger und ich waren der Meinung, wir sollten uns eine gängige Arbeit suchen. Aber die anderen
dachten nicht im Traum daran. Also mussten wir uns irgendwie durchwursteln. Mir blieb nichts weiter übrig, als
immer häufiger billige Fertiggerichte warmzumachen,
und manchmal war ich den ganzen Tag von einem Dis-
kounter zum anderen unterwegs, um Konserven zu ergattern, deren Preis unter zwei Euro lag. Doch eines Tages
bekam Rambo von dem Zeug Verstopfung. Was ihn dann
erwartete, war für ihn eher unangenehm, wird aber von
Marathonläufern geradezu ersehnt, nämlich der Einlauf.
Als es ihm wieder besser ging, unterhielt er sich noch mit
dem Krankenpfleger. Dabei erwähnte Rambo, dass unser
Trupp alles beschaffen könnte, was erstklassig zahlende
Kundschaft praktisch haben wollte. Der Pfleger erzählte
ihm daraufhin, dass der Bruder seiner Stiefmutter nur so
vor Geld stank, und unbedingt ein Bild von Amedeo Modigliani haben wollte. Er würde angeblich jedem zwei
Millionen Euro Provision auf die Hand zahlen, der ihm,
legal oder illegal, zu so einem Gemälde verhelfen würde.
Als uns Rambo davon erzählte, machte sich über Ernas
kleines Gesicht ein teuflisches Grinsen breit: „Leute, das
ist ein Wink des Schicksals. Ich gehe mal davon aus, dass
ihr Kulturbanausen keine Ahnung habt, dass zurzeit in
der Kunstgalerie unserer geliebten Heimatstadt eine
Leihgabe des chinesischen Long Museums hängt. Es
handelt sich dabei um ein Gemälde von Modigliani mit
dem Titel ‚Nu couché‘ und zeigt einen liegenden Akt, Öl
auf Leinwand. Die Größe des Bildes misst lediglich 92

mal 60 Zentimeter, aber das Ding wurde trotzdem im November des Jahres 2015 für rund 170 Millionen Dollar bei Christie's von den Chinesen ersteigert. Inzwischen dürfte es fast doppelt so viel wert sein. Menschenskinder, glotzt nicht so doof! Ihr solltet euch wirklich häufiger mal für Kunst und Kultur interessieren! Und was haltet ihr Pappnasen nun davon, dass wir professionellen Beschaffer dieses Schätzchen für den lieben Onkel des Krankenpflegers eventuell auch beschaffen?" Uns blieben die Münder offenstehen. Als erster fasste sich Neger: „Das wäre illegal. Wir waren doch bisher immer auf der Seite der Guten". Erna winkte ab: „Die Wiederbeschaffung von Diebesgut mittels Gewalt ist auch illegal. Überlegt doch mal! Das wären für jeden von uns genau 400.000 Euro. Steuerfrei! Neger wird jetzt mit mir in die Galerie gehen, und wir werden dort alles genau auskundschaften. Morgen reden wir dann weiter!"

Erna war dermaßen bestimmend, dass sich keiner von uns anderen traute, ihr zu widersprechen. Sie hatte über Nacht einen geistreichen Plan entwickelt. Das Bild war neben einer richtig komplizierten Anlage mit zahlreichen Alarmkontakten, außerdem auch noch mit einem flachen Gehäuse aus Polykarbonat geschützt. Dieses Material zeichnet sich durch eine verdammt hohe Festigkeit, Schlagzähigkeit, Steifigkeit und Härte aus. Polycarbonat widersteht vielen Mineralsäuren, sowie Lösungen von Salzen und Oxidationsmitteln. Auch organische Lösungsmittel wie Kohlenwasserstoffe, Öle und Fette greifen das Material nicht an. Aber Neger kannte die Lösung:

Ammoniak, Dichlormethan, Pyridin und Phenol. Er war zuversichtlich, in der richtigen Mischung und Menge würden die Chemikalien das Gehäuse langsam auflösen. Erna wusste auch schon, wo sie das ganze Zeug beschaffen konnte. Ich sah mich in meiner Meinung bestätigt, dass unser Boss Kontakte zu zwielichtigen Leuten unterhielt. Neger hatte herausbekommen, dass es nach Schließung der Galerie nur einen einzigen Wachmann gab, der sich stündlich in der Zentrale der Versicherungsgesellschaft melden musste. Der Mensch bekam täglich von der Geschäftsleitung eine Pizza gestellt, die stets pünktlich um zwanzig Uhr geliefert wurde. Der Plan sah also vor, dass Erna eine Schlummer-Pizza backen wollte, belegt mit leckeren K.O.-Tropfen, die den Wachmann nach dem Verzehr sicherlich geraume Zeit aus dem Rennen nehmen würde. Erna sollte in unserem Fluchtauto warten, während Engel Schmiere stand und Neger alle Alarmeinrichtungen lahmlegen würde. Rambo könnte dann mit mir über die Feuerleiter aufs Dach klettern, und mich samt der Chemikalien durch das Oberlicht abseilen, und hoffentlich auch nach getaner Arbeit wieder hochziehen, selbstverständlich samt Gemälde. Da die Kunstgalerie am Samstag bereits um 14 Uhr schloss, wollten wir an diesem Tag zuschlagen. Gegen 19:30 Uhr sollte ich dann, als Pizzabote verkleidet, unsere Pizza Speziale liefern. Der Wachmann hätte wahrscheinlich um diese Zeit schon längst Langeweile und wäre froh, seine tägliche Pizza etwas früher zu bekommen. Uns blieben für die Vorbereitung genau noch vier Tage. Bereits am Donnerstag trudelte Erna mit den Chemikalien ein. Woher sie das

Gelumpe hatte, wollte sie uns nicht verraten. War ja auch egal. Am Freitag kaufte Rambo noch ein stabiles Seil im Baumarkt. Damit waren wir nun fertig gerüstet, denn das Equipment um Alarmanlagen auszuschalten, hatte Neger sowieso seit Urzeiten in seinem außergewöhnlichen Technik-Koffer gebunkert. Erna tankte sicherheitshalber unseren Bus noch voll, und Neger machte eine Durchsicht an dem guten Stück. Dann kam der Samstag. Das Ganze durfte nicht mehr als eine halbe Stunde in Anspruch nehmen, sonst kämen wir mit dem echten Pizzaboten in Kollision. Nach Lieferung der Pizza warteten wir noch kurz, um dem Wachmann Zeit zum Einschlafen zu geben. Dann begab sich jeder auf seinen Posten. Ich vertraute meine 80 Kilo dem Seil und den Armen von Rambo an, und sank Zentimeter für Zentimeter nach unten. Auf Höhe des Bildes angelangt, kam es mir vor, als sauste ein heißer Blitz durch mein Gehirn. Das Gemälde war weg. Einfach weg. Zunächst dachte ich, die Galerie würde vielleicht das Bild nachts im Keller einschließen, dann sah ich aber die zerstörten Überreste des Polykarbonat-Gehäuses. Langsam dämmerte es mir, dass jemand vor uns dagewesen sein musste. Ich zog dreimal am Seil, das Zeichen für Rambo, mich hochzuziehen. Er blickte mich äußerst erstaunt an, weil ich das Bild nicht bei mir hatte. Bevor er aber etwas sagen konnte, hörten wir einen Mordskrawall, welcher aus Richtung der Vordertür zu uns hinauf tönte. Wir kletterten blitzartig nach unten, und kamen gerade noch zurecht, um zu sehen, wie Engel zwei Typen zusammenfaltete. Unweit davon lag etwas Viereckiges am Boden, das Gemälde. Ich kann mich bis heute noch nicht genau erinnern, was danach so ablief. Auf jeden Fall waren wir irgendwann alle in unsere Werkstatt, und bestaunten das Bild. Ich, für meine Person, fand es gar nicht so bedeutend. Aber was weiß ich schon. Rambo sollte am nächsten Tag den Krankenpfleger aufsuchen, um die Adresse des Stiefonkels zu erfahren, damit wir wussten, wohin das Korpus Delikti zu liefern wäre. Unser Boss Erna konnte ihn gerade noch rechtzeitig via Telefon zurückpfeifen. Sie hatte in der Morgenausgabe gelesen, dass die Versicherung satte drei Millionen Euro für die Wiederbeschaffung des Bildes aussetzte. Es sei mit 200 Millionen Euro versichert gewesen. Also gab es ein geheimes Treffen zwischen unserer Erna und einem hochrangigen Vertreter der Versicherungsgesellschaft. Das Gemälde kam zurück in die Kunstgalerie, jedes unserer Konten wurde um 600.000 Euro reicher, die Versicherung sparte 197 Millionen, und wir waren immer noch die Guten. Die fette Schlagzeile von unserem Wiederbeschaffungserfolg, in der Zeitung und auf unserer Homepage, brachte uns jede Menge Aufträge. Und ich habe endlich den Mut gefunden, Engel zu fragen, ob sie mich eventuell heiraten würde. Sie hat ‚Ja‘ gesagt, unter der Bedingung, dass sie mit achtzig Jahren immer noch nackt herumsitzen darf. Ich habe eingewilligt, denn ich gehe davon aus, dass ich in dem Alter sowieso nicht mehr richtig sehen kann.

Kabale und eventuell Liebe

Das Wort ‚Schneien' wäre an diesem Tag übertrieben gewesen. Man konnte eher sagen, es krümelte. Aber sobald auch nur annähernd eine durchgehend weiße Fläche zu erkennen war, holten die Kinder ihre Schlitten aus dem Keller. Ein paar ganz pfiffige hatten mehrere Schlitten zusammengebunden, um durch die gesteigerte Masse ihre Geschwindigkeit drastisch zu erhöhen. Leider lässt sich ein solches Konstrukt viel schwerer lenken und abbremsen. Und so kam es, dass Kommissar Riemer, als er am nächsten Morgen in sein Auto steigen wollte, fürchterlich über eine große Delle in der Fahrertür fluchen musste. In der Dienststelle angekommen, wollte er soeben schlecht gelaunt beginnen, seinen unordentlichen Schreibtisch aufzuräumen, als Kommissar Schimmler aufgeregt ins Zimmer gestürmt kam. Riemer hob den Kopf: „Ach guck mal einer an! Wir tragen heute beide das gleiche Hemd". Schimmler ließ sich in einen Stuhl fallen: „Wir haben jetzt keine Zeit über Hemden zu quatschen. Hör zu! Ich bin gerade am Zimmer vom Alten vorbei gegangen. Seine Tür stand ein Stückchen auf, und da habe ich ein Telefonat mithören können. Ich weiß nicht, mit wem der Chef geredet hat, aber es ging um dich. Hohlbach will dir irgendwie ans Bein Pinkeln. Er wird dir beim nächsten Fall die Wiegand an die Seite geben, weil er weiß, dass du dich ein wenig in sie verguckt hast. Und wenn du dann ein Techtelmechtel mit ihr anfängst, will er dich endlich einmal abmahnen, da er Beziehungen innerhalb der Dienststelle verboten hat". Kommissar

Riemer stützte sich lässig auf die Armlehnen seines Büro-Drehstuhls: „Mein lieber Freund, zu einem Techtelmechtel, wie du es nennst, gehören immer noch zwei. Glaubst du etwa, dass eine Frau wie die Wiegand auf einen dicken, fünfzehn Jahre älteren Klops wie mich gewartet hat? Die kann doch ganz andere Männer haben. Und nebenbei, wer sagt dir denn, dass ich überhaupt meine Freiheit als Single aufgeben möchte?" Kommissar Schimmler schmunzelte: „Das sagt eindeutig dein Blick, wenn die Kommissarin das Zimmer betritt".

Gegen zwanzig Uhr schaltete Riemer das Fernsehgerät ein, öffnete eine Flasche Rotwein sowie eine Tüte Kartoffelchips und machte es sich in der Kuhle auf seinem alten Sofa bequem. Doch das Handy auf dem Tisch, hatte etwas dagegen. Während es deutlich hörbar surrte, drehte es sich auch noch fröhlich im Kreis. Nach einem längeren, inneren Kampf, griff Riemer dann doch mit seinen krümeligen Wurstfingern nach dem Gerät: „Wer stört meinen geliebten Feierabend?" Es war Jens Mehlmann, sein Schwiegersohn: „Hallo, fat dad, ich hab ziemlich lange nichts mehr von dir gehört. Wie geht's?" Riemer schwankte zwischen lachen und zornig werden: „Von wegen ‚dicker Vater'! Ich habe vorige Woche knapp hundert Gramm abgenommen. Aber warum rufst du an? Ist etwas passiert?" „I wo", antwortete Mehlmann, „es geht nur um die Urlaubsplanung für dieses Jahr. Wir wollen eventuell eine Kreuzfahrt machen, Hättest du nicht Lust mitzukommen?" Riemer zog die Stirn kraus: „Da gibt's doch bestimmt einen Haken. Soll ich vielleicht die ganze Chose bezahlen?" Mehlmann lachte: „Um Gottes Willen, nein! Aber du hast recht, es gibt da ein kleines Häkchen. Deine Exfrau wird auch mitkommen, denn deine geliebte Tochter wünscht sich so sehr, dass sie alle beide von euch um sich hat. Kannst du nicht meiner Göttergattin diesen Herzenswunsch erfüllen?" Kommissar Riemer wurde ernst: „Tut mir leid! Aber ich möchte nicht eingesperrt werden, nur weil ich im Affekt deine Schwiegermutter umgebracht habe". Mehlmanns Stimme klang traurig: „Schade! Ich wünsche dir aber trotzdem noch einen schönen Abend!"

Der Wettergott schien sich in der Nacht gegen die Autofahrer verschworen zu haben. Auch gegen jene, die eine Delle in der Fahrertür hatten. Einem ekligen Schneeregen folgte gegen Morgen richtig harter Frost. Riemer kam zu spät in die Dienststelle, da er mehr gerutscht als gefahren war. Zusätzlich wurde er auf halber Strecke an einem Unfallort etwa eine Viertelstunde lang aufgehalten. Sagen wir mal so, gute Laune sah anders aus. Kaum hatte er sich in den Stuhl hinter seinem Schreibtisch fallen lassen, klingelte auch schon das Telefon. Wie üblich musste Riemer den Apparat unter einer Wust von Papieren hervorkramen, was dazu führte, dass einige Schreiben geräuschvoll auf dem Boden landeten. Er drückte den Hörer ans Ohr: „Ja?" Am anderen Ende war Hohlbach: „Sie sollen sich doch mit Name und Dienstgrad melden!" Riemer grinste: „Haben Sie doch auch nicht gemacht". Man konnte förmlich durch das Telefon fühlen, wie sich Hohlbachs Gemütsverfassung dem Nullpunkt näherte: „Hören

Sie endlich auf mit diesen Provokationen! Vor zirka acht Stunden wurde ein kleines Mädchen entführt. Sie ist sieben Jahre alt und heißt Corinna Bergwald. Die Eltern haben das Verschwinden ihrer Tochter erst vor wenigen Minuten bemerkt. Die Familie verfügt jedoch nur über geringe finanzielle Mittel. Wir müssen wohl davon ausgehen, dass die Kleine wahrscheinlich getötet wird. Ich teile Ihnen hiermit den Fall zu. Sie werden aber mit Kommissarin Wiegand zusammenarbeiten. Die Adresse der Familie bekommen Sie in unserer Zentrale. Und nun los!" Kommissar Riemer zog also seinen Mantel wieder an, nestelte die Handschuhe aus der Tasche, setzte seinen Hut auf und verließ das Dienstzimmer. Auf dem Gang kam ihm bereits Frauke Wiegand entgegen: „Ich weiß schon bescheid. Die Adresse habe ich besorgt, aber wir bekommen keinen Dienstwagen, weil angeblich zwei davon wegen des Glatteises fahruntüchtig sein sollen. Scheinbar sind auch Gesetzeshüter nicht davor gefeit, Blechschaden zu erleiden. Also schlage ich vor, diesmal mein Auto zu nehmen. Kommissar Riemer nickte. Während der Fahrt räusperte er sich umständlich: „Ich muss Ihnen etwas sagen. Hohlbach ist ein Intrigant. Er nutzt Sie aus, um mir eins auszuwischen. Er geht davon aus, dass ich mich in Sie verknalle, und dass dadurch meine Arbeit leidet. Dann könnte er mich endlich abmahnen oder vielleicht sogar feuern, weil er ja Liebesbeziehungen innerhalb der Dienststelle verboten hat". Die Kommissarin musste lachen: „Erstens kann der Alte, rechtlich gesehen, das gar nicht verbieten. Selbst Klauseln im Arbeitsvertrag, wie beispielsweise ‚Eine Liebesbeziehung zwischen Mitarbeitenden ist untersagt' sind unwirksam. Sollte Ihre Arbeit allerdings darunter leiden, was ich bei Ihnen nicht glaube, dann hätte der Chef einen Grund. Zum zweiten, und das sollten Sie sich gut merken, gehöre ich zu den Frauen, die sich geschmeichelt fühlen, wenn sich ein Mann in sie verknallt. Aber jetzt wollen wir uns lieber dem verschwundenen Mädchen zuwenden. Das ist doch wohl wichtiger als das Theater in unserer Dienststelle!" Als sie an der gewünschten Adresse angelangt waren, bremste die Kommissarin wie gewohnt, aber der Wagen kam erst einen Block später zum Stehen. Zum Glück parkten dort keine weiteren Autos.

Der Vater des entführten Kindes saß nahezu teilnahmslos auf dem Sofa, den Blick scheinbar in eine unbestimmte Ferne gerichtet. Die Mutter daneben hörte keine Minute auf zu heulen. Wie sich herausstellte, war die Frau am Abend zuvor auf einer Jubiläumsfeier ihres ehemaligen Gymnasiums gewesen, während der Ehemann zu Hause auf die Kleine aufpasste. Gegen dreiundzwanzig Uhr hatte er noch einmal nach Corinna gesehen und war dann selbst schlafen gegangen. Die Mutter kam erst gegen zwei Uhr nachts nach Hause, wollte die Kleine zu diesem Zeitpunkt nicht mehr stören und ging gleich zu Bett. Als die beiden gegen sieben Uhr morgens ihre Tochter wecken wollten, war sie verschwunden. Nur das Fenster war geöffnet und das Kinderzimmer völlig ausgekühlt. Da die Wohnung im Parterre lag, konnte davon ausgegangen werden, dass das schlafende Mädchen in der Nacht durch das Fenster entführt worden war. Kommissarin Wiegand blickte sich aufmerksam im Kinderzimmer um: „Fehlt sonst noch etwas?" Der Vater antwortete mit brüchiger Stimme: „Lumpi, ihr Stoffhund. Den hatte sie immer am Liebsten. Schon seit sie Vier war. Und die Sachen, die ich am Abend für den Schulweg herausgelegt habe. Das macht sonst meine Frau, aber gestern hab ich das halt gemacht. Blaue Jeans, ihren gelben Pullover, eine rote Pudelmütze, und ihre Lieblingsjacke aus rosa Kunstfell. Alles weg". Kommissar Riemer machte sich Notizen: „Haben Sie vielleicht ein Foto von der Kleinen?" Der Mann nickte und überreichte Riemer ein kleines, gerahmtes Bild, das er vorsichtig von der Wand nahm. Es war ein süßer Fratz zu sehen, welcher einen Stoffhund knuddelte. Die Kommissarin sagte noch: „Wir schicken ein paar Kollegen, die ihr Telefon anzapfen werden, um die Lösegeldforderung mitzuverfolgen. Können wir sonst noch etwas für sie tun?" Die Eltern schüttelten den Kopf, und der Vater begann nun auch zu weinen.

Auf der Rückfahrt sinnierte Riemer: „Die Frau hat die ganze Zeit keinen Ton gesagt. Da stimmt doch was nicht. Und, liebe Kollegin, ihre Frage, ob etwas fehlt, hat genau ins Schwarze getroffen. Dass der Stoffhund nicht mehr da ist, sagt doch, dass der Entführer die Kleine gemocht oder zumindest gekannt hat. Und ein Kidnapper nimmt doch wohl kaum die Klamotten von seinem Opfer mit. Und wenn doch, woher wusste er nachts im Dunklen, an welcher Stelle die Sachen liegen? Er wird ja bestimmt kein Licht angemacht haben. Es sei denn, hm …, es sei denn, das Mädchen kannte den Entführer. Irgendetwas

sagt mir, dass es keine Lösegeldforderung geben wird".
Frauke Wiegand stimmte zu: „Ich schlage vor, wir bestellen die Eltern morgen ins Präsidium, und verhören sie getrennt".

Kommissar Riemer hatte es sich gerade auf seinem Sofa gemütlich gemacht und wollte den Fernseher einschalten, als ein gewisses Bauchgefühl ihn wieder aufstehen ließ. Er zog eine lange Unterhose an, was er sonst nie tat, da er einfach solche Buchsen nicht leiden konnte, zog zwei Pullover übereinander, durchstöberte die Flurgarderobe nach den steinalten Ohrenschützern, nahm Hut und Mantel und begab sich zu seinem Auto. Nachdem er noch einmal kräftig über die Delle in der Tür geflucht hatte, fuhr er zur Adresse der Bergwalds, schaltete das Licht aus und wartete. Als er schon ziemlich durchgefroren war, kam die Mutter aus dem Haus, blickte sich mehrmals um, stieg in ein Auto und fuhr los. Der Kommissar folgte ihr zunächst ohne Licht. Dann ließ er langsam einen größeren Abstand. Am Rand der Stadt hielt die Frau an, und verschwand in einem Einfamilienhaus. Um keinen Verdacht zu erregen, fuhr Riemer zunächst vorbei, wendete dann aber und kam zurück. Er schlich sich an das Haus heran und lauschte am Fenster. In der Stube vernahm er die Stimme eines Kindes. Das war für ihn Grund genug, um zu Klingeln. Als ein Mann die Tür öffnete, überrumpelte ihn Riemer, indem er einfach seine Körpermasse einsetzte, und den Verdutzten gewaltsam zur Seite drängte. Im Zimmer stand Frau Bergwald mit ihrer Tochter Corinna auf dem Arm. Riemer hielt dem

Mann seinen Dienstausweis unter die Nase und griff zum Handy.

Kommissar Schimmler ließ sich in den Stuhl vor Riemers Schreibtisch plumpsen: „Der Alte hat sich wieder mal vierzehn Tage krankschreiben lassen. Als er erfuhr, dass du den Fall gestern schon gelöst hast, ist sein Blutdruck in schwindelerregende Höhen geschossen. Wie bist du eigentlich auf die Frau gekommen?" Riemer zuckte mit den Schultern: „War doch ganz einfach. Die Frau hat sich die ganze Zeit hinter ihrer Heulerei versteckt. Dann sind auch noch die Klamotten und das Lieblingsspielzeug mit entführt worden. Das macht nur eine treusorgende Mutter. Weil sie sich in einen anderen Mann verliebt hatte, wollte sie ihren Gatten verlassen. Darum schlich sie sich heimlich von ihrer Jubiläumsfeier weg, und während ihr Ehemann schlief, hat sie das arme Kind mitgenommen, um ihren Ehemann dann der Vernachlässigung bezichtigen zu können. Das war alles nur als hinterhältige Intrige von ihr gedacht, oder wie Schiller sagen würde, Kabale und Liebe". Schimmler musste wieder einmal grinsen: „Aha, der Bildungsbürger Riemer. Übrigens habe ich gegen meinen Willen noch ein Telefonat mit anhören müssen. Frauke Wiegand hat vorhin mit ihrer Freundin geplaudert. Sie meinte, dass sie dich gezwungener Maßen wohl zum Essen einladen müsste, da du störrischer Kerl dich deinerseits nicht traust, sie zu fragen". Eine lange Zeit breitete sich Stille im Raum aus. Dann sagte Kommissar Riemer leise: „Ich glaube, ich lasse mich lieber auch vierzehn Tage krankschreiben!"

Dark matter

Jonas ist mein bester Freund. Nicht nur, dass wir uns in den verschiedensten Lebenslagen gegenseitig helfen, wir können auch zusammen schweigen, oder beim Bier dummes Zeug daher quatschen. Aber jetzt kommt das Beste, wir können ausgiebig miteinander diskutieren. Dabei schmeißen wir uns die Argumente nur so um die Ohren, bis einer keine Beweisgründe mehr hat, und aufgibt. Oder wir einigen uns darauf, dass niemand den anderen überzeugen konnte. Da im Laufe der meist hitzigen Debatte unsere Stimmen an Lautstärke gewinnen, denken Außenstehende, wir würden uns in böser Absicht streiten, und manche versuchen sogar unseren angeblichen Zwist zu schlichten. Die sind dann ganz verstört, wenn wir beide herzhaft darüber lachen müssen.

Der Weltraum hatte es uns besonders angetan. Jonas meinte, bereits im Jahr 2033 würde die Menschheit zum Mars aufbrechen. Ich hingegen behauptete, dass man erst am 2. August 2048 zum Mars fliegen würde, da dann der rote Planet in der besten Position im Verhältnis zur Erde stünde, und somit der wenigste Treibstoff vonnöten wäre. Nach zwei Stunden hatte jedoch keiner von uns den anderen überzeugt. Ein paar Tage später war dann unser Diskussionsthema die dunkle Materie. Da ich davon nicht viel, besser gesagt gar keine Ahnung hatte, verlief unser Wortwechsel nach kurzer Zeit im Sande. Weil ich aber, wie viele Menschen, gern Recht habe, las ich mir in einschlägigen Medien eine gesunde Halbbildung an.

Danach entwickelte ich, wie üblich bei solchen Phäno-
menen, eine eigenständige Theorie. Also, das Wort ‚dunkel' sollte man nicht herkömmlich interpretieren. Es
wurde nur aus dem Englischen übersetzt und bedeutet so
viel wie ‚unbekannt', zum Beispiel im Sinne von ‚dunk-
les Geheimnis'. Wissenschaftler wollen errechnet haben,
dass ungefähr 24% unseres Universums aus dunkler Materie bestehen. Als Beweis wird gern eine Erscheinung
angeführt, die man Gravitationslinseneffekt nannte. Dabei wird das Licht einer entfernten Quelle, wie zum Beispiel der Schimmer eines Sterns, durch ein vom Betrach-
ter aus gesehen davorliegendes Objekt beeinflusst. Das
bedeutet beispielsweise, große Planeten verbiegen das
Licht so, dass man Sterne direkt am Rand dieser Himmelskörper beobachten kann, welche aus unsere Blick-
richtung eigentlich von diesen Planeten verdeckt werden.
Demnach verursacht eine Gravitationslinse kein reelles
Bild. Eine derart erzeugte Lichtverteilung nennt man
Kaustik. Da dieses Phänomen auch dort im All zu bestau-
nen ist, wo gar keine Planeten zu finden sind, schließen
deshalb verschiedene Leute auf eine nicht erkennbare,
dunkle Materie. Was aber, so frage ich, wenn Gravitation
gar nichts mit Masse zu tun hat? Was, wenn die Gravitation eine völlig freie Kraft ist, die hier und da durch unser
Universum wabert? Sagen wir mal, es regnet. Dann fließt
das Wasser in kleinen Bächen über unsere Straßen. Sobald es an eine Kuhle kommt, bildet sich dort eine Pfütze.
Ist nun die Pfütze der Beweis dafür, dass es Regenwasser
gibt? Nein, denn das Wasser befindet sich ja auch neben
der Pfütze, sonst wäre dort der Asphalt nicht nass.

Kommen wir nun zu Albert Einsteins Allgemeiner Relativitätstheorie. Keine Angst, ich will mich nicht mit diesem Physiker messen, oder gar ihn widerlegen. Ich möchte nur ein Bild benutzen, dass dieses Genie damals entwickelt hat. Er sagte nämlich, dass Massen die Raumzeit krümmen. Mit anderen Worten, an der Stelle, an der sich ein Planet befindet, bildet sich im Universum eine Delle. Nun komme ich. Nach meiner Theorie fließt die Gravitation in verschiedenen Rinnsalen frei durch den Kosmos. Kommt es an so eine Delle, bildet sich eine sogenannte Gravitationspfütze. Damit ist erklärt, warum es dort Anziehungskräfte gibt, wo sich Massen befinden. Und es schließt gleichzeitig aus, dass es dunkle Materie überhaupt geben muss.

Als ich Jonas bei unserer nächsten Diskussion mit dieser Argumentation konfrontierte, meinte er mit dem Finger an der Stirn, dass ich Gehirnabstinenzler wäre, und brach die Debatte schlicht und einfach ab. Sehen Sie, so kann man sich in seinen Freunden täuschen.

Neue Computer

Kommissar Riemer hatte ausnehmend gut geschlafen. Überhaupt hatte er in letzter Zeit richtig gute Laune. Obwohl er die gleichen Brötchen frühstückte wie sonst auch, schienen sie heute viel besser zu schmecken. Und der Kaffee war erst recht eine Wucht. Wen wunderts,

denn seit zwei Tagen besaß der Kommissar einen sündhaft teuren Kaffeevollautomaten. Leises Mahlwerk, voll-
automatische Reinigung, wahlweise Tasse oder Kanne,
Tassenwärmer, schlappe 1400 €. Man gönnt sich ja sonst
nichts. Sein Auto war auch wieder in Ordnung. Der Me-
chaniker hatte die Delle aus der Fahrertür, dank Spezial-
werkzeug, verhältnismäßig leicht herausziehen können.
Der Chef, die alte Affenfresse, war zurzeit auch noch
krankgeschrieben. Die ganze Welt war also in Ordnung.
Fröhlich pfeifend, was bei ihm selten vorkam, bestieg der
Kommissar sein Auto.

In der Dienststelle angekommen, spürte Riemer deutlich,
dass etwas anders war als sonst. Die Kollegen wuselten
wie aufgescheucht über den Flur und redeten alle durcheinander. Als Riemer sein Büro betrat, traf ihn beinahe
der Schlag. Alles stand voller Kartons. Er räumte die Akten auf seinem Schreibtisch beiseite, um an das Telefon
zu kommen, dann rief er Kommissar Schimmler an: „Hör
mal, altes Haus, was geht denn hier los? Mein ganzes
Zimmer steht voller Kartons. Weißt du vielleicht Näheres?" Schimmler lachte: „Ja, weiß ich. Du bist nicht der
Erste, der dumm guckt. Der Alte hat uns ein Ei gelegt. Er
selbst hat sich krankschreiben lassen, aber ohne uns vorher zu informieren, dass wir endlich mit Computern aus-
gerüstet werden. Keine Sau kennt sich aus. Wir wissen
nicht, wann und ob überhaupt einer von der EDV-Abtei-
lung bei uns aufschlägt, oder ob wir die Dinger eventuell
selbst aufstellen müssen. Wie es mit der Vernetzung aus-
sieht, kann auch keiner sagen. Einige Zimmer sind ja

noch nicht einmal verkabelt. Ich hab schon versucht, jemanden von der EDV zu erreichen. Hört aber keiner. Und Straubinger, der Verräter, sagt allen, die sollen sich an dich wenden, weil du der Dienstälteste bist. Ich würde an deiner Stelle das Telefonkabel aus der Dose ziehen". Riemer war fassungslos. Dann straffte sich sein fülliger Körper: „Ich denke, ich reiche endlich meinen Urlaub ein. Den sollte ich schon lange nehmen, damit er nicht verfällt. Und da ich der Dienstälteste bin, genehmige ich mir meine Ferien selbst. Euch noch viel Spaß mit der modernen Technik!" Wegen der Unordnung ziemlich angepisst verließ Kommissar Riemer die Dienststelle. Gute Laune – Fehlanzeige!

Ein hervorragendes Essen in seinem Lieblingsrestaurant, begleitet von zwei Gläsern Wein, sowie ein anschließender Kabarettbesuch katapultierten die Laune des Kommissars wieder an die obere Marke. Froh gelaunt bestieg er die Straßenbahn. Im Wagen saß lediglich eine ältere Dame mit einem ausladenden Hut. An der nächsten Station stieg ein Mann um die vierzig ein, umhüllt von einer Lederjacke und jeder Menge Tattoos. Kaum hatte die Bahn sich in Bewegung gesetzt, zog er ein Messer und ging auf die Frau los: „Rück dein Geld raus, aber plötzlich!" Der Kommissar stand auf. Jetzt bedauerte er, dass seine Dienstpistole die meiste Zeit in der Schublade versauerte: „Polizei, lassen Sie das Messer fallen!" Der Mann ließ von der Dame ab, und wandte sich auf der Stelle dem Kommissar zu: „Dickerchen, du gibst doch an. Ich werde dir jetzt erst mal ein Loch in den Bauch schneiden, da kann dann das Fett ablaufen". Er führte eine Stichbewegung auf Riemers Bauch zu. Der Kommissar schlug ihm, wie bei einem der Selbstverteidigungslehrgänge gelernt, das Messer aus der Hand. Für das Folgende war er aber aufgrund seiner Körperfülle nicht schnell genug. Der Mann verpasste ihm einen Faustschlag. Er hatte zwar auf das Kinn gezielt, aber Riemer wich aus, und so traf der Schlag nur seine Wange. Allein Riemers Gewicht verhinderte, dass er umfiel. Sein Angreifer beging danach einen unverzeihlichen Fehler, indem er sich angriffslustig dem Kommissar weiter näherte. Riemer brach dem Mann mit einer schnellen Bewegung seines Kopfes das Nasenbein. Als der Getroffene in die Knie ging, griff der Kommissar mit einer gekonnten Bewegung in seinen Mantel, holte die Handschellen heraus und kettete den Aggressor an eine der Griffstangen. Dann zückte er seinen Dienstausweis, ging zum Fahrer und wies ihn an, beim nächsten Halt auf die Polizei zu warten. Danach informierte er mit dem Handy die Schutzpolizei. Die Kollegen warteten bereits, als die Bahn an der nächsten Haltestelle ankam. Der Mann wurde, so laut er auch protestierte, in den bereitstehenden Streifenwagen verfrachtet, und einer der Uniformierten fragte Riemer: „Sie haben Blut auf der Stirn. Sollen wir Sie ins Krankenhaus fahren?" Riemer verneinte: „Keine Angst, das ist nicht mein eigenes. Und die Anzeige erstatte ich dann morgen früh". Riemer wischte sich angeekelt mit dem Taschentuch das Blut von der Stirn. Den letzten Kilometer bis nach Hause ging er zu Fuß. Langsam beschlich ihn die Befürchtung, dass immer dann etwas Blödes passierte, wenn er tatsächlich mal gute Laune hatte.

Kaum, dass der Kommissar am nächsten Morgen mit dem Frühstück fertig war, klingelte sein Diensthandy. Es meldete sich sein Freund Schimmler: „Einen schönen guten Morgen, du Nase! Du wirst es nicht glauben, aber der Alte ist wieder da. Er hat als Erstes deinen Urlaub widerrufen. Irgendwas muss gestern Abend bei dir losgewesen sein. Ich soll dir Bescheid sagen, dass du dich sofort hier zu melden hast!" Riemer antwortete mächtig angesäuert: „Und das kann mir die feige Sau nicht selber sagen?" Schimmler lachte: „Erst Monkey Face, dann Sau. Hast du noch so ein paar Ausdrücke für unseren Chef?" „Hab ich. Aber die hebe ich mir für die Autofahrt auf".

Hauptkommissar Hohlbach lief aufgeregt im Zimmer auf und ab: „Haben Sie gestern die Personalien Ihres Angreifers aufgenommen?" Riemer verneinte: „Dazu war keine Zeit. Aber die Kollegen vom Streifenwagen haben die Angaben garantiert ermittelt. Ich gehe nachher rüber, um die Anzeige aufnehmen zu lassen". Hohlbach wand sich wie ein Regenwurm: „Da gibt es leider ein Problem. Der Kerl ist den beiden Kollegen durch die Lappen gegangen. Nun weiß keiner von uns, wer er ist, und niemand kann ihn wegen des Angriffs auf einen Kriminalbeamten belangen. Am besten, Sie gehen zum Polizeizeichner, und lassen ein Phantombild anfertigen!"

Der Zeichner war Schweizer und meinte, ein derartiges Gemälde hieße nicht Phantom- sondern Robotbild. Wie auch immer, zum Schluss einigten sich beide darauf, dass Riemers Gedächtnis nicht das beste sei. Wieder im Büro, lümmelte Kommissar Riemer wie üblich hinter seinem überladenen Schreibtisch. Davor warteten noch immer geduldig die Kartons mit Computer, Bildschirm, Drucker, Scanner, Tastatur, Maus und Kabeln. In Gedanken ging der Kommissar noch einmal den vorigen Abend durch. Plötzlich sprang er erregt auf. Natürlich! Er hätte das Taschentuch mit den Blut fast vergessen. Zielstrebig bewegte er sich in Richtung Labor. Wenn der Kerl schon mal auffällig gewesen ist, dann würde die DNA helfen, Name und Adresse herauszufinden.

Der Kommissar konnte es kaum glauben. Nachdem sein Angreifer verhaftet worden war, hatte Hohlbach wahrlich Riemers Urlaub genehmigt. Und nun streckte der Kommissar im ägyptischen Hurghada seinen massigen, weißen Bauch in die Sonne, und zwar auf der Terrasse des Iberotel Makadi Beach, schlürfte einen Negroni und blickte versonnen über das Rote Meer. Aber die richtig gute Laune wollte sich bei ihm einfach nicht einstellen. Urlaub hin oder her, irgendwie schien ihm hier etwas zu fehlen. War es unter Umständen die Aufklärung eines Falles? Oder war es vielleicht die Arbeit im Allgemeinen? Oder fehlte ihm einfach nur der bezaubernde Anblick seiner Kollegin Frauke Wiegand? Riemer entschied sich für das Letztere. Er brach den Urlaub ab, flog zurück, und fasste den festen Entschluss, am nächsten Tag die neue Kollegin zum Essen einzuladen. Zumindest im Flugzeug hatte er noch den Mut dazu.

Zwei Steinpilze

Der Sommerwind blies dunkle, pausbäckige Wolken vor sich her. Er musste sich dabei mächtig anstrengen, denn die Wolken hatten ein erstaunlich großes Gewicht, was man bei Wolken so gar nicht vermutet. Irgendwann gab der Wind dann auf, und siehe da, die Wolken hatten nur darauf gewartet. Jetzt, da sie Ruhe hatten, gaben sie Tropfen für Tropfen, schnell und schneller das Wasser frei, welches sie bisher in ihrem Bauch mitschleppen mussten. Die Wolken wurden immer heller, der Regen immer stärker und die Erde darunter immer nasser. Auch auf einem kleinen Fleckchen Wald, das von alten und dürren Ästen geschützt war, fanden die Regentropfen trotzdem den Weg ins Erdreich. Unter der Erde wartete schon ein Pilzgeflecht auf das belebende Nass. Kaum wärmte die Sonne nach dem Regen den Boden, da steckte ein kleiner Steinpilz den Kopf aus der Erde. Er war noch sehr jung, und seine Unterseite noch weiß, aber er wuchs prächtig. Eines Tages kam eine Schnecke daher gekrochen. Dem Pilz wurde angst, denn er wusste nicht genau, ob Schnecken Pilze fressen. Die Schnecke war schon ziemlich alt, hatte auch schon an vielen Pilzen geknabbert, es mangelte ihr aber im Moment am rechten Appetit. Aber sie hatte in ihrem Leben schon viel gesehen und gehört. Sogar der lateinischen Sprache war sie mächtig. Als sie den Pilz vor sich sah, sagte sie deshalb: „Guten Tag, Boletus edulis". „Aha", entgegnete der Pilz nachdenklich, „ich heiße also Boletus. Woher weißt du das?" Aber die Schnecke war längst weitergekrochen. Woran man sieht, dass Pilze nicht besonders schnell denken können. Mit der Zeit langweilte sich unser Pilz, besonders so um die Mittagszeit. Doch unvermittelt reckte sich an einem Mittag ein anderes Pilzköpfchen aus dem Boden. Es dauerte gar nicht lange, da war der neue Pilz fast so groß wie der erste. Boletus fragte neugierig: „Wie heißt du?" Aber der Neue wusste es nicht. Als die alte Schnecke zufällig wieder einmal vorbeikam, fragte Boletus: „Hallo, du kanntest doch damals meinen Namen. Kannst du uns auch sagen, wie mein Kumpel hier heißt?" Die Schnecke sah kaum auf und sagte im Weiterkriechen: „Boletus edulis". Da wunderten sich die beiden Pilze sehr. Wie kann es sein, dass zwei den gleichen Namen haben? Also fragten sie alle, die um sie herumkrochen oder herumflogen; die fleißigen Ameisen, die dicken, schillernden Schmeißfliegen, die vollgefressenen Raupen und zuletzt sogar einen großen, schwarzen Käfer. Dieser schüttelte verständnislos seinen dicken Kopf: „Ist doch ganz einfach, jeder von euch beiden ist ein Steinpilz. Da denke ich, einer heißt Stein, und der andere heißt Pilz. Und nun lasst mich in Ruhe!" Die beiden gaben sich damit zufrieden, und wuchsen noch ein wenig weiter. Langsam wurde ihre Unterseite mit den kleinen Röhrchen blassgelb, was bei Steinpilzen das beste Zeichen ist, dass sie nun erwachsen sind. An einem Sonntag, es war herrliches Wetter, kam eine Pilzsammlerin vorbei. Voller Freude sah sie die beiden Prachtexemplare. Sie drehte vorsichtig die Pilze heraus, legte sie in ihren Korb und verschloss die entstandenen Löcher mit Erde und altem Laub. Zu Hause schnippelte sie die Pilze in kleine Stücke, schnitt Schinkenspeck in Würfel, und briet alles zusammen an. Und die Moral von der Geschichte? Ganz egal wie dein Name ist, irgendwann haut dich doch jemand in die Pfanne.

Wein oder nicht Wein

Der Kalender sprach stolz von einem Spätsommertag, aber das Wetter hatte seinen eigenen Kopf. Es spielte halsstarrig einen Herbstblues. Die Wolken drängelten sich am Himmel, als ginge es darum, den besten Platz am Firmament zu ergattern. Der Wind jagte dünne Regenstrahlen durch die Gassen und an das Fenster meines Büros. Es war 9:30 Uhr morgens, ich hatte die Hälfte meines Drinks bereits genossen und tippte eifrig auf meinem Laptop herum, weil ich ein neues Handy suchte. Am Abend zuvor hatte ich das jährlich stattfindende Volksfest unserer Stadt besucht. Irgendwann verspürte ich dann einen menschlichen Druck, was mich zwang, eine der mobilen Bio-Toiletten zu besuchen. Diese komischen Dinger verfügen über keine Wasserspülung, sondern haben nur einen Trichter, durch welchen alles in einem unergründlichen Nichts verschwindet. Als ich meine Hose hochzog, rutschte mein Smartphon aus der Tasche und verschwand klaglos in diesem Nirwana. Ein absolut überfordertes Gehirn ließ meinen Mund spontan den lakonischen Satz in die Welt hinausposaunen: „Sowieso alles Scheiße!" Und deshalb schwankte heute mein Hirn zwischen einem billigen Gerät, und einem sauteuren mit guter Kamera. Ein unangenehmes Geräusch riss mich aus meinen Gedanken. Irgendein ungeduldiger Mensch rüttelte von außen wie besessen an meiner verschlossenen Bürotür. Nun gibt es Tage, an denen bin ich die Ruhe selbst, reagiere auf keine Provokationen und schließe erst um 10 Uhr meine Tür auf. Und dann gibt es Tage, da gräme ich mich, dass mein Telefon ins Klo gefallen ist. Also drehte ich den Schlüssel im Türschloss um, riss die Tür auf und schrie übertrieben laut: „Was?" Vor mir stand eine recht erschrockene, aber nicht minder attraktive Frau. Dunkelbraune Haare, ebensolche Augen, exquisites Kleid, rote Handtasche und schwer zu schätzendes Alter. Auf meine Handbewegung hin trat sie ein und nahm Platz. Ich setzte mich ungeduldig hinter meinen Schreibtisch und knurrte: „Was kann ich für Sie tun?" Die Frau hatte sich inzwischen gefangen, und antwortete leicht schnippisch: „Zunächst sollten Sie mich nicht mehr erschrecken!" Ich entschuldigte mich kurz angebunden: „Tut mir leid. Wird nicht mehr vorkommen. Also, warum sind Sie hier?" Sie rutschte etwas auf ihrem Stuhl hin und her: „Ich möchte, dass Sie einen Mann überprüfen!" Ich nickte: „Ihren Mann?" Ihr Gesicht spiegelte Unverständnis: „Wie kommen Sie darauf? Nein, nein, es geht um das Weingut meines Bruders. Ich war bei ihm als Buchhalterin angestellt. Wir haben verschiedene Burgunder-Rebsorten auf einem schieferhaltigen Boden angebaut, und das Markenzeichen unserer Firma war und ist ein vollmundiger Pinot Meunier. Angeblich hat nun mein Bruder unseren Betrieb an einen großen Weinbauern verkauft, und zwar, ohne mir vorher ein Wort davon zu sagen. Seltsamerweise ist er dann einige Stunden später bei einem Verkehrsunfall ums Leben gekommen. Er fiel an einer Haltestelle unter einen vorbeifahrenden Bus. Und jetzt sitzt ein Kerl in unserem Büro, der angeblich der neue Besitzer ist, mit einem Kaufvertrag in der Gegend herumwedelt und einfach Geld aus unserem Unternehmen abzieht. Als ich ihm auf den Kopf zugesagt habe, dass er den Vertrag gefälscht und meinen Bruder vor den Bus gestoßen hat, ist er krebsrot geworden und hat mich gefeuert. Der hat bestimmt Dreck am Stecken, und Sie sollen herausfinden, was da alles nicht stimmt!" Ich überlegte kurz: „Na gut, aber ich bekomme zweihundert am Tag". Sie wehrte vehement ab: „Das würde ja bedeuten, dass Sie auch Geld bekommen, wenn Sie einen ganzen Tag lang einmal gar nichts tun. Nein, wir einigen uns auf einen Pauschalbetrag, oder ich gehe zu einem anderen Detektiv!" Jetzt muss man wissen, dass meine Detektei nicht gerade mit Aufträgen überhäuft wurde. Also überschlug ich kurz im Kopf, wie lange ich in der Vergangenheit bei ähnlichen Fällen für die Aufklärung gebraucht hatte, und sagte mit fester Stimme: „Tausendzweihundert". Sie schüttelte kaum erkennbar ihren Kopf: „Tausend. Und keinen Cent mehr!" Ich erklärte mich sofort damit einverstanden, denn laut Adam Ries ist Tausend nämlich ein klein wenig mehr als Null.

Nun trinke ich zwar für mein Leben gern Bourbon, bin aber einem qualitativ guten Rotwein auch nicht abgeneigt. Was lag also näher, als meinen kleinen roten Flitzer zu satteln, und einem Weinbaubetrieb einen kurzen Besuch abzustatten. Natürlich nur mit der Absicht, ein paar Flaschen Pinot zu erstehen. Der Mann im Büro war gekleidet wie ein Dandy. Am schlimmsten fand ich das, in sattem Lila schreiende, geknotete Halstuch. Nach der üblichen Begrüßung sagte ich einschmeichelnd: „Ich hätte da Interesse an einem gut gereiften Burgunder. Aber ich kaufe keine Katze im Sack. Eine Probe vorher, denke ich, wäre angebracht". Er nickte mir gönnerhaft zu: „Ich hätte da einen drei Jahre alten Pinot Meunier. Moment bitte!" Er ging nach hinten, und kam mit einer Flasche und einer verhältnismäßig großbauchigen Karaffe zurück: „Zuerst wollen wir doch den Wein dekantieren". Er füllte geschickt aus einiger Höhe den Wein in die Karaffe, ausdrücklich darauf bedacht, keinen Bodensatz mit umzufüllen. Ich bin zwar kein Weinkenner, aber so viel meine Halbbildung hergab, nennt man das Umfüllen in ein derart bauchiges Gefäß, wobei der Wein einige Zeit der Umgebungsluft ausgesetzt wird, im Fachjargon Karaffieren. Dekantieren ist nur ein einfaches Umfüllen. Außerdem werden ja gerade bei einem älteren Burgunder wegen des Aromas die Schwebstoffe von Kennern mitgetrunken, und nicht einfach in der Flasche belassen. Mein Bauchgefühl sagte mir lautstark, falls dieser Mensch ein Weinbauer sein sollte, dann war ich unanfechtbar der erste Kaiser von China. Beim Verkosten des Weines verwickelte ich den Kerl in ein scheinbar belangloses Gespräch. So erfuhr ich nebenbei, dass er angeblich Agnus Baunach hieß, und in Franken, genauer gesagt, in Iphofen, sein Stamm-Weingut mit einer riesigen Rebfläche hätte. Nach etwa einer halben Stunde zog ich mit drei Flaschen Pinot Meunier los, setzte mich im Büro an meinen Laptop, um kurz darauf teuflisch grinsend festzustellen, dass es in Iphofen wahrscheinlich nur das Weingut Popp gab, falls das Internet mich nicht belog. Daraufhin wunderte ich mich aber dann doch, dass jemand so dreist log. Jeder Schuljunge, sogar mit einem IQ unter 50, könnte ja wohl diesem Schwindel auf die Spur kommen. Blieb mithin nur noch die Frage, wer der Kerl wohl in Wirklichkeit war. Also bestieg ich mein kleines, rotes Auto zum zweiten Mal an diesem Tag, wobei mein altes Fernglas vor meiner Brust baumelte. In respektvoller Entfernung zu dem Weingut bezog ich Stellung. Nun macht das stundenlange Observieren von Gebäuden oder Personen überhaupt keinen Spaß, zumindest mir nicht. Hinzu kam, dass ich Trottel vergessen hatte, etwas zu trinken mitzunehmen. Als mir die Zunge bereits lederartig am Gaumen klebte, kam zu allem Überfluss auch noch ein Lieferwagen vorbeigefahren, der den Firmennamen ‚DURST‘ ganz groß auf der Seite des Fahrzeugs verewigt hatte. Aber kurz darauf wurde ich dann doch belohnt. Mein Weinverkäufer kam aus dem Betriebsgebäude und stieg in einen schwarzen Mercedes.

Er fuhr nicht gerade sehr schnell, und so folgte ich ihm, ausnahmsweise grinsend, in geringer Geschwindigkeit. Am Hotel ‚Central‘ parkte er und verschwand in der gläsernen Eingangstür. Sofort wendete ich mein Auto und raste, unter Missachtung aller Verkehrsregeln, zum nächsten Supermarkt. Dort kaufte ich eine Flasche des billigsten Rotweins, und brauste ebenso schnell weiter nach Hause. Den Billigwein in die Pinot-Flasche zu füllen dauerte nur wenige Minuten. Dann ging die wilde Hatz zurück zum Hotel. An der Rezeption machte ich einen fürchterlichen Krach, weil mich angeblich Herr Baunach beschissen hätte. Ich verlangte, dass man ihn sofort nach unten kommen lassen sollte. Der Concierge griff etwas verstimmt zum Telefon: „Herr Baunach bittet sie nach oben! Zimmer 312“. Mein Plan schien also aufzugehen. Oben angekommen hielt ich dem Betrüger die Flasche unter die Nase: „Kosten Sie! Das ist auf keinen Fall ein Pinot!“ Er nahm eines der Hotelgläser, die garantiert nicht für Wein gedacht waren, goss ein und schlürfte bedächtig ein wenig der roten Flüssigkeit: „Sie haben Recht! Da haben mir bestimmt meine Mitarbeiter einen Streich gespielt. Kommen Sie morgen wieder in meinen Betrieb. Dort erhalten Sie dann natürlich Ersatz“. Wir verabschiedeten uns mit einem freundschaftlichen Handschlag. Dann wartete ich im Auto, bis der Portier abgelöst worden war, und sich auf den Heimweg machte. Bei dem neuen Kollegen hinter dem Rezeptionstisch orderte ich danach ein Zimmer. Weil ich angeblich aber sehr abergläubisch war, musste es unbedingt im dritten Stock liegen. Ich bekam Zimmer 324. Es war zwar noch früh am Tag, aber ich legte mich trotzdem ins Bett, da ich am Morgen zeitig wach sein wollte.

Nachdem ich aufgestanden war, geduscht und mich angezogen hatte, öffnete ich leise meine Zimmertür, um sie danach weit offenstehen zu lassen. Immer dann, wenn ich ein Geräusch auf dem Flur hörte, steckte ich den Kopf hinaus. Das brachte eine Frau dazu, mich zu fragen, ob ich ihr vielleicht nachspionieren würde. Nach meiner Antwort, dass ich stets nur hübschen Frauen nachspioniere, hatte ich eine Feindin mehr auf dieser Welt. Endlich kam auch mein Zielobjekt aus seiner Tür und strebte zum Fahrstuhl. Drei Minuten später hatte ich das Schloss von seiner Tür geknackt. Umsichtig durchsuchte ich das Zimmer, und fand in seinem Koffer eine dicke Akte. Was ich dort entdeckte, machte mich für mehrere Minuten sprachlos. Er kam nicht aus Iphofen, sondern aus den USA. Vor zwölf Jahren war er mit einer Green Card nach Williston in North Dakota ausgewandert, und hatte es im Laufe der Jahre zum Fracking-Experten gebracht. Entsprechend der Unterlagen hatte er bereits ein anderes Weingut feindlich übernommen, es in den Ruin getrieben und heimlich Bohrungen am Schieferuntergrund vorgenommen. Laut § 13a WHG sind aber Fracking-Vorhaben aus kommerziellem Interesse in Deutschland verboten. Kalter Zorn stieg in mir hoch. Ich legte alles wieder ordentlich dahin, wo ich es hergenommen hatte, und schlich wieder zurück in mein Zimmer. Dort überlegte ich krampfhaft, wie ich das alles den Behörden mitteilen könnte, ohne wegen des Einbruchs in ein Hotelzimmer belangt zu werden. Schließlich fasste ich einen, meiner Meinung nach raffinierten, Entschluss.

Am Nachmittag wurde ich mit der gefälschten Flasche im Weingut vorstellig. Mein Gegenspieler tauschte sie anstandslos um. Als er sich danach verabschieden wollte, hakte ich ein: „Äh, noch was! Ich weiß, dass Sie aus den USA kommen, und auch, was Sie hier wirklich wollen. Und da Sie augenscheinlich für Ihr Fracking-Bohrvorhaben erst das Weingut in den Ruin treiben müssen, denke ich, dass Sie mir auch noch ein paar Flaschen mehr überlassen könnten. Sagen wir so um die hundert? Ach ja, und tausend Euro könnte ich auch gerade gut gebrauchen!" In seinem Gesicht arbeitete es gewaltig. Wahrscheinlich in seinem Hirn noch mehr. Dann zischte er: „Gut! Aber pass auf, mein Freund, dass du nicht zu gierig wirst. Du wärst nicht der erste, den ich kaltmache!" Dann holte er wütend ein Geldscheinbündel aus einer Schublade und knallte es auf die Schreibtischplatte: „So, und den Wein lädst du dir gefälligst selbst ein. Da rechts geht's zum Keller".

Wissen Sie, was Kacke ist? Wenn man tausend Euro und hundert Flaschen Wein besitzt, und dann alles wieder zurückgeben muss. Aber wissen Sie, was so richtig gut ist? Wenn die Polizei aus dem Lautsprecher meines Handys hört, was ein böser Bube so alles zu mir gesagt hat, und den Kerl daraufhin in den Knast steckt. Und wissen Sie, was geradezu fantastisch ist? Wenn eine Frau das Weingut ihres verstorbenen Bruders zurückbekommt, und mir dafür tausend Euro Gage überweist. Und wissen Sie, was das Allerbeste ist? Sie hat mir die hundert Flaschen Wein auch noch geschenkt. Knapp zwei Jahre lang jeden Sonntagabend besoffen, das nenne ich regelmäßig gelebt.

Die Blauen

Jan war eingefleischter Junggeselle, oder wie man heute so schön neudeutsch sagt, Single. Trotzdem bewohnte er eine recht große Dreizimmer-Wohnung. Er bekam in engen Räumen oder bei Menschenansammlungen fürchterliche Angst. Die Ärzte nannten es Klaustrophobie, er nannte es sein verdrängtes Geheimnis. Wahrscheinlich litt er auch noch unter einer Art Akrophobie. Zwar konnte er sich gleichmütig in große Höhen begeben, zum Beispiel auf einen Fernsehturm, aber jedes Mal, wenn er von dort oben herunterschaute, fühlte er ein starkes, sehr unangenehmes Kribbeln im Bauch, welches bis hinunter in seine Genitalien reichte. Ansonsten führte er ein normales, fast langweiliges Leben. Werktags arbeitete er in einer Industrietischlerei an einer computergesteuerten Profilfräse, und am Wochenende ging er gelegentlich mit Freunden ins Kino, zum Kegeln oder einfach nur zum Biertrinken. Mit der Ehe hatte er nicht viel am Hut, obwohl seine Kumpels häufiger mal versuchten, ihn zu verkuppeln. Aber viel mehr als ein One-Night-Stand kam dabei nie heraus. So lebte Jan Tag für Tag vor sich hin, bis dieses gewisse Jahr kam, in dem er verdammt dicht bis an die Verzweiflungsgrenze getrieben wurde. Später sollte er es ‚Das Jahr der finanziellen Entmutigung' nennen. Eine Sache nach der anderen ging unvermittelt kaputt. Es begann mit dem Elektroherd, gefolgt von seiner Mikrowelle. Danach gab der Toaster seinen Geist auf, und kurz darauf der Fernsehapparat. Der Entsafter versagte den Dienst und die teure Armbanduhr ging auch über den Jordan. Als dann die Lichtmaschine von seinem Auto abkackte, empfand er das inzwischen schon als völlig normal. Dann kam aber der Tag, an dem er an seinem gesunden Menschenverstand zweifelte. Der Kühlschrank fiel aus. Soweit hätte das zu diesem verflixten Jahr gepasst, wenn nicht am nächsten Tag ein anderer, intakter Kühlschrank mit seiner polierten Oberfläche das Licht des Küchenfensters gespiegelt hätte. War vielleicht jemand bei ihm eingebrochen? Aber Einbrecher nehmen Dinge mit, sie stellen keine Kühlschränke in irgendwelche Küchen. An diesem Tag war Jan dermaßen durcheinander, dass er die falsche Kochplatte anschaltete. Das hatte zur Folge, dass seine Suppe nicht aufgewärmt wurde, aber dafür beide Topflappen verkohlten. Nachdem er seinen Fehler am Geruch erkannte, bestätigte auch der Rauchmelder äußerst lautstark, dass die Topflappen nur noch für den Müll taugten. Als am nächsten Tag zwei nagelneue Topflappen auf dem Küchentisch lagen, holte er sich einen Termin beim Psychiater. Der Seelenklempner konnte aber nichts feststellen, was Jan nicht schon selbst wusste. Am folgenden Samstag kaufte er sich, entgegen seines sonstigen Lebenswandels, eine Flasche Wodka, und betrank sich heillos. Im Suff kam ihm dann eine brillante Idee. Er holte einen Hammer aus seinem Werkzeugkasten, und schlug damit seine alte Küchenwaage kurz und klein. Dann fiel er ins Bett, welches noch eine ganze Weile mit ihm Karussell spielte. Am nächsten Morgen erwartete seinen Brummschädel eine schicke, neue Waage auf dem Küchentisch. Jan wusste daraufhin nicht mehr so genau, ob er sich wegen seines Geisteszustandes umbringen sollte, oder ob er vielleicht zu den auserwählten Glückspilzen dieser Welt gehörte. Als dann der verstopfte Abfluss im Bad am nächsten Tag wieder frei war, glaubte er tatsächlich daran, dass die kleinen Heinzelmännchen von Köln zu ihm umgesiedelt wären. Alles was kaputt ging, wurde ersetzt. Die Zimmer waren stets blitzblank und auch die Fenster immer ordentlich geputzt. Das Schlimme war nur, dass er das alles niemandem erzählen durfte, denn sonst hätte man ihn garantiert weggesperrt. Menschen galten zwar als geistig gesund, wenn sie Gott für real hielten, aber nicht, wenn sie an Heinzelmännchen glaubten. Langsam aber sicher gewöhnte sich Jan an dieses bequeme Leben. Aber genauso plötzlich, wie es begonnen hatte, hörte der Spuk auch wieder auf. Defekte Dinge blieben defekt, die Zimmer wurden nicht mehr gesäubert, was herunter gefallen war blieb einfach liegen, und es machte sich allmählich ein unangenehmer Geruch breit. Was blieb Jan übrig, er musste selbst Hand anlegen. Aber sosehr er auch putzte und lüftete, der Geruch blieb. Ein paar Tage später, an einem banalen Nachmittag, hätte ihn dann fast der Schlag getroffen. In seinem Wohnzimmer standen urplötzlich zwei seltsame Gestalten, eine Frau und ein Mann. Allerdings war beider Haut von einem leuchtendem Blau. Jan stolperte rückwärts bis an die Wand. Der Mann sagte daraufhin in ruhigem Ton: „Keine Angst, wir sind Menschen wie du". „Aber", stotterte Jan, „wieso ist dann euer Gesicht so blau?" Die Frau lächelte: „Das liegt an eurer Sonne. Unter unserem Stern sehen wir genauso aus wie die Menschen hier". Jan rutschte langsam an der Wand hinunter, bis er ganz zusammengekauert vor den beiden Fremden saß: „Und wo genau kommt ihr her?" Der Mann nahm wieder das Wort: „Aus einer weit entfernten Galaxie. Ich glaube, ihr nennt sie GN-z11, oder so ähnlich". In Jans Kopf schien sich alles zu drehen: „Aber was wollt ihr gerade hier? Ich meine, hier bei mir?" Die Frau wurde ernst: „Den Verstorbenen zurückholen". Jan rappelte sich hoch: „Was für einen Verstorbenen? Ich verstehe nicht!" Der blaue Mann zeigte auf die Stühle, die rings um den Wohnzimmertisch aufgereiht waren: „Wie wäre es, wenn wir uns erst einmal setzen. Dann erklären wir dir alles". Nachdem die drei Platz genommen hatten, begann die Frau zu erzählen: „Also, seitdem wir die Technologie besitzen, um in Sekundenschnelle an jeden Punkt des Universums reisen zu können, haben sich neben unseren Lebensumständen natürlich auch unsere Gesetze geändert. Früher wurde ein Mörder für den Rest seines Lebens in eine Gefängniszelle gesperrt. Inzwischen sind wir aber der Meinung, dass so ein Mensch für seine restliche Lebenszeit gezwungen werden muss, anderen etwas Gutes zu tun. Also bekommt jetzt jeder Verbrecher einen Replikator an die Seite gegeben, mit welchem er jegliche Gegenstände erschaffen kann. Dann wird er weit hinaus in den Kosmos deportiert, und einem anderen

Wesen zugeteilt, bei dem er lebenslänglich und unentgeltlich arbeiten muss. Wenn er Pech hat, dann darf er für den Rest seines Lebens einer Nacktschnecke täglich den Rücken kraulen. Hat er Glück, kommt er vielleicht zu einem anderen Menschen. Der, welcher dir zugeteilt wurde, ist vor einigen Tagen gestorben. Somit holen wir nun seinen Leichnam und auch seinen Replikator zurück auf unseren Heimatplaneten. Verstehst du?" Jan war es immer noch schwindlig: „Aber ich habe hier weder einen blauen Kerl, noch so ein Replidingsbums gesehen". Jetzt lächelte die Frau wieder: „Du kannst den Wind doch auch nicht sehen, nur fühlen, oder seine Auswirkungen erkennen". Und der Mann ergänzte bedachtsam: „Dass du niemanden von uns erzählen darfst, ist dir bestimm klar. Es würde auch kaum jemand glauben. Man würde dich höchstens in eine der geschlossenen Anstalten einweisen, stimmts?" Die Frau fuhr fort: „Damit dir das Geheimhalten nicht allzu schwerfällt, darfst du noch einen Wunsch äußern. Wir werden dir alles erfüllen, was materielle Belange angeht. Jedoch können wir weder Liebe noch Macht vermitteln. Also, was wünscht du dir?" Jan fing an fieberhaft zu überlegen. Dann platzte es aus ihm heraus: „Zehn Millionen Euro!" Das Gesicht der Frau verfinsterte sich: „Überlege bitte noch einmal! Geld hat noch keinen glücklich gemacht". Jan blieb halsstarrig: „Zehn Millionen!" Die Blauen nickten. Der Mann sagte noch: „Du hättest dir lieber den Replikator wünschen sollen!" Dann strahlte helles Licht aus ihren Mündern und Augen, und ihre Körper wurden allmählich durchsichtig, bis beide gänzlich verschwunden waren. Jan glaubte zunächst, dass er nur geträumt habe. Aber ein Berg von Geldscheinen auf dem Tisch belehrte ihn eines Besseren.

Der Ferrari sorgte zwar in seiner Nachbarschaft für Aufsehen, war ihm aber zu unbequem. Also kaufte er sich einen Mercedes-AMG GT als Zweitwagen. Das stellte für ihn kein Problem dar, denn sein neues Haus hatte ja eine geräumige Doppelgarage. Als er eines Tages gerade in seinen Pool springen wollte, stand vor ihm ein Kriminalbeamter, begleitet von zwei Uniformierten. Sie nahmen ihn fest, legten ihm Handschellen an und brachten ihn in Untersuchungshaft. Man klagte ihn nach § 147 Strafgesetzbuch wegen Inverkehrbringens gefälschter Banknoten an, da alle Geldscheine, mit denen er bezahlt hatte, die gleiche Seriennummer aufwiesen. Vor Gericht versuchte er alles damit zu erklären, dass in anderen Galaxien wahrscheinlich alle Zahlungsmittel die gleiche Nummer hätten. Da man sich über seinen Geisteszustand nicht ganz klar war, stellte man ihn einem Psychiater vor. Es war derselbe, bei dem er früher schon einmal gewesen war. Dieser bescheinigte Jan erneut völlige geistige Gesundheit. Er wurde zu fünf Jahren Haft verurteilt. Im Gefängnis murmelte er dann ständig vor sich hin: „Hätte ich doch bloß das Replidingsbums genommen! Scheiße, hätte ich doch nur dieses verdammte Dingsbums genommen!" Nach zwei Jahren unterbrochenem Gebrabbel zweifelte dann die Gerichtsbarkeit doch an seinem Geisteszustand, und überstellte Jan in eine geschlossene Anstalt. Aus dieser wurde er erst nach sieben Jahren als geheilt entlassen. Etwas später lernte er dann doch noch eine Frau kennen, die er heiratete. Die beiden bekamen einen Sohn. Als der erwachsen geworden war, und das elterliche Heim verlassen wollte, fragte er seinen Vater, ob dieser ihm noch eine Lebensweisheit mit auf den Weg geben könne. Und Jan antwortete: „Man muss nur im richtigen Moment denken, anstatt zu reden!"

Loch im Kopf

„Jetzt bin ich aber baff", sagte Frauke Wiegand und sank auf ihren Stuhl zurück, „das hätte ich Ihnen dann doch nicht zugetraut". Sie senkte ihren Blick und sprach wie zu sich selbst: „Kommt dieser Kerl einfach aus dem Urlaub zurück, um mich zum Essen einzuladen". Riemer räusperte sich ungeduldig: „Und, was sagen Sie?" Die Kommissarin blickte wieder hoch: „Unter einer Bedingung, halt nein, besser unter zwei Bedingungen". Riemer blickte seine Kollegin erwartungsvoll an: „Welche da wären?" Sie lächelte: „Als erstes den Angstschweiß von der Stirn wischen, denn ich beiße nicht. Und als zweites duzt du mich. Ich bin Frauke". Riemer musste sich am Schreibtisch abstützen: „Jetzt bin ich meinerseits baff. Ich heiße übrigens Werner". Frauke Wiegand hielt den Kopf schief: „Und?" Kommissar Riemer guckte etwas verständnislos: „Was und?" Seine Kollegin setzte eine scheinbar strenge Miene auf: „Ihr Männer seid doch wirklich alle begriffsstutzig. Ich will wissen, wann und wohin du mich einlädst! Also, falls du mich fragst, und

ich meine damit, wenn du mich tatsächlich fragen solltest, dann am Samstag um sieben beim Chinesen". Kommissar Riemer musste an sich halten, um nicht lauthals
zu lachen. Dann sagte er schmunzelnd: „Ich frage dich
aber nicht! Ich lade dich einfach am Samstag um sieben
zum Chinesen ein!" Jetzt schmunzelte Frauke Wiegand
ebenfalls: „Weißt du, eigentlich mag ich es nicht, wenn
Männer spontan über meinen Kopf hinweg etwas entscheiden".

Die Uhr zeigte gerade so 18:40 Uhr an, da stand Kommissar Riemer, mit einer einzelnen Rose in der Hand, vor
dem einzigen chinesischen Lokal der Stadt. Inständig
hoffte er, dass seine Kollegin nicht einen der chinesischen Steh-Imbisse gemeint haben würde. Ein verknall-
ter Mann hat manchmal solch abwegige Gedanken, da
kann er absolut nichts dagegen machen. Aber zehn Minuten vor sieben wurde er erlöst. Frauke Wiegand bog
um die Ecke. Sie hatte ein schräg gestreiftes, knielanges
Kleid, in Rot, Weiß und Hellbraun an. Darüber glänzte
eine fein gearbeitete, mit kleinen Sternen versehene, goldene Kette. Als sie vor Riemer stand, nahm sie wortlos
die Rose entgegen, stellte sich auf die Zehenspitzen und
hauchte ihm einen Kuss auf die Wange. Beim Betreten
der Gaststätte lächelte ihnen ein dicker, vergoldeter Buddha entgegen. Riemer fühlte sich, als sei er wieder zwanzig. Allerdings musste er sich selbst eingestehen, dass er
damals rund dreißig Kilo leichter gewesen war. Sie be-
stellten eine Grillplatte für zwei Personen und eine Flasche Roséwein. Mitten beim Essen klingelte Riemers

neues Smartphon. Frauke Wiegand zog die Augenbrauen zusammen: „Ich habe meins abgestellt". Riemer zuckte entschuldigend mit seinen Schultern: „Hier Riemer, was gibt's?" Es meldete sich Hauptkommissar Hohlbach: „Tut mir leid, Bohrmann und Hausknecht sind im Einsatz, Straubinger hat Urlaub und ich erreiche die Wiegand nicht. Auf dem Kirchplatz liegt ein Toter. Loch im Kopf. Sie müssen dahin, sofort!"

Als Kommissar Riemer und Kommissarin Wiegand aus dem Taxi stiegen, hatten die Kollegen der Schutzpolizei bereits alles abgesperrt. Auch die forensische Pathologin, Frau Dr. Martina Mertens, war bereits vor Ort, und kniete neben der asiatisch anmutenden Leiche, die seltsamerweise barfuß war. Als Frauke Wiegand nach der Todesursache fragte, blickte die Gerichtsmedizinerin vorwurfsvoll über den Rand ihrer Brille: „Das Loch in seiner Stirn sehen Sie doch wohl selber. Sie fragen schon genauso blöd wie ihr dicker Partner. Laut des Inhalts seiner Brieftasche heißt er Yi Gwang-jo. Alles andere folgt nach der Obduktion!" Kommissar Riemer fragte erstaunt: „Frau Doktor, ist Ihnen eine Laus über die Leber gelaufen? So unfreundlich waren Sie ja bisher nicht einmal zu mir". Die Pathologin stand auf: „Ist doch war! Da wird man einmal im Leben zum Essen eingeladen, und dann muss man wegen so einer blöden Leiche davonrennen. Das können Sie beide natürlich nicht nachvollziehen! Aber es ist halt nicht nur ein Fluch, wenn man dick ist. Die Männer mögen einfach keine dürren Frauen. Dabei esse ich doch schon von morgens bis abends". Sie wandte sich dem gerade eintreffenden Leichenwagen zu. Nach drei Schritten sagte sie leise und ohne sich umzuwenden: „Entschuldigung, es ist mit mir durchgegangen!" Kommissar Riemer und Kommissarin Wiegand untersuchten dann noch ausgiebig den Platz, aber es fand sich kein weiterer Hinweis. Dadurch, dass wohl täglich viele Menschen über den Kirchplatz gingen, waren die Fußspuren nicht zu verwerten. Es war auch keine Patronenhülse zu finden. Entweder hatte der Schütze sie mitgenommen, oder die Tatwaffe war ein Revolver. Auch die Befragung der umliegenden Häuser brachte nichts, zumal fast alle Nachbarn nur sehr mürrisch antworteten.

Frauke Wiegand saß mit übereinander geschlagenen Beinen vor Kommissar Riemers Schreibtisch und schaute angestrengt auf ihr Tablet: „Nach meinen Recherchen wurde der Tote in Südkorea geboren, kam vor sieben Jahren nach Deutschland und hat vor Kurzem einen Antrag auf deutsche Staatsbürgerschaft eingereicht. Er arbeitete als Paketbote, manchmal sogar sechzehn Stunden am Tag. Von ihm sind bisher keine Ordnungswidrigkeiten oder Straftaten bekannt. Er lebte zurückgezogen, hatte keine Schulden, und er hatte auch mit niemandem Ärger. Laut Auskunft des Auswertigen Amtes konnte kein Fehlverhalten in seiner früheren Heimat festgestellt werden". Kommissar Riemer ergänzte: „In seinem Blut hat unsere Gerichtsmedizinerin weder Alkohol noch Drogen gefunden. Die Kugel in seinem Kopf gehört zum Kleinkaliber 4mm M20, und wird meist von Jagd- oder Sportschützen verwendet. Die ganze Bewegungsenergie, der aus einer zugehörigen Waffe abgefeuerten Geschosses, ist nur knapp 7,5 Joule. Entsprechend der Eindringtiefe der Kugel hat also der Schütze direkt vor seinem Opfer gestanden. Diese Art Munition muss in die grüne WBK eingetragen werden, aber es bedarf keiner weiteren Erlaubnis für deren Erwerb. Entsprechend der Kratzer und der Verformung vermutet die Pathologin, dass die Kugel mit einem HW 4 Revolver abgefeuert worden ist. Aber die Gute spekuliert leider gern und oft, wenn es um Handfeuerwaffen geht. Sie sagt, auf jeden Fall war es ein Revolver mit kurzem Lauf, welchen die meisten Modelle der Firma Weihrauch besitzen". Frauke Wiegand tippte ein paar Notizen in ihr Tablet: „Ich werde mich mal mit alten Fällen beschäftigen, bei denen 4mm M20 verwendet wurde. Das dürften nicht allzu viele sein". Kommissar Riemer stand auf: „Und ich sehe mich morgen mal bei seinem Arbeitgeber um. Außerdem versuche ich eine Liste zu bekommen, wer alles so eine grüne WBK besitzt".

Der Kommissar hatte kalt geduscht, saß in frischer Unterwäsche auf seinem alten Sofa, und hatte die nackten Füße auf den Couchtisch gelegt. Er überlegte gerade, ob es noch angemessen sei, um diese Zeit seine Frauke anzurufen. Da meldete sich das Smartphon von selbst. Es war die Dame aus der Zentrale: „Es gibt schon wieder einen Toten auf dem Kirchplatz". Fluchend wegen der Störung seines Feierabends zog sich Riemer an, um noch lauter fluchend zum Auto zu stürmen. Auch diesmal war Frau Dr. Mertens schon vor Ort: „Wo haben Sie denn Ihr zweites ‚Ich‘ gelassen? Schauen Sie her, die Tat gleicht verdächtig der letzten! Wieder genau in die Mitte der Stirn. Soviel ich sagen kann, ist es auch diesmal die gleiche Munition. Und wieder liegt das Opfer auf dem Kirchplatz“. Riemer durchsuchte die Taschen des Toten. Er fand ein Portmonee und darin einen Ausweis: „Gerd Kandler, vierzig Jahre alt. Wohnt in der Bahnhofstraße“. Dr. Mertens stand auf: „Was mir übrigens aufgefallen ist, die Absätze an seinen Schuhen sind hinten abgeschliffen. Der wurde hier nicht erschossen, sondern nur her geschleift. Das könnte erklären, warum das vorige Opfer keine Schuhe anhatte. Der Täter wollte nicht, dass wir die Schleifspuren finden, und hat die Schuhe mitgenommen. Offensichtlich ist er wohl dieses Mal dabei gestört worden“. Riemer steckte gewohnheitsgemäß seinen Zeigefinger hinter den Hemdkragen, um sich am Hals zu kratzen: „Danke, Frau Doktor! Auch dafür, dass Sie mich diesmal nicht angebrüllt haben!“

Am Morgen saß Riemer im Zimmer der Kommissarin: „Das ist eindeutig ein Muster. Wenn wir nicht schnell handeln, gibt es noch weitere Opfer. Wir sollten als erstes ermitteln, wo die Verbindung zwischen den beiden Toten ist!“ Frauke Wiegand lehnte sich zurück: „Vielleicht ist die Verbindung ja einfach nur, dass alle beide kreuzbrave Leute waren, und nicht einmal falsch geparkt haben“. Kommissar Riemer hatte schon wieder den Finger hinter dem Hemdkragen: „Das glaube ich nun weniger. Es muss eine Verbindung geben, wir sehen sie bloß noch nicht. Am besten, wir hören uns noch einmal gründlich im

202

Umfeld der beiden Toten um. Wenn du einverstanden bist, dann nehme ich mir den Koreaner vor, und du den Deutschen". Die Kommissarin nickte: „Klar! Aber vergiss nicht, dass wir diesen Samstag wieder zusammen essen wollen. Ich weiß nicht genau, ob ich bei dem Trouble hier Zeit zum Kochen haben werde. Deshalb schlage ich vor, wir gehen wieder zum Chinesen. Diesmal machen wir aber alle beide das Handy aus". Riemer hievte seinen gut genährten Körper vom Stuhl hoch und äußerte: „Genau das wollte ich eben vorschlagen", was die Kommissarin jovial kommentierte: „Ich wundere mich immer wieder über deine Spontanität!"

Am Samstagmorgen trank Riemer lediglich zwei Tassen Kaffee. In weiser Voraussicht auf das abendliche Essen, wollte er seinem Körper ein paar Kalorien ersparen. Während er im Abräumen begriffen war, klingelte das Smartphon. Es war Frauke. Riemer hatte mit einem Mal Sorge, sie könnte das gemeinsame Essen absagen: „Was gibt's? Kannst du heute Abend nicht?" „Ach, das wird schon klappen", beruhigte ihn die Kommissarin, „ich wollte dir nur mitteilen, dass wir einen dritten Toten zu beklagen haben. Einen Japaner. Wieder ein Loch im Kopf, wieder genau in der Mitte der Stirn, und wieder das gleiche Kaliber. Aber du brauchst nicht herzukommen, Hausknecht hat Bereitschaft und kniet gerade neben der Leiche. Also bis heute Abend um sieben!"

Zehn Minuten nach sieben stand Riemer immer noch mutterseelenallein vor der chinesischen Gaststätte. Er ging zwei Schritte beiseite, griff in die Hosentasche, holte das Smartphon heraus und rief Frauke an: „Wo bist du?" Eine Stimme sagte direkt hinter seinem Rücken: „Hier! Ich hatte noch mit dem Bericht zu kämpfen und habe die Zeit verpasst. Aber jetzt lass uns reingehen". Genau wie das letzte Mal, lächelte ihnen die vergoldete Buddha-Statue zu. Riemer klatschte sich mit der flachen Hand an die Stirn. „Natürlich! Das sechste Chakra!" Seine Begleiterin guckte etwas bedröppelt: „Ich verstehe nur Bahnhof". Riemer erläuterte: „Wie das Wasser in den Flüssen, fließt angeblich auch Energie durch unsere Körper. Man spricht beispielsweise im Buddhismus von sogenannten Energiezentren, den Chakras. Und jetzt weiß ich, wo wir unseren Täter suchen müssen!" Er zog die erstaunte Kommissarin am Arm nach draußen. Als sie im Auto saßen, vermutete Frauke Wiegand: „Das mit dem Essen wird wohl heute nichts mehr, oder?" Riemer entgegnete aufgeregt: „Weiß nicht! Zuerst müssen wir mal an unseren Computer. Falls ich mich nicht sehr täusche, da brauchen wir nur die Besitzer der WBK mit den religiösen Fanatikern abzugleichen".

Während Kommissar Riemer von außen durch den Spiegel sah, schrie der Mann im Verhörraum die Kommissarin aus Leibeskräften an: „Das sind Ketzer. Die glauben nicht an Gott. Das waren doch alles solche Buddhismus-Spinner oder Hindu-Kacker mit ihren 330 Millionen Göttern. Chakra am Arsch! Irgendwer muss sie töten, bevor sie uns Einheimische übervölkern. Die haben bekommen, was ihnen zusteht. Ich habe denen genau in ihr eingebildetes, drittes Auge geschossen. Die sind nicht mal weggelaufen. Diese Durchgeknallten haben sogar noch für mich gebetet, nachdem ich sie auf die Knie gezwungen hatte. Das beweist doch wohl, dass die alle zusammen krank sind, oder? Dann habe ich sie noch dorthin geschleift, wo sie nie von alleine hingegangen wären, nämlich zu unserer Kirche!" Er spuckte auf den Boden. Frauke Wiegand verließ angewidert den Raum und traf draußen auf Riemer: „Also Werner, Fall gelöst. Aber es steht noch ein Essen aus. Warum muss es immer Samstag sein. Warum nicht mal Montag?" Riemer war äußerst einverstanden: „Also heute Abend um sieben!"

Am Dienstagmorgen sagte dann eine gewisse Kommissarin zu einem gewissen Kommissar: „Nur gut, dass der Chinese am Montag Ruhetag hat. Sonst wärst du wahrscheinlich nie in meinem Bett gelandet".

Hendrik, Doris und Phillip

Wer kann schon wissen, wo und wann diese Geschichte ihren Lauf nahm. Vielleicht war es hier um die Ecke, vielleicht auch in einer weit entfernten Galaxie. Dort, wo es vernunftbegabtes Leben gibt, das sich reproduzieren will, wird es auch immer wieder eine derartige oder zumindest ähnliche Geschichte geben.

Hendrik war ein junger Mann von einundzwanzig Jahren, der seit Lebzeiten immer nur in seiner Geburtsstadt gewohnt hatte. Es war eine typische Kleinstadt mit knapp 30.000 Einwohnern, einem beschaulichen Marktplatz mit einem kleinen Springbrunnen, einem verstaubten Kino, einer Nachtbar mit dem Flair der Siebziger, unangemessen vielen Apotheken, einem Fitnessclub, einer modernen Filiale der Sparkasse, welche gelegentlich als Galerie für einen einheimischen Maler herhalten musste, sowie einer langweiligen Fußgängerzone und einem schmucken Theatersaal, in dem sporadisch einige Ensembles ein Gastspiel gaben. Da sich wegen der schlechten Anbindung keine Industriebetriebe in oder am Rand der Stadt angesiedelt hatten, pendelten die meisten Anwohner in den Nachbarort zu einem Automobil-Zulieferer. So auch Hendrik. Täglich mit dem Bus zwölf Minuten hin und zwölf Minuten zurück, raubten ihm ungefähr 116 Stunden Freizeit pro Jahr. Die gab er aber gern her, denn er konnte bei jeder Fahrt die junge Frau beobachten, deren Erscheinung ihm ständig durchs Hirn geisterte. Leider saß neben ihr immer ein junger Mann, mit dem sie sehr vertraut zu sein schien. Einmal legte sie sogar ihren Kopf an seine Schulter. Insgeheim hoffte Hendrik, es wäre ihr Bruder. Oder er könnte sie ihm ausspannen. Oder dieser blöde Kerl würde einfach bei einem Unfall umkommen. Oder was halt so ein schüchterner, junger Mann denkt. Er nahm sich vor, sie anzusprechen, wenn sie einmal nicht in Begleitung des anderen wäre. Aber er sah die beiden fortwährend nur zusammen. Aus ihren

Gesprächen konnte er entnehmen, dass sie Doris und er Phillip hieß.

Hendrik verbrachte viel Freizeit mit Lesen, ganz besonders von Reisebeschreibungen. Nicht etwa, um dort hinzufahren, nein, er war ein absoluter Reisemuffel. Selbst der einmal im Jahr anstehende, weihnachtliche Besuch bei seinen Eltern, die vor drei Jahren weggezogen waren, stellte für ihn einen ziemlichen Horror dar. Immer, wenn er etwas über eine bestimmte Region gelesen hatte, dachte er bei sich: „Nun kenne ich diese Ecke der Welt auch schon. Gott sei Dank brauche ich da nicht mehr hinzufahren". Das Gleiche galt auch für Auslands-Reportagen im Fernsehen. Ansonsten sah er gern Gerichtsfilme. Natürlich am liebsten, wenn der Böse glashart verurteilt wurde. Nachrichten mochte er gar nicht, da er stets glaubte, die wären nicht objektiv und dienten nur zur Meinungsmanipulation. Tier-Dokumentationen dagegen gefielen ihm in der Regel, besonders dann, wenn Hunde darin vorkamen. Er spielte zwar mit dem Gedanken, sich einen Hund zuzulegen, wusste aber nicht, was er mit dem Tier während seiner Arbeitszeit anstellen sollte. Zu Hause in der Mietwohnung lassen? Das wollte er dem armen Geschöpf dann doch nicht antun.

Ab und zu verirrte sich Hendrik an einem der eher langweiligen Abende in die Nachtbar. Gern mal am Samstag, da er ja sonntags, wie jeder hart arbeitende Mensch, einfach ausschlafen konnte. An einem dieser Abende sah er bereits beim Betreten der Bar seine Angebetete auf einem

Barhocker sitzend an einem goldgelben Cocktail nippen. Er versuchte möglichst lässig zu ihr hinzuschlendern. Hätte er sich dabei selbst beobachten können, wäre wohl ein Lachanfall über seine Ungelenkigkeit die Folge gewesen. Hendrik erklomm den Barhocker neben seiner Vergötterten, fasste sich ein Herz und sagte mit einigermaßen belegter Stimme: „Hallo! Darf ich dir vielleicht einen ausgeben?" Dann wandte er sich zum Barkeeper: „Einen Manhattan bitte!" Doris betrachtete den Eindringling eine geraume Weile: „Sollte ich dich kennen?" Hendrik verneinte: „Ich gehöre nicht zu den bekannten Leuten. Ich wollte nur mit dir Kontakt aufnehmen, weil ich dich sehr hübsch finde!" Sie schwieg wieder einige Zeit. Dann stellte sie langsam ihr Glas ab: „Ich bin mir nicht sicher, was ich davon halten soll. War das nun eine billige Anmache, oder meinst du es ehrlich? Aber wie auch immer, ich lasse mich eigentlich nicht von fremden Männern anquatschen!" Hendrik lächelte: „Das kann ich sofort ändern. Ich heiße Hendrik Weinhold. So, und damit bin ich jetzt für dich kein Fremder mehr". Im gleichen Moment tippte ihm jemand von hinten auf die Schulter: „Kumpel, du sitzt auf meinem Platz!" Hendrik drehte sich um und blickte in das Gesicht von Phillip. Musste denn dieser verfluchte Kerl überall sein? Ihm fiel nichts Besseres ein, als ein uralter Kinderspruch: „Weggegangen, Platz gefangen!" Kaum hatte der Satz seine Lippen verlassen, war es ihm auch schon peinlich. Was sollte Doris von einem denken, der solche dummen Sprüche ablässt. Zum Glück lachte sie: „Nun lass mal gut sein. Sei so lieb, und lass Phillip wieder hinsetzen. Er ist heute Abend mein Begleiter. Wie du siehst, kommst du also etwas zu spät!" Hendrik überlegte kurz, ob er auf Konfrontation schalten sollte, fand es dann aber besser, als friedfertig zu gelten. Er schaute Phillip nur abschätzig an: „Aber bloß, weil Doris es will!" Dann warf er einen Geldschein für den nicht getrunkenen Manhattan auf den Tresen und ging zum Ausgang. Hinter sich konnte er gerade noch hören, wie die junge Frau sagte: „Woher kannte der eigentlich meinen Namen?"

Die folgenden Tage verflossen wie die anderen Tage davor auch. Allerdings mit einer kleinen Ausnahme. Morgens im Bus nickte Hendrik beim Einsteigen jetzt immer seiner Angehimmelten zu. Schließlich hatte er sich ihr doch vorgestellt, und somit wusste sie ja, wer da zu ihr hinsah. Und wie der Volksmund so schön sagt: Steter Tropfen höhlt den Stein. So dauerte es auch nicht lange, dann erwiderte Doris das Nicken. Blöderweise war trotzdem stets und ständig dieser verhasste Phillip neben ihr. Hendrick überlegte ehrlich, ob es vielleicht möglich wäre, seinen Nebenbuhler aus der Stadt zu prügeln. Aber vielleicht zöge er dabei eventuell sogar den Kürzeren. Was also tun? Zunächst schien die Lösung der Eintritt in den hiesigen Fitnessclub zu sein. Nach der dreiwöchigen Probezeit ging er aber nicht mehr hin. Seine anfänglichen Gedanken erschienen ihm dann doch zu albern. Auch wenn er es schaffte, den Verhassten zu verprügeln, es wäre keinerlei Garantie, dass dieser daraufhin der Stadt Lebewohl sagen würde. Also ging Hendrik von nun an lieber öfters in die Bar, traf Doris aber zu seinem Leidwesen dort nicht mehr an.

Es geschah gegen siebzehn Uhr an einem trüben Donnerstag. Der Himmel ließ hin und wieder ein paar Regentropfen auf die Stadt niedergehen, und die Menschen verhakten sich bisweilen mit ihren Regenschirmen auf den sehr schmal geratenen Fußgängerwegen. Hendrik hatte seinen Schirm zu Hause vergessen und sich die Jacke über den Kopf gezogen. Er strebte schnellen Fußes in die Sparkasse, um etwas Bargeld am Automaten abzuheben. Da es aber nur einen einzelnen Automaten gab, und noch zwei Andere vor ihm das gleiche Begehren hatten, blickte sich Hendrik gelangweilt im Schalterraum um. Da stand sie! Und Phillip weit weg auf der anderen Seite des Raumes. Das war die Gelegenheit. Langsam ging Hendrik auf Doris zu. Aber irgendwie hatte das Schicksal etwas gegen ihn. Die Eingangstür wurde aufgerissen und drei maskierte Männer mit Maschinenpistolen stürmten herein: „Das ist ein Überfall! Alle auf den Boden!" Zunächst glaubte Hendrik an einen Scherz. Vielleicht versteckte Kamera, oder so etwas Ähnliches. Wer überfällt denn schon noch eine Bank? Das meiste Geld liegt doch heutzutage in digitaler Form auf Computern. Außerdem gibt es ausgeklügelte Sicherheitssysteme. Als hätte einer der Bankangestellten Hendriks Gedanken gelesen, erschallte plötzlich die Alarmsirene und vor der Eingangstür ging ein stabiles Stahlrollo nach unten. Die Gangster beunruhigte das in keiner Weise, sie schienen sogar damit gerechnet zu haben. Während einer die am Boden liegenden Kunden in Schach hielt, zwangen zwei mit vorgehaltener Waffe den Leiter der Filiale zum Öffnen des Tresors. Inzwischen war draußen der Klang von Martinshörnern zu hören. Kurz darauf klingelte an einem der beiden Schalter das Telefon. Einer der Banditen kam aus dem Tresorraum zurück und nahm den Hörer ab. Sein Gebaren ließ erahnen, das er der Boss der Truppe war. Er lauschte eine Weile in den Hörer hinein, dann sagte er anmaßend: „Mein Name tut nichts zur Sache. Nennen sie mich einfach Chef! Ich verlange ein vollgetanktes Fluchtauto vor dem Eingang. Natürlich eins von den schnellen. Und selbstverständlich freien Abzug. Wir werden eine Geisel mitnehmen. Wenn uns jemand verfolgt, wird sie erschossen, klar? Ich gebe euch dreißig Minuten. Ist dann das Auto nicht da, wird eine Geisel hier drin erschossen. Danach jede fünf Minuten eine weitere. Verstanden?" Er knallte den Hörer wieder auf den Apparat. Eine Frau begann leise vor sich hin zu wimmern. Der Boss der Gangster schoss eine Salve aus seiner Waffe in die Decke: „Schnauze!" Nach einem kurzen Moment hörte man eine Stimme aus der hinteren Ecke: „Darf ich bitte aufs Klo? Ich habe mir gerade in die Hose gemacht". Der Schütze lachte: „Du hast die Wahl, entweder hältst du Jammerlappen es aus, oder ich balle re dich über den Haufen!" Hendrik konnte es kaum glauben, der Jammerlappen war Phillip. Trotz der vertrackten Situation konnte er seine Schadenfreude nicht unterdrücken. Die Zeit verrann zähflüssig wie Honig. Nach dreißig Minuten klingelte wiederum das besagte Telefon. Der Boss nahm den Hörer ab: „Habt ihr die Karre hergebracht? Wieso

211

nicht? Ihr denkt wohl, ihr könnt mich verarschen! Die erste Geisel ist fällig". Er zog eine Frau an den Haaren nach oben und schubste sie zu seinem Kumpel. Die Frau schrie laut auf, aber der Maskierte hielt ihr den Mund zu. Dann schob er die um sich Schlagende mit Gewalt in den Tresorraum. Man hörte einen Schuss, danach war Stille. Nichts weiter als unheilvolle Stille. Alle Geiseln waren wie erstarrt. Das war der Moment, an dem auch Hendrick panische Angst befiel. Weitere quälende fünf Minuten verstrichen. Der sogenannte Chef räusperte sich: „So, Ladys and Gentlemen, fünf Minuten sind um, kein Auto da, also wird die nächste Geisel ihr Leben lassen müssen. Merken Sie sich vor allem, dass Sie das der störrischen Polizei da draußen zu verdanken haben!" Er griff nach unten und zog Doris hoch. Hendrik sprang auf: „Halt! Lassen Sie sie gehen! Nehmen Sie mich dafür. Denen da draußen ist doch egal, wen Sie erschießen. Hauptsache eine der Geiseln ist tot!" Der Mann ließ tatsächlich von Doris ab: „Hoppla, wir haben hier einen Helden. Aber einen dummen Helden. Wer sagt dir denn, dass ich nicht kurz nach dir die Frau auch noch erschieße?" Hendrick wurde mit einem Mal ganz ruhig: „Das weiß ich natürlich nicht. Aber wenn diese Frau auch nur dreißig Sekunden länger lebt als ich, dann war das mein Opfer wert". Es schien, als wolle Doris etwas darauf antworten, aber sie kam nicht mehr dazu. Eine äußerst starke Explosion zerstörte die Eingangstür samt Stahlrollo, und mehrere bewaffnete Polizisten drangen in den Schalterraum ein. Geistesgegenwärtig riss Hendrick Doris nach unten und legte sich schützend über sie. Es waren mehrere kurze

Salven zu hören. Aber ihre tödlichen Eigenschaften reichten wohl aus, die Sachlage zu klären. Zum Schluss lagen drei tote Maskierte und ein schwerverletzter Polizist am Boden. Die anderen Uniformierten stellten die zitternden Geiseln wieder auf ihre Beine und nahmen danach geduldig ihre Aussagen auf. Doris ließ dabei kein Auge von Hendrik.

Nun sagt man ja, dass Beziehungen, die in gefährlichen Situationen beginnen, nicht ewig halten. Jedenfalls lässt das der Regisseur Jan de Bont seine Akteure in dem Film ‚Speed' aus dem Jahr 1994 äußern. Glücklicherweise begann aber die Beziehung von Doris und Hendrik nicht sofort nach dem Überfall. Beide gingen getrennt nach Hause, ohne das abgesprochen zu haben. Sie trafen sich dann aber zufällig am Abend in der Bar wieder. Jeder mit dem Anliegen, den Schrecken des Tages zu besiegen. Eigentlich dachte Hendrik, dass Doris sich wortreich bei ihm bedanken würde. Aber sie trank nur schweigsam ihren Cocktail. Als beide bezahlt hatten, nahm sie seine Hand, und er ließ sich bereitwillig von ihr führen. Erst in ihrer Wohnung begann sie zu sprechen: „Bleibst du heute Nacht?" Ebenso gut hätte sie fragen können, ob der Pabst katholisch ist.

Ach so, bevor ich es vergesse, ihren ersten Sohn nannten sie Phillip, nach dem Bruder von Doris.

Tochter Carla

Die Kommissarin drehte den Bürostuhl etwas zur Seite, steckte ihren Kugelschreiber in den Mundwinkel und schaute Kommissar Riemer mit fragenden Augen an: „Was machst du am Sonntag?" Riemer zog sich einen Stuhl heran: „Willst du etwa wieder mit mir essen gehen?" Frauke Wiegand legte den Kugelschreiber zurück auf den Schreibtisch: „Nein, ich will dich am Sonntag jemandem vorstellen". Riemer war einigermaßen überrascht: „Doch nicht etwa schon deinen Eltern?" Frauke wurde ernst: „Ich muss dir etwas erzählen. Ich glaube, wir kennen uns lange genug dafür. Hör zu! Vor acht Jahren waren wir im Urlaub auf einer Kreuzfahrt, meine Eltern, mein Mann, mein kleiner Sohn, meine Tochter und ich. Durch einen Fehler des Kapitäns sind wir gekentert. Meine Tochter und ich haben überlebt. Die anderen …" Sie drehte sich zur Seite und wischte mit dem Handrücken über die Augen. Riemer war erschrocken: „Tut mir leid! Das wusste ich nicht. Und es tut mir weh!" Die Kommissarin holte ein Taschentuch aus dem Schreibtisch und putzte sich die Nase: „Am Sonntag beginnen für meine Tochter die Internatsferien und sie kommt für eine Woche zu mir. Sie ist sechzehn Jahre alt, und ich habe ihr am Telefon schon einige Male von dir erzählt. Nun möchte ich, dass ihr euch kennenlernt. Wärst du einverstanden?" Kommissar Riemer entgegnete ziemlich unsicher: „Du weißt ja, dass ich auch eine Tochter habe. Die ist schon verheiratet, weiß aber noch nichts von dir. Und sie hängt sehr an meiner Exfrau. Ich bin mir nicht

sicher, ob ich ihr jetzt schon von dir erzählen will".
Frauke Wiegand erhob sich, schob den Bürostuhl unter
den Schreibtisch, beugte sich vor und küsste Riemer auf
die Wange: „Das ist allein deine Sache. Ich erwarte dich
jedenfalls am Sonntag zum Mittagessen. Und zwar genau
zwölf Uhr. Wir essen pünktlich!"

Obwohl auch der Schreibtisch von Kommissar Riemer
seit geraumer Zeit durch einen Computer geziert wurde,
lag eine Papierakte über dem Telefon, als es klingelte.
Während Riemer das Telefon hervorzog, landete die
Akte wie üblich auf dem Fußboden. Es meldete sich
Straubinger: „Kannst du herkommen? Ich habe hier einen Mord. Aber ich habe auch ein sehr seltsames Bauchgefühl. Ich denke, das hier wäre etwas für deine große
Spürnase. Der Alte weiß Bescheid. Also kommst du? Es
ist ein Mehrfamilienhaus, gelber Klinker, Mozartweg 21,
zweite Etage, bei Bergmann".

Als Riemer bei dem Haus eintraf, wartete dort die Gerichtsmedizinerin schon äußerst ungeduldig: „Wird aber
auch Zeit! Ihr junger Kollege lässt mich die Leiche nicht
abtransportieren, bevor sie nicht von Ihnen in Augenschein genommen wurde. Kann dieser Mensch nicht alleine entscheiden? Der ist doch wohl alt genug dafür!"
Der Kommissar ging wortlos an ihr vorbei in die Wohnung. Die Leiche eines Mannes hatte einen großen Teil
des Bodens mit Blut besudelt. Auf dem Tisch lag eine
Beweismitteltüte, in der ein großes Küchenmesser zu sehen war. Neben einer Frau, die zusammengesunken auf

einem der Küchenstühle kauerte, stand Kommissar Straubinger. Mit gedämpfter Stimme setzte er Riemer ins Bild: „Das Opfer ist Studienrat Heinz Bergmann. Er hat mehrere Stiche in der Brust. Seine Frau Julia hat gestanden, ihn aus Eifersucht ermordet zu haben, weil er ein Verhältnis mit einer Kollegin gehabt haben soll. Gemeldet hat die Tat ein Nachbar, der an der geöffneten Tür vorbeiging und sah, wie die Frau das Messer aus der Brust des Toten gezogen hat". Dann trat Kommissar Straubinger ganz dicht an Riemer heran und senkte die Stimme: „Und nun sag du mir mal, welche Frau die Tür auflässt, wenn sie ihren Mann ermorden will". Riemer entgegnete: „Du hast Recht. Das stinkt zum Himmel. Also wirst du hier die Wohnung auseinandernehmen. Egal was du findest, alles könnte wichtig sein. Ich bringe inzwischen die Frau zum Verhör aufs Revier. Dann lasse ich ihre finanziellen Verhältnisse und auch die ihres Mannes überprüfen. Wenn du mit der Wohnung fertig bist, trollst du dich zu der Schule, an welcher der Tote unterrichtet hat. Befrage bitte das gesamte Lehrerkollegium!" Riemer legte der Frau Handschellen an: „Ich verhafte Sie wegen des Mordes an Heinz Lehmann. Da Sie auf das Recht zu schweigen verzichtet haben, weise ich Sie daraufhin, dass Sie laut § 140 StPO die Bestellung eines Pflichtverteidigers beantragen können". Beim Hinausgehen sagte Riemer zu der wartende Pathologin: „Und jetzt dürfen Sie Ihrer Fleischeslust frönen, und den Körper des Toten genüsslich aufschneiden!" Dabei beobachtete er ganz genau die Reaktion der Verhafteten.

Straubinger hatte es sich vor Riemers Schreibtisch bequem gemacht: „In der Wohnung hat noch eine Überraschung auf mich gewartet. Die fünfzehnjährige Tochter der Familie Bergmann saß zusammengekauert auf dem Bett in ihrem Zimmer. Die Verhaftete erwähnte sie bei der Befragung jedoch mit keinem Wort. Das Mädchen hatte Blut an den Händen, stand aber unter Schock, und wird zurzeit im Krankenhaus behandelt. Ich war dort, und habe erfahren, dass der Teenager vor kurzer Zeit sexuell aktiv war. Es könnte also rein theoretisch sein, dass der Vater sich an ihr vergangen hat, worauf ihn das Mädchen erstach, und die Mutter will vielleicht mit einem falschen Geständnis ihre Tochter nur beschützen. Ach so, in dem Gymnasium war ich übrigens auch. Der Tote ist zwar mehrmals Lehrer des Monats gewesen, hatte aber tatsächlich ein Verhältnis mit einer Kollegin, die ihrerseits ebenfalls verheiratet ist, was wiederum die Ehefrau des Opfers als Verdächtige in den Vordergrund rückt". Riemer hob den Zeigefinger: „Oder den eifersüchtigen Mann dieser gewissen Kollegin. Außerdem ist bei der Prüfung der finanziellen Lage des Toten herausgekommen, dass er Monat für Monat fünfhundert Euro auf ein Extra-Konto überwiesen bekam. Im Verwendungszweck war stets ‚wie üblich‘ angegeben. Da frage ich mich dann doch, ob der Erstochene nicht vielleicht jemanden erpresst hat. Vielleicht seine Geliebte, damit ihr Ehemann nichts erfährt". Straubinger stand auf: „Na prima! Da haben wir jetzt vier Verdächtige und null Beweise. Und was, so frage ich dich, ergibt Null mal Vier?"

Dr. Mertens Augen funkelten Riemer böse an: „Wenn Sie mich noch einmal vor einer Verdächtigen so dämlich anpflaumen, dann werde ich Ihnen eiskalt mein Skalpell in Ihr wichtigstes Organ rammen. Haben Sie das verstanden?" Riemer grinste: „Entschuldigung, aber das ging nicht gegen Sie! Ich wollte doch nur die Reaktion der Verhafteten sehen. Kann ich das irgendwie wieder gut machen?" Die Gerichtsmedizinerin legte das Skalpell beiseite: „Da ich kaum annehme, dass Sie mich heiraten würden, denke ich, eine Flasche Wein tut es auch. Zum Beispiel einen trockenen Faustino Gran Reserva 1986. Den mögen zwar nicht alle, aber ich trinke ihn gern. Kostet auch nicht viel, so um die 120 Euro". Riemer bekam große Augen: „Eine einzelne Flasche 120 Euro? Tut mir leid, da werden Sie mir wohl weiterhin böse sein müssen! Sagen wir, so ungefähr bis zu meiner nächsten Gehaltserhöhung, falls die überhaupt jemals in Sicht kommt. Verraten Sie mir aber liebenswürdigerweise trotzdem die Todesursache?" Die Pathologin lenkte ihren Blick auf den Toten: „Einer der Stiche ging ins Herz. Das wars!" Riemer kratzte sich nachdenklich am Kopf: „Und der Todeszeitpunkt?" Frau Dr. Mertens schaute triumphierend den Kommissar an: „Den konnte ich ziemlich genau bestimmen, der liegt bei dreizehn Uhr dreißig".

Kommissar Straubinger trat mit einer Akte in der Hand in Riemers Zimmer und sagte aufgeregt, während er noch im Gehen war: „Ich habe hier die Laborberichte. Sehr interessant! Das Blut an den Händen der Fünfzehnjährigen war tatsächlich von ihrem toten Vater. Am Griff der

Tatwaffe befanden sich die Fingerabdrücke von ihr, von ihrer Mutter, von dem Opfer und seltsamerweise von einem Unbekannten". Dann ließ er sich auf den Stuhl vor Riemers Schreibtisch fallen: „Was sagst du nun?" Riemer legte seine Hände auf die Schreibtischplatte: „Na was wohl? Wir beide besorgen uns schnellstens die Fingerabdrücke der Geliebten sowie die ihres Ehemannes. Weißt du was ich denke? Die Tochter kommt nach Hause, sieht ihren toten Vater dort liegen, lässt vor Schreck die Tür auf, will ihrem Vater helfen und macht sich die Hände blutig. Da kommt ihre Mutter dazu und denkt, dass die Kleine ihren Vater erstochen hat. Weshalb die Frau auch später den Mord gesteht. Sie schickt das Mädchen ins Kinderzimmer, versucht ihrerseits dem Mann zu helfen und wird dabei vom Nachbarn gesehen. Weißt du noch, wann genau dieser Nachbar angerufen hat?" Straubinger schaute in die Unterlagen: „Fünfzehn Uhr und zwei Minuten. Warum?" Riemer steckte seinen Zeigefinger hinter den Hemdkragen: „Weil ziemlich genau um diese Zeit das Mädchen aus der Schule gekommen ist. Da war aber der Vater schon über eine Stunde tot. Also auf ins Gymnasium!"

Hauptkommissar Hohlbach kniff die Augen zusammen: „Verstehe ich das richtig? Sie hatten nicht nur einen, sondern gleich vier Verdächtige. Und jetzt haben sie alle vier ausgeschlossen? So mir nichts, dir nichts?" Kommissar Straubinger hielt dagegen: „Nein, so gar nicht mir nichts, dir nichts. Die Tochter war zum Todeszeitpunkt in der Schule, und die Mutter hat ebenfalls für die Zeit ein

219

Alibi. Sie war nämlich bei ihrem Frauenarzt, was die Sprechstundenhilfe bestätigt hat. Das Geld auf dem Extra-Konto kam von der Zeitung, in welcher der Tote einige Artikel veröffentlichte. Die Kollegin und Geliebte des Toten unterrichtete zur fraglichen Zeit, desgleichen ihr Mann, der ebenfalls Lehrer ist. Außerdem stimmen die Fingerabdrücke der beiden nicht mit denen auf dem Messer überein". Hohlbach sagte verächtlich: „Was alle nur immer mit diesen Fingerabdrücken haben. Wenn ich meinerseits jemanden erstechen wöllte, zöge ich mir vorher Handschuhe an".

Der Sonntag war unausweichlich gekommen. Punkt zwölf stand Kommissar Riemer mit einem Blumenstrauß und einer Tafel Schokolade vor der Haustür von Frau Kommissarin Wiegand. Auf das Klingeln hin öffnete ein hübsches Mädchen mit schulterlangen, braunen Haaren und hielt dem Besucher zur Begrüßung ihre schmale Hand hin: „Guten Tag! Ich bin Carla. Kommen Sie doch rein!" Drinnen übergab Riemer der Kommissarin die Blumen, und wandte sich dann verlegen dem Mädchen zu: „Ich habe keine Ahnung, was Teenager mögen. Aber um nicht ganz mit leeren Händen zu kommen, habe ich eine Tafel Schokolade mitgebracht. War das falsch?" Carla hielt den Kopf ein wenig schräg: „Ja und nein. Eigentlich mag ich Schokolade ganz gern, aber zurzeit verzichte ich gerade auf Zucker. Ich stelle dann mal Muttis Blumen ins Wasser". Riemer brummelte vor sich hin: „Das fängt ja gut an!" Während des Mittagessens war es verhältnismäßig still. Jeder der drei machte sich über seine Roulade her, in der Hoffnung, dass ein anderer etwas sagen würde. Während Frauke Wiegand danach den Tisch abräumte, fasste sich Kommissar Riemer ein Herz: „Carla, kann ich dich unter vier Augen sprechen?" Das Mädchen entgegnete unbekümmert: „Sicher! Mutti spült jetzt sowieso in der Küche das Geschirr ab. Haben Sie vor, mir zu sagen, dass Sie Mutti heiraten wollen?" Riemer fühlte sich überrumpelt: „Ehrlich gesagt weiß ich das noch nicht. Aber wenn, dann sollst du wissen, dass ich das nur mit deiner Erlaubnis machen würde. Ich will dir keinesfalls die Mutter wegnehmen". Carla sprang scheinbar amüsiert auf und fragte: „Darf ich ‚Du' zu dir sagen?" Ohne auf die Antwort zu warten, fuhr sie fort: „Ich mache dir einen Vorschlag. Ich nehme mir jetzt heimlich eine Münze, tausche sie hinter dem Rücken mehrmals um, und du musst dann raten, in welcher Hand das Geld ist. Wenn du richtig liegst, habe ich nichts dagegen, dass du Mutti heiratest". Riemer protestierte unwillig: „So etwas Wichtiges kann man doch nicht mit einer Münze auslosen". Aber Carla hatte schon die Hände auf dem Rücken: „Papperlapapp! Du willst doch kein Spielverderber sein!" Sie hielt ihm beide Fäuste hin. Um das Mädchen nicht zu verärgern, tippte Riemer, ohne genau hinzusehen, auf eine davon. Carla öffnete die Hand. Es war die richtige. In diesem Moment kam Frauke wieder in die Stube: „Du musst aber auch die andere Hand zeigen!" Das Mädchen verzog das Gesicht: „Mutti, du bist eine elende Verräterin!" Dann öffnete sie die andere Hand. Es befand sich eine zweite Münze darin. Riemer war mehr als erstaunt: „Wärst du denn wirklich mit einem derartig dicken Stiefvater wie mir einverstanden?" Carla lächelte: „Wenn Mutti dich so mag. Weißt du, ich hab mal im Fernsehen gesehen, der Oliver Hardy von Dick und Doof, der hat sich auch immer gewundert, dass seine Frau ihn trotz seiner Körperfülle lieben konnte. Außerdem will ich, dass Mutti glücklich ist, und scheinbar macht sie dein Bauch glücklich. Warum sollte ich dann etwas dagegen haben. Und ich brauche dann auch nicht mehr neidisch auf die Mädchen in meiner Klasse zu sein, weil die anderen alle einen Papa haben. Aber eins sag ich dir gleich, meinen richtigen Vater kannst du nicht ersetzen. Ich werde dich einfach nur Werner nennen. Ist das OK?" Riemer schmunzelte: „Und wie! Eigentlich müsste ich dich jetzt siezen. Du bist viel erwachsener als ich gedacht habe. Sag mal, warst du denn wirklich neidisch auf…" Er sprang hoch: „Natürlich! Frauke, wir müssen gleich morgen nochmal in dieses Gymnasium!" Carla war verwirrt: „Mutti, ist der immer so?" Kommissarin Wiegand schmunzelte: „Daran musst du dich gewöhnen!"

Hohlbach stand hinter seinem Schreibtisch und zeigte mit seinem knöchrigen Zeigefinger auf Riemers Gesicht: „Sie können von Glück reden, dass Sie den Fall geknackt haben. Der Direktor des Gymnasiums hat sich nämlich beschwert, dass Sie ohne hinreichenden Tatverdacht die Fingerabdrücke aller Lehrer genommen haben". Riemer tat unschuldig: „Die haben doch alle freiwillig mitgemacht". Hauptkommissar Hohlbach setzte sich: „Ja, weil Sie so absolut selbstsicher davon redeten, dass man mit einem richterlichen Beschluss Abdrücke nehmen darf, aber nicht eine einzige Silbe davon erwähnt haben, dass Sie gar keinen Beschluss besaßen. Trotzdem kann ich einfach nicht begreifen, wie man aus bloßem Neid einen anderen erstechen kann". Riemer wurde todernst: „Der Kerl musste sechsmal mit ansehen, dass ein anderer Kollege zum Lehrer des Monats gekürt wurde, obwohl er selbst auch jedes Mal dafür nominiert gewesen war. Das ist genau das Gleiche, als wenn hier einem immer und immer wieder die Beförderung versaut wird". Er stand auf und ging zur Tür. Auf dem Flur sagte er gerade mal so laut, dass es Hohlbach noch hören konnte: „Vielleicht sollte manch einer besser im Dunkeln nicht mehr vor die Tür gehen! Man wird heutzutage viel zu schnell erstochen".

Die Bugs

Obwohl sie ziemlich genau wie wir aussahen, nannten wir die Außerirdischen einfach nur ‚Die Bugs'. Das Wort Bug kommt aus dem Englischen und bedeutet dort so viel wie ‚Wanze' oder ‚Käfer'. Im Jargon von amerikanischen Ingenieuren jedoch hat es meist die Bedeutung ‚Fehlfunktion' oder auch ‚Konstruktionsfehler'. Diesem Wortgebrauch liegt die scherzhafte Vorstellung zugrunde, dass kleine Krabbelviecher in Leitungen oder Computern böswillig Fehler verursachen. Und genau das taten unsere ungebetenen Gäste. Sie kreisten im Erd-Orbit mit getarnten Raumschiffen und benutzten unsere

Mobilfunkfrequenzen, um Fehler in alle Computersysteme einzuschleusen. Als die meisten Systeme zusammenbrachen, landeten sie und wollten die Erde übernehmen. Aber sie hatten nicht mit dem Überlebenswillen und dem Erfindungsreichtum der Menschen gerechnet. Es entbrannte ein fürchterlicher Krieg mit vielen Opfern auf beiden Seiten. Irrsinnigerweise freuten sich gegenseitig die Biologen über die Toten der Anderen, denn nun konnten sie die Leichen eingehend untersuchen. Die Aliens waren im Durchschnitt etwas größer als wir, und besaßen neben dem Daumen nur drei weitere Finger. Die männlichen Vertreter dieser Rasse hatten keine Brustwarzen, die Frauen dagegen vier. Das Herz saß bei beiden Geschlechtern gut geschützt im Bauchraum. Ihr Gehirn befand sich genau wie bei uns im Kopf und sah auch genauso aus. Ihr Blut hingegen enthielt eine große Menge Kupfer. An den Fingerspitzen hatten sie eine Art kleiner, elektrischer Plättchen, welche scheinbar dazu dienten, sich direkt mit ihren Computern zu verbinden. Das schien auch der Grund zu sein, warum sie ihre Raumgleiter dermaßen geschickt bewegen konnten und unsere Leute reihenweise abschossen. Aber unsere Piloten waren lernfähig, und unseren Wissenschaftlern gelang es, die Zielcomputer entscheidend zu verbessern. Der Vorteil unserer Angreifer schwand damit ins Nichts. Als sich dann bei keinem der beiden Kriegsparteien die Hoffnung auf einen Sieg abzeichnete, wurde ein Friedensvertrag geschlossen. Allerdings zu spät für unseren Heimatplaneten. Es gab nur noch völlig verbrannte und verseuchte Erde. Die wenigen Überlebenden beider

Spezies wohnten jeweils in einer Raumstation, welche alle beide den Mars umkreisten.

Unsere Staffel flog ständig Patrouillen. Tag und Nacht. Wir hatten die Aufgaben einerseits dafür zu sorgen, dass kein Angehöriger der anderen Rasse näher als 1000 Kilometer an unsere Station herankam, andererseits durch das permanente Aussenden von Störfrequenzen zu verhindern, dass die Aliens Kontakt zu ihrem Heimatplaneten aufnahmen, um Verstärkung herbeizurufen. Die meisten von uns hielten das allerdings für sinnlos, da derartige Kontakte bestimmt schon während des Krieges stattgefunden haben mussten. Die Regierung war allerdings der Meinung, dass der Planet der Aggressoren nicht mehr existierte, und sie deshalb damals die Erde annektieren wollten, quasi um hier ihre neue Heimat zu errichten. So gesehen waren unsere Störsignale erst recht völliger Blödsinn. Mein Tag war, wie der aller anderen Piloten, dreigeteilt. Acht Stunden fliegen, acht Stunden Bereitschaft im Schlafraum, acht Stunden Freizeit. Ich flog einen UG 10/1. Das war ein ziemlich schneller und wendiger Ultragleiter. Einige von uns hatten jedoch schon einen geräumigen UG 10/2 unter dem Hintern. Was wir anderen, die in ihrem Cockpit ziemlich eingepfercht waren, äußerst beneidenswert fanden. Besonders, da wir aus Sicherheitsgründen immer mit angelegtem Raumanzug starten mussten. Auch Erissa flog mit so einem modernen Gleiter durch die Kante. Ich hatte irgendwann in der Kantine ein Gespräch zwischen ihr und ihrer Freundin aufgeschnappt, in welchem sie sagte, sie möge

Männer mit Bart. Seitdem zierte meine Oberlippe eine schwarzbraune Rotzbremse.

Es war kurz vor dem Ende meiner Flugschicht. In Gedanken lag ich eigentlich schon in meiner kuschligen Koje. Plötzlich leuchtete der Annäherungsalarm grell auf und der Radarbildschirm zeigte mir ein unautorisiertes Flugobjekt in der Nähe unsere Raumstation. Ich zog scharf nach rechts und sah durch das Cockpitfenster, wie Erissas Gleiter von der anderen Seite heranrauschte. Sie feuerte auf den Unbekannten, verfehlte ihn aber knapp. Ich eröffnete ebenfalls das Feuer, traf aber auch nicht. Der Gegner war zu unserem Leidwesen wirklich gut. Dann schoss dieser Mistkerl seinerseits auf Erissa. Bereits mit der zweiten Salve setzte er ihren Antrieb außer Kraft. Erissa trieb ziemlich schnell in gerader Linie in die Leere des Weltalls hinaus, und das Bild ihres Gleiters schmolz in meinem Sichtfenster zu einem kleinen Punkt. Ich konnte glücklicherweise den Moment ausnutzen, in dem sich unser Gegner auf Erissa konzentriert hatte. Meine Salve traf ihn punktgenau mittschiffs. Es sah fast wie in Zeitlupe aus, als sein Schiff auseinanderbrach. Eine Wolke aus Staub und Kleinteilen verstreute sich langsam im Raum. Meine Kurzstreckensensoren ermittelten jedoch keine organischen Rückstände. Es musste also ein ferngesteuerter Raumgleiter gewesen sein. Damit hatten wir es bisher noch nie zu tun gehabt. Das würde garantiert diplomatische Querelen nach sich ziehen, oder auch wieder zu einem bewaffneten Konflikt führen. Die Formulierung im Friedensvertrag lautete ja, dass kein Angehöriger der anderen Rasse näher als 1000 Kilometer an unsere Station heran durfte. Von automatischen Schiffen war dort dummerweise nicht die geringste Rede. Ich war gespannt, wie unsere Regierung darauf reagieren würde. Aber zuerst wollte ich wissen, wie es Erissa ging. Ich wählte ihre Frequenz und sendete mein Rufsignal. Nach drei vergeblichen Versuchen nahm ich die Gruppenfrequenz und startete einen Rundruf, ob irgendjemand Kontakt zu Erissa hätte, oder sie vielleicht sogar sehen könnte. Nichts! Langsam kroch in mir eine kribbelnde Angst hoch und schien mir den Hals zuzuschnüren. Da meldete sich die Kommandozentrale. Die Langstreckensensoren der Raumstation hatten Erissas Gleiter ausgemacht. Ich gab die Koordinaten in den Navigationscomputer ein und drückte den Beschleunigungshebel bis an den Anschlag. Obwohl Erissa nur durch das Gesetz der Trägheit vorwärtsgetrieben wurde, während ich mit ausgelasteten Schubdüsen heranpreschte, dauerte es eine unerwartet lange Zeit, bis ich ihr Schiff eingeholt hatte. Ich setzte mich vor sie und wendete meinen Gleiter. Durch unsere Cockpitfenster hindurch konnte ich Erissa sehen. Sie war zur Seite gesunken und regte sich nicht. Also manövrierte ich meinen Gleiter über den ihrigen, fuhr die Magnetklammern aus und dockte an. Dann zog ich eine große Kurve und nahm mit Erissa im Schlepptau Kurs zurück auf unsere Station. Als ich näher kam, sah ich, wie schier unendlich viele Energiestrahlen den Raum zerrissen. Es war aller Wahrscheinlichkeit nach ein erneuter Krieg ausgebrochen. Aber irgendwie musste ich Erissa auf unsere Station bringen, damit ihr so schnell wie möglich geholfen werden konnte. Es blieb mir nichts weiter übrig, als das Kriegsfeld weiträumig zu umfliegen, damit ich mich von hinten unserer Raumstation nähern konnte, auch wenn dieses Manöver sehr viel Zeit in Anspruch nehmen würde. Mein Plan schien aufzugehen. Doch kurz vor der Einflugschleuse in unsere Station, als ich schon den Antrieb abgeschaltet und die Bremsdüsen an meinem Bug gezündet hatte, traf mich ein Energieblitz. Unsere Gleiter wurden um ziemlich genau 180 Grad gedreht, und ich rutschte mit dem Heck voran in die Schleuse. Da ich das bislang noch nie üben konnte, dauerte es einen Moment, bevor ich die Situation im Griff hatte. Ich löschte die Bugdüsen und reaktivierte den rückwärtigen Antrieb. Trotzdem wurden wir über den Boden der Schleuse geschleift, worauf der gesamte Raum mit sprühenden Funken ausgefüllt war. Dann schlug der Gleiter in die hintere Wand ein, was zum vollständigen Ausfall meiner Instrumente führte. So schnell ich konnte, rutschte ich aus meinem Gefährt und stieg in den Gleiter von Erissa ein. Ich hob sie aus dem Sitz, zog sie nach draußen und trug sie auf meinen Armen in die Krankenstation. Danach rannte ich, ohne den Helm abzunehmen, zum Flughangar. Aber alle Gleiter waren bereits im Einsatz. Man bedeutete mir, dass ich zurzeit nichts unternehmen könnte als zu hoffen. Mit hängendem Kopf ging ich langsam zur Krankenstation zurück, und fragte nach Erissas Zustand. Der behandelnde Arzt teilte mir mit, dass sie bereits zu sich gekommen sei. Sie hatte lediglich einen ganz schwachen Strahlenschock erlitten, konnte auch schon wieder fehlerfrei sprechen, aber ihren Körper noch nicht bewegen. Man erlaubte mir, sie zu besuchen. Als ich an ihr Bett trat, wendete sie unter Anstrengungen ihren Kopf zu mir: „Man hat mir gesagt, dass du mein Leben gerettet hast". Mit trockenem Mund war es mir nur möglich zu nicken. Sie lächelte das schönste Lächeln, das ich je in meinem Leben gesehen hatte: „Damit hast du etwas bei mir gut". Ich schluckte mehrmals und antwortete mit etwas kratziger Stimme: „Dann musst du mit mir essen gehen!" Sie lächelte erneut: „Dazu müsstest du mich aus dem Bett heben. Ich kann nämlich meine Beine nicht bewegen". Gerade wollte ich sagen, dass wir das Ganze um einen Tag verschieben sollten, als ein fürchterlicher Schlag unsere Raumstation erschütterte. Wir wurden beide leichenblass. Ich rannte los, während ich ihr noch zurief: „Ich komme gleich wieder. Ganz bestimmt!" In der Kommandozentrale empfing mich verhaltener Jubel. Unseren Streitkräften war es gelungen, die feindliche Raumstation zu zerstören. Die Welle der gewaltigen Explosion hatte unsere Station ordentlich durchgerüttelt. Auf die Anweisung unserer Regierung hin, gab es auch für die verbliebenen Raumgleiter unsere Feinde kein Erbarmen. Die Aliens wurden innerhalb unseres Sonnensystems allesamt und endgültig ausgerottet.

Nachdem die Schäden an unserer Station einigermaßen repariert waren, heirateten Erissa und ich. Da in der letzten Schlacht viele unserer Leute ihr Leben gelassen hatten, erteilte die Regierung mehreren Paaren die Geburtserlaubnis für ein Kind. So auch Erissa und mir. Das

Leben auf unserer Raumstation normalisierte sich allmählich, und kurz nach dem zwölften Geburtstag unserer
Tochter, beschloss die Regierung ein Programm, nachdem in fünfzig Jahren begonnen werden sollte, die Erde
in Teilen wieder urbar zu machen. Wir beide freuten uns
darüber wie die Schneesieber, denn unsere Tochter
würde sicher das alles noch erleben können. Es war also
anzunehmen, dass es weiterhin eine bewohnte Erde geben würde, zumindest noch so lange, bis unsere gute, alte
Sonne in ein paar Milliarden Jahren explodierte. Aber
wer weiß schon, was unseren Wissenschaftlern bis dahin
noch alles einfallen wird.

Nico

Man hört allenthalben den Spruch: „Kinder sind unsere
Zukunft". Ich finde das weder sehr geistreich noch besonders philosophisch. Die Evolution hat uns lange genug gezeigt, dass Kinder in aller Regel ihre Eltern überleben. Dazu braucht es keinen Spruch. Mit anderen Worten, wenn unsere Kinder das Ruder übernehmen, werden
wir peu à peu sterben. Unsere Zukunft ist also ziemlich
sicher der Tod, und nicht irgendjemandes Kind. Was der
Nachwuchs nach unserem Ableben anstellt, können wir
dann sowieso nicht mehr beeinflussen. Man könnte daher
auch böswillig äußern, dass uns die Blagen nach unserem
Dahinscheiden den Buckel runterrutschen können, falls
wir nicht verbrannt worden sind, und deshalb keinen

Buckel mehr haben. Verstehen Sie mich nicht falsch, ich will damit nichts gegen Kinder im Allgemeinen sagen. Aber Sie wissen vielleicht selber, dass sich die Sprösslinge in der Pubertät zu Monstern wandeln können. Die Natur hat es so dämlich eingerichtet, dass während der Reifezeit unserer Abkömmlinge bei ihnen eine absolute Unreife die Oberhand gewinnt. Das liegt daran, dass das jugendliche Gehirn, zum Leidwesen der Eltern, in dieser gewissen Zeit komplett umgebaut wird. Ich weiß, wovon ich rede, denn schließlich habe ich diese Phase auch einst durchgemacht. Durch meine Unbekümmertheit und Unwissenheit hätte ich bereits mit vierzehn Jahren Vater werden können. Es ist aber, wie man so schön sagt, nichts passiert. Inzwischen haben dreißig Lenze mein Gehirn geformt. Kinder habe ich keine, es sei denn, man hat sie mir verschwiegen.

Warum erzähle ich Ihnen das alles? Weil eines Tages so ein Rotzjunge mit fleckigem T-Shirt und ausgefransten Jeans in meinem Büro stand. Zunächst musterte er mich von oben bis unten, besser gesagt, er musterte den Teil meines Körpers, der oberhalb vom Schreibtisch zu sehen war. Dann sagte er schnoddrig: „Ich habe gehört, Sie sind Privatdetektiv". Ich legte betont langsam meine Unterarme auf die Schreibtischplatte: „Und hoffentlich hast du das nicht nur gehört, sondern auch gelesen. Das steht nämlich draußen an der Tür. Du kannst doch lesen?" Er setzte sich: „Da steht nur, dass hier eine Detektei ist, aber nicht ob Sie persönlich auch wirklich ein Detektiv sind". Ich faltete missgelaunt meine Hände: „Bist du nur hergekommen, um Krümel zu kacken, oder gibt es noch einen anderen Grund mich zu ärgern?" Er begann sich ungeniert in der Nase zu bohren: „Ich bin sechzehn und habe bisher die mittlere Reife. In einem Jahr möchte ich dann mein Abitur machen, und anschließend Jura studieren". Er zog den Finger aus der Nase, holte sein Taschentuch aus der Hose und wischte umständlich seine Popel vom Finger. Mir war nicht ganz klar was er eigentlich wollte, und fragte ungeduldig: „Warum machst du denn dein Abitur erst in einem Jahr und nicht gleich?" Er zögerte eine Weile, dann bekannte er: „Weil der Jugendrichter etwas dagegen hatte. Ich muss zunächst einmal gemeinnützige Arbeit verrichten. Und da dachte ich, wenn ich Ihnen ohne Bezahlung helfe ein paar Fälle zu lösen, dann ist das doch gemeinnützig, oder?" Ich fuhr mir unbewusst mehrmals mit dem Zeigefinger unter der Nase hindurch: „Und warum hat dir der Richter gemeinnützige Arbeit aufgebrummt?" Er ignorierte beflissentlich meine Frage: „Wenn ich dann mal später Anwalt bin, kann ich Sie in juristischen Fragen beraten, das wäre doch gut, oder etwa nicht?" Ich wiederholte gedehnt meine Frage: „Warum hat dich der Jugendrichter zu gemeinnütziger Arbeit verdonnert?" Er senkte scheinbar verschämt seinen Blick: „Naja, weil ich zwei Autoradios gefunden habe, die wohl noch keiner verloren hatte". Angesäuert lehnte ich mich zurück: „Du glaubst doch nicht wirklich, dass ich mit einem Dieb zusammenarbeite?" Er blickte mich wieder an. Diesmal schien er die Unschuld selbst zu sein: „Hören Sie! Wenn ich meine Stunden abgearbeitet habe, dann habe ich doch meine Schuld gegenüber der Gesellschaft beglichen. Keiner darf mir dann noch meine Verfehlung mehr vorwerfen". Ich konnte mich eines bitteren Grinsens nicht erwehren: „Es sei denn, du wirst wieder straffällig. Aber wie es auch sei, ich kann dich nicht gebrauchen!" Da packte dieser Mistbolzen doch tatsächlich den großen Holzhammer aus: „Ich mache Ihnen einen Vorschlag! Sie nehmen mich als Hilfskraft auf, und ich mache alle anfallenden Arbeiten, vom Wagenwaschen bis hin zum Kaffeekochen. Jede Stunde, die ich für Sie arbeite, wird sorgfältig notiert, und wenn ich dann Rechtsanwalt bin, bezahle ich Sie großzügig für diese Stunden. Was sagen Sie nun?" Meine Gegenwehr war wie weggeblasen. Einer Detektei, der es mehr schlecht als recht ging, Geld in Aussicht zu stellen, korrumpiert doch wohl ausnahmslos jeden. Also willigte ich ein: „Gut! Jeden Tag sechs Stunden. Ab zehn Uhr morgens, klar? Am Montag fängst du an! Aber dazu brauche ich jetzt noch deinen Namen und deine Anschrift". Der Kerl griff in seine Gesäßtasche und übergab mir eine leicht geknickte, schwarze Visitenkarte, auf der in weißer Schrift zu lesen war:

Nico Bichler
37052 Krogsdorf
Ortsstraße 1

Nicht gerade besonders begeistert fragte ich: „Seit wann haben denn Sechzehnjährige Visitenkarten?" Seine herausfordernde Antwort war: „Und seit wann haben denn alte Menschen das Recht auf Visitenkarten gepachtet?

Gibt es da ein Gesetz?" Ich winkte nur leicht ab: „Bis Montag!" Er nickte, stand auf, drehte sich teilnahmslos um und ging. Als er im Begriff war die Tür zu schließen, konnte ich sehen, dass er schon wieder den Finger in der Nase hatte.

Der Ausdruck: „Ich hab's ja gesagt!" traf nicht zu, da ich es nicht gesagt, sondern nur gedacht hatte. Wer nämlich am Montag um Zehn eben nicht in meinem Büro eintraf, das war, wie ich befürchtet hatte, meine angehende Hilfskraft Nico. Nun habe ich als junger Mensch auch gern und lange geschlafen. Also tröstete ich mich mit der Annahme, dass der Sechzehnjährige noch im Laufe des Vormittags eintreffen würde. Als er aber am Nachmittag auch noch nicht eingetrudelt war, ging ich fest davon aus, dass er es sich anders überlegt hatte, und nicht mehr bei mir arbeiten wollte. Als am Dienstag mein Telefon klingelte, nahm ich dann aber an, Nico wollte sich bei mir entschuldigen. Es meldete sich jedoch eine gewisse Frau Bichler: „Ist Nico bei Ihnen? Er ist die ganze Nacht nicht nach Hause gekommen. Langsam mache ich mir Sorgen. Er hat gestern früh gesagt, er würde zu Ihnen fahren. Seitdem habe ich nichts mehr von ihm gehört". Ich war irgendwie erschrocken, denn obwohl ich kaum etwas für Nicos Verschwinden beigetragen haben konnte, fühlte ich mich dennoch verantwortlich: „Tut mir leid, aber ich habe Nico zuletzt vorige Woche gesehen. Am besten wird sein, ich komme jetzt zu Ihnen gefahren, und stelle von dort aus einige Nachforschungen an!"

Krogsdorf zog sich ellenlang hin. Es gab zwar nur eine einzige Straße, aber das Haus mit der Nummer eins befand sich, aus meiner Richtung gesehen, ausgerechnet am anderen Ende. Das Anwesen war ein typischer Bauernhof. Ein Hund begrüßte mich mit unfreundlichem Bellen, als ich aus meinem Auto stieg. Frau Bichler, mit Kittelschürze und Kopftuch, hatte mich schon erwartet und öffnete die Tür: „Ich habe frischen Kaffee gekocht. Kommen Sie rein!" Kaum, dass ich saß, begann mir die Frau ihr Leid zu klagen: „Überall steckt er seine Nase rein. Voriges Jahr, da war er fünfzehn, hat er herausgefunden, dass die Reparaturwerkstatt für landwirtschaftliche Geräte billige Teile von ganz schlechter Qualität einbaut, aber immer Originalteile in Rechnung stellt. Das gab großen Ärger. Und vor zwei Wochen hat er die gestohlenen Karnickel vom Nachbarn wiedergefunden. Allerdings hatten die Diebe bereits eins davon geschlachtet. Ja ja, so ist unser Nico. Da hat es mich nicht gewundert, dass er bei Ihnen in die Lehre gehen wollte, um Privatdetektiv zu werden". Mein Bauch meldete sich mit dem Gefühl, dass mich dieser Nico ein ganz klein bisschen angeschwindelt hatte. Ich stand auf: „Hat Nico ein eigenes Zimmer? Das würde ich mir gern einmal ansehen!" Frau Bichler zeigte zur Treppe: „Alles was Sie wollen, wenn Sie bloß meinen Nico finden. Sein Vater ist nämlich vor zehn Jahren auch einfach verschwunden". Man konnte das Zimmer nicht als übertrieben aufgeräumt bezeichnen. Aber ich erinnerte mich an meine Jugend. Mein Zimmer sah nämlich meist auch wie nach einem Atomschlag aus. Das Einzige, was mir auffiel, waren verschiedene Fotos, die wahllos auf dem Tisch lagen. Sie zeigten alle ein und demselben Mann. Ich nahm eins davon mit nach unten: „Wer ist das?" Die Frau verzog angewidert ihr Gesicht: „Das ist der Lump, der uns vor reichlich zehn Jahren einfach im Stich gelassen hat. Wissen Sie was es für eine Frau bedeutet, alleine mit einem fünf Jahre alten Sohn einen Bauernhof zu bewirtschaften? Ich musste Hilfsarbeiter einstellen, und der ganze Gewinn ging in deren Lohn. Das waren keine guten Zeiten. Aber Nico sagt immer, ihm fehle sein Vater. Naja, er ist halt damals noch ein kleines Kind gewesen". Ich fragte dann der Frau, nach allen Regeln der Kunst, noch ein Loch in den Bauch, aber Nico hatte nie durchblicken lassen, was er eventuell vorgehabt haben könnte, oder wohin er ging. Also verabschiedete ich mich, wendete meinen roten Flitzer und fuhr heimwärts.

Der Mittwoch verlief eher langweilig. Keine Sau ließ sich in meinem Büro blicken. Ich war bereit, jede Summe zu wetten, dass ich diese Woche wieder keine Einnahmen haben würde. Ziemlich genau um sechzehn Uhr wollte ich das Büro verlassen, um mich auf den Heimweg zu machen. Als ich meine Bürotür öffnete, war ich im ersten Moment erschrocken. Ein Mann stand direkt davor. Es war Nico: „Entschuldigung, aber ich habe mich nicht reingetraut. Sie müssen bestimmt schlecht von mir denken. Darf ich Ihnen alles erklären?" Also hatte ich doch noch keinen Feierabend. Wir setzten uns, und Nico begann zu erzählen: „Ich habe ein bisschen geflunkert, um mich interessant zu machen. Die Sache ist nämlich so, dass ich seit Jahren meinen Vater suche. Nun dachte ich, dass ich vielleicht ganz nebenbei Ihre Fähigkeiten nutzen könnte, um ihn zu finden, denn engagieren hätte ich Sie nicht gekonnt. Dafür hatte ich kein Geld. Nun bin ich aber zufällig durch einen Artikel in der Sonntagszeitung auf die Spuren meines Vaters gekommen. Da war nämlich so ein Bild von ihm abgedruckt, und ich habe ihn sofort darauf wiedererkannt, obwohl er inzwischen ganz schön gealtert ist. Ich bin dann am Montag zu ihm nach Ilmenau gefahren. Dort arbeitet er nämlich in einem Institut auf dem Gebiet der Bildauswertung, was immer das auch bedeutet. Er hat mir gesagt, dass er schon ewig Forscher werden wollte, aber meine Mutter war damals der Meinung, dass ein Bauer auch immer Bauer bleiben müsse. Die beiden haben sich dauernd nur gestritten, da ist er eines Tages einfach auf und davon. Und er hat für mich einen Brief hinterlassen, den ich bekommen sollte, wenn ich vierzehn bin. Meine Mutter hat ihn mir aber nie gegeben. Und nun hoffe ich, dass Sie mir nicht böse sind, weil ich Sie getäuscht habe. Ich werde zu meinem Vater ziehen. Vielleicht mache ich dann auch eine private Detektei auf. Mal sehen!" Als wir uns zum Abschied die Hände reichten, griff er in seine Gesäßtasche und brachte einen zerknitterten Briefumschlag hervor: „Noch eins! Da ich Sie in Beschlag genommen habe, meinte mein Vater, dass Ihnen ein Honorar zusteht. Er gab mir diesen Umschlag für Sie mit". Beim Hinausgehen bohrte sich Nico wieder einmal in der Nase. Ich öffnete den Umschlag. Zweihundert Euro in Bar. Wer sagts denn! Ich war ja schließlich heut Morgen schon bereit gewesen jede Summe zu verwetten, dass ich diese Woche bestimmt noch Einnahmen haben würde.

Sven vs. Eintopf

Wenn Sven etwas hasste, dann war es Eintopf. Sollte er doch einmal einen solchen vorgesetzt bekommen, dann wurde er unausstehlich. Suppen zählten für ihn keinesfalls zu der Kategorie Mahlzeit. Er wollte stets nur etwas Handfestes. Gemüse mochte er auch bloß dann, wenn es ein Schwein schon vorher gefressen hatte. Nie hätte er geglaubt, dass er einmal derartiges Pech haben würde, um sich vor Hunger nach einem kleinen Schluck Suppe zu sehnen. Die ganze Sache begann für ihn an einem Dienstag. Sven wollte Geld abheben, musste aber entgeistert feststellen, dass seine EC-Karte nicht mehr da war. Zunächst durchwühlte er alle Taschen, dann suchte er verzweifelt die ganze Wohnung ab. Die Karte war und blieb verschwunden. Seine Frau behauptete, die Karte auch nicht genommen zu haben. Also ließ er seine EC-Karte erst einmal telefonisch sperren. Aus Ärger fuhr er danach zu seiner Stammkneipe, und genehmigte sich ein paar Biere. Auf dem Heimweg kam er in eine Verkehrskontrolle. Ergebnis: Führerschein weg. Am Mittwoch eröffnete ihm dann seine Gattin, dass sie ihn verlassen würde. Sie hätte schon seit Längerem ein Verhältnis mit ihrem Chef, und würde nun endgültig bei diesem einziehen. Nun muss man wissen, dass Sven zu der Sorte Mann gehörte, die allein nicht in der Lage waren, eine moderne Waschmaschine zu bedienen, vom Kochen mal ganz zu schweigen. Dieses Dilemma erledigte sich am Donnerstag von selbst. Als Sven von der Arbeit nach Hause kam, hatte es in der Wohnung unter ihm eine Gasexplosion gegeben. Das Haus war eingestürzt, und von Svens Wohnung war weder eine Waschmaschine noch ein Kochherd übriggeblieben. Die Stadt stellte den Bewohnern des zerstörten Gebäudes eine Notunterkunft zur Verfügung, in welcher Sven am Freitag das Portmonee mit seinen letzten paar Cents gestohlen wurde. Samstag und Sonntag wurde er bei der Suppenküche des Deutschen Roten Kreuz vorstellig, um nicht zu verhungern. Da er jedoch Suppe verabscheute, ließ er sich nur das Brot geben. Am Montag wartete dann auf seiner Arbeitsstelle ein Brief mit der Kündigung auf ihn. Die Firma war in die Insolvenz gegangen. Auf dem Arbeitsamt teilte man ihm emotionslos mit, dass seine Firma gesetzeswidrig nie den Arbeitgeberanteil für ihn gezahlt hätte, und er damit als Schwarzarbeiter auch keinen Anspruch auf Arbeitslosengeld geltend machen könne. Abends wollte er sich dann in der Suppenküche wieder etwas zu essen holen. Er hoffte, dass genügend Brot vorrätig wäre, damit er vor Hunger nicht doch noch so eine dünne Suppe zu sich nehmen müsste. Aber der Seuchenschutz hatte ihm die Entscheidung abgenommen, und die Einrichtung geschlossen. Am Dienstag wurde er dann mit leerem Magen beim Sozialamt vorstellig. Man teilte ihm mit, dass sein Fall zunächst geprüft werden müsse. Er solle gefälligst am nächsten Tag wiederkommen. Mittwoch teilte man ihm dann mit, dass sein Konto inzwischen von seiner Frau leergeräumt worden war. Da diese außerdem über ein verhältnismäßig hohes Einkommen verfügen würde, hätte er keinen Anspruch auf Sozialhilfe, und müsse deshalb von ihr Ehegattenunterhalt einklagen. Allerdings könne man ihm, entsprechend einer bestehenden Härtefallregelung, zunächst ein Darlehen auf sein Konto überweisen. Das Geld müsse er dann später, wenn er wieder regelmäßige Einnahmen hätte, zurückzahlen. Geknickt ging er zu seiner Bank. Das Geld war noch nicht da. Als er am Donnerstag erneut vorsprach, teilte man ihm mit, dass seine Frau inzwischen das gemeinsame Konto überzogen hätte, und man gezwungen sei, das Geld vom Sozialamt als Ausgleich einbehalten zu müssen. Er wollte daraufhin das Konto sperren lassen, aber das war nicht möglich, da seine Frau als gleichberechtigte Kontoinhaberin hinterlegt war. Er schlurfte mit Selbstmordgedanken aus der Bank. Aufgrund seines geistigen Zustandes war er unachtsam, stolperte und schlug hart mit dem Kopf auf. Das brachte ihm für Freitag, Samstag und Sonntag ein warmes Bett und kostenloses Essen im Krankenhaus ein. Nachdem er am Montag entlassen wurde, schlenderte er aus Mangel an sonstigen Tätigkeiten durch die Stadt. In einer schmalen und dunklen Gasse überfielen ihn zwei Underdogs und forderten sein Geld. Als die beiden feststellen mussten, dass Sven keinen Pfifferling besaß, schlugen sie ihn aus lauter Frust zu Boden. Er schleppte sich zu seiner Notunterkunft, ließ sich auf die Liege fallen und überlegte angestrengt, wie er seinem Leben ein Ende machen könnte. Irgendwann fiel er dann in einen unruhigen Schlummer. Die Hand eines Feuerwehrmannes riss ihn aus dem Schlaf und hob ihn brutal hoch. Ringsherum brannte alles lichterloh. Auf der Straße teilte man dann den Geretteten mit, dass es keine weitere Notunterkunft in der Stadt gäbe, und jeder ab sofort auf sich selbst angewiesen sei. Das verstärkte nur noch Svens Suizidgedanken. Nachdem er frierend durch die Nacht gelaufen war, ging er am Dienstag in einen Baumarkt und stahl klammheimlich ein festes Seil. Damit wollte er nun endgültig seinem Leben ein Ende setzen. Aber, wen wunderts, der Ast brach. Sven fehlte jedoch die Kraft, um noch einen weiteren Ast auszusuchen. Er ringelte sich auf dem Boden zusammen und dachte, wenn er einfach nichts mehr zu sich nehmen würde, dann gäbe doch sein Körper irgendwann von alleine auf. Aber wie er leider Gottes feststellen musste, war das Sterben doch nicht ganz so leicht. Kälte und Durst trieben ihn unnachgiebig dazu, einen Ausweg zu suchen. Eventuell gab es ja in einer anderen Stadt eine Bleibe für ihn, und vielleicht auch etwas Nahrung. Im Nachbarort angekommen, sah er einen Aushang, auf dem für Blutspenden geworben wurde. Aus Erfahrung wusste er, dass man nach der Spende etwas zu essen bekam. Also trat er ein. Nachdem er seinen Namen genannt hatte, teilte man ihm mit, das Gesundheitsamt würde bereits nach ihm fahnden. Seine Frau hätte sich nämlich von ihrem Liebhaber angesteckt, und Sven sei aller Wahrscheinlichkeit nach dadurch jetzt auch HIV-positiv. Er rannte wie von wilden Furien verfolgt hinaus auf die Straße. Nun stand es für ihn endgültig fest, er würde sich vor den nächsten Bus werfen. Oder vor einen großen LKW. Und siehe da, tatsächlich bog ein Vierzigtonner um die Ecke. Sven hätte nie gedacht, dass man in dem Moment, in welchem man überrollt wird, seine eigenen Knochen knacken hören würde. Dann verlor er das Bewusstsein.

Ein alter Mann mit mildem Blick und einem langen, weißen Bart rüttelte ihn wach: „Hallo, mein Bester! Ist alles gut bei dir?" Sven war völlig durcheinander: „Wo bin ich?" Der Alte lächelte: „Du bist im Himmel. Eigentlich kommen ja Selbstmörder nicht hier hoch, aber mir war langweilig, und außerdem bist du der einzigste Mensch, der nie in seiner gesamten Lebenszeit jemals eine Sünde begangen hat. Zudem hast du in letzter Zeit genug gelitten. Deshalb habe ich eine Ausnahme gemacht. Weißt du, wir zwei werden es uns von nun an hier oben richtig gemütlich machen. Und ich hoffe, du magst Eintopf. Was anderes gibt es hier nämlich nicht.

Euphemismus

Das wird jetzt eher eine philosophische Betrachtung, als eine Kurzgeschichte. Musste aber mal sein.

Ich habe keine Ahnung, wann in der Vergangenheit Menschen damit begonnen haben, sich bestimmte Dinge schönzureden. Sicher ist nur, dass dies in der heutigen Zeit tagtäglich vorkommt. Die Bezeichnung für ein solches Stilmittel ist, siehe Überschrift, Euphemismus, oder auch Beschönigung, Hehlwort oder Verbrämung. Ob in Wirtschaft, Politik, Literatur oder auch in unserer Umgangssprache finden sich Euphemismen überall dort, wo es gilt, etwas zu beschönigen. Wenn beispielsweise ein Kind einfach nur strunzdumm ist, dann nennt man das tunlichst „bildungsfern". Bricht die Wirtschaftsleistung ein, spricht man von „negativem Wachstum". Was für ein Schwachsinn. Ist jemand verstorben, dann sagt man „er ist sanft entschlafen" oder auch „er wurde heimgerufen". Wenn mich damals meine Mutter heim rief, dann gab es in der Regel etwas zu essen, aber es ist doch deshalb keiner gestorben. Warum derartige Formulierungen? Warum tut der Mensch so etwas? Angeblich will man Tabus und soziale Normen nicht brechen, Anstößiges möglichst umgehen oder Gefühle von Personen nicht verletzen. Ich denke mal, manch einer will uns auch nur aus Eigennutz verbal täuschen. Andere wiederum fühlen sich unbedingt der „Political Correctness" verpflichtet. Da kommt dann so ein Blödsinn heraus, dass man Dunkelhäutige „Schwarze" nennt, obwohl sie doch viel eher braun aussehen. Und dass nur, weil wir zu dumm sind, ein positiv besetztes Wort zu finden, welches das verpönte Wort „Neger" ersetzen könnte. George Orwell hat bereits im vorigen Jahrhundert diese Art der Tarnsprache als „Doublespeak" bezeichnet. Das schlimmste Beispiel ist, meiner Meinung nach, die Verschleierung des Tötens von Unschuldigen als „Kollateralschaden". Dem entgegen erscheint „Preiskorrektur" statt „massive Preiserhöhung" schon fast lächerlich. Es soll ja sogar Leute geben, die benennen in perfider Weise Schusswaffen als

„Argumentationsverstärker". Natürlich will ich auch nicht verschweigen, dass man durch Umformulierungen bestimmte Dinge nicht nur verschleiern, sondern regelrecht auf eine höhere Ebene heben kann. Ein Beispiel wäre die Bezeichnung „Facility Manager" anstelle von „Hausmeister", auch wenn man gegebenenfalls über diese Formulierung schmunzelt. Dagegen gilt „Chief Executive Officer" anstelle von „Geschäftsführer" oder „Key Account Manager" für "Großkundenbetreuer" als durchaus solide, bloß weil die Begriffe aus dem Englischen kommen. Auch bei verschiedenen Schreibweisen, welche als hyperkorrekt bezeichnet werden, findet man den Versuch, die Bedeutung eines Wortes zu erhöhen. Manche nennen ihren Sohn „Claus" mit „C" anstatt „Klaus" mit „K", in der heimlichen Hoffnung, diese Schreibart würde einen intellektuellen Anstrich vermitteln. Aber nicht nur bei einzelnen Wörtern, sondern auch in ganzen Sätzen findet man Euphemismen. Beispiel gefällig? Anstatt konkret zu sagen: „Dieser Text ist fehlerhaft", habe ich einmal gelesen: „Man muss eventuell davon ausgehen, dass sich in diesem Text Fehler finden lassen". Oder was halten Sie von der Umschreibung eines Krieges mit der Formulierung: „Im Nahen Osten ist der Friedensprozess ins Stocken gekommen"? Das nennt sich ja dann wohl „lügen ohne zu lügen". Aber auch durch das Negieren bestimmter Worte, Formulierungen oder Sätze kann es manchmal zu sprachlichen Aufwertungen, Milderungen oder gar Abwertungen kommen. So ist die Formulierung „nicht ganz dumm", in unserem Verständnis nicht kongruent mit „schlau". Und „nicht unfreundlich" fühlt sich doch auch irgendwie anders an, als das Adjektiv „freundlich". Selbst wenn jemand „nicht gelogen" hat, kann es doch trotzdem sein, dass von ihm die Wahrheit verschwiegen wurde. Aber egal ob Negierung, Aufwertung, Mildcrung, Abwcrtung, Beschönigung, Tarnung oder Täuschung, der Euphemismus trägt die Gefahr in sich, dass er irgendwann die negative Bedeutung seines Vorgängerausdrucks annimmt, und damit der eigentliche Charakter gerade dieses Euphemismus mit der Zeit verloren geht. Durch diese Abnutzung seiner Wirkung kommt es dann dazu, euphemistische Formulierungen als Ironie oder Zynismus aufzufassen. Man beschreibt also eines Tages mit diesen linguistischen Konstrukten genau das Gegenteil von dem, was man eigentlich glaubte zu sagen. Ich bin mir nicht ganz sicher, ob diese Tatsache unsere Sprache erweitert oder vielleicht sogar verkümmern lässt. Wie auch immer, vieles an unsere verbalen Kommunikation ändert sich halt unweigerlich mit dem Fluss der Zeit. Selbst die heutige Bedeutung des Wortes Euphemismus entspricht ja nicht mehr genau der ursprünglichen griechischen Bedeutung. Und jetzt kommt endlich die entscheidende Frage, warum ich Ihnen diesen Text „unter die Frisur geblasen" habe. Nun, damit Sie nachfühlcn könncn, was ich meine, wenn ich sage, dass ich „nicht besonders intelligent" bin.

Verdacht

„Das ist doch zum Kotzen! Nie hat man seine Ruhe", brummelte Kommissar Riemer vor sich hin, und schraubte seinen adipösen Körper vom Sofa hoch, „kein normaler Mensch klingelt um diese Zeit noch bei anderen Leuten. Wehe, wenn das nicht meine Frauke ist!" Als er die Tür öffnete, stand da jedoch, wie ein begossener Pudel, seine Tochter. Riemer blieb kurz die Luft weg: „Was machst du denn hier? Ich dachte, du bist in Hamburg?" Sie fragte weinerlich: „Lässt du mich trotzdem rein?" Der Kommissar trat zur Seite: „Na klar! Mach's dir bequem! Magst du ein Glas Wein?" Seine Tochter nickte nur. Nachdem die Gläser gefüllt waren, forderte Riemer sein Mädchen auf: „Nun erzähl mal! Frei von der Leber weg!" Sie nahm einen großen Schluck und setzte das Glas vorsichtig ab: „Ich hab Jens verlassen und bin heute mit Peterle zu Mutti gezogen". Riemers Stirn glich augenblicklich einem Wellblechdach: „Du bist doch nicht gescheit. Was war los? Nun mal ganz genau!" Sie schluchzte: „Er ist meist völlig verschlossen und kommt manchmal nachts nicht nach Hause. Als ich ihn zur Rede gestellt habe, sagte er nur ausweichend, dass ich ihm vertrauen müsse. Ich habe den Verdacht, dass er in den fraglichen Nächten bei seiner Geliebten ist". Riemer schüttelte lachend seinen dicken Kopf: „Mehlmann? Nie im Leben. Glaub mir Claudia, dazu kenne ich ihn viel zu gut. Und was hast du dir vorgestellt, wie das jetzt weitergehen soll?" Der jungen Frau rannen zwei Tränen über die Wangen: „Kannst du nicht etwas unternehmen? Rede doch mal mit ihm! Vielleicht kommt er dann zur Vernunft. Ihr habt euch schließlich immer recht gut vertragen. Auf dich wird er hören. Peter braucht doch seinen Vater". Riemer kratzte sich am Hinterkopf: „Also gut! Gleich morgen rufe ich deinen Göttergatten an".

Während er mühevoll einen Bericht in seinen Computer tippte, versuchte Riemer zwischendurch immer wieder seinen Schwiegersohn zu erreichen. Aber der hörte oder wollte einfach nicht. Mittag hatte der Kommissar dann eine dermaßen schlechte Laune, dass ihm sogar das Essen nicht schmeckte. Und das kam bei ihm so gut wie nie vor. Am Nachmittag hatte er dann mehr Glück. Mehlmann meldete sich mit: „Hallo Schwiegerpapa!" Riemer holte tief Luft: „Deine Frau und dein Kind sind bei meiner Ex. Also, was ist da los bei euch?" „Hör zu!", sagte Mehlmann ganz leise, „bring deine Tochter dazu, noch zwei Tage auszuharren. Dann kann ich alles erklären. Mehr darf ich jetzt nicht sagen". Danach wurde die Verbindung unterbrochen. Im gleichen Moment trat Hohlbach ein: „Was ist da los bei Ihnen? Wieso ist Ihr Apparat besetzt? Ein Vierzehnjähriger hat eben den Tod seines Vaters gemeldet. Die Kollegen der Schutzpolizei sind vor Ort. Hier auf dem Zettel steht die Adresse. Und nun ab mit Ihnen!" Riemer protestierte: „Ich hab jetzt andere Sorgen. Können Sie nicht einen Kollegen schicken?" Der Chef verschärfte seinen Ton: „Sie gehen, und damit basta!"

Zwei Uniformierte bewachten die Eingangstür. Riemer zeigte seinen Dienstausweis und betrat die Wohnung. Die Ehefrau des Toten saß wie steifgefroren auf dem Sofa, und würdigte den Kommissar keines Blickes. Der Sohn neben ihr heulte wie ein Schlosshund. In der geräumigen Küche lag das Opfer gekrümmt auf dem Fußboden. Kommissar Riemer sah sich aufmerksam den Toten an, dann inspizierte er gründlich die gesamte Wohnung. Anschließend rief er voller Überzeugung einem der Polizisten zu: „Nehmen Sie bitte die Frau fest! Sie steht unter dem Verdacht, ihren Gatten vergiftet zu haben".

Die Festgenommene war sichtlich irritiert, als Riemer zusammen mit Frauke Wiegand in den Verhörraum trat. Sie hatte nicht erwartet, einer anderen Frau gegenüber zu sitzen. Der Kommissar begann ohne Umschweife: „Wie lange hat Sie Ihr Mann schon geschlagen? Schon ein paar Jahre, stimmts?" Die Frau antwortete nicht. Riemer fuhr fort: „Und wenn er Sie nicht schlug, dann hat er Sie behandelt wie Luft. Richtig?" Die Frau sagte immer noch nichts. „Ich habe mir bei Ihnen zu Hause alles genau angeschaut", offenbarte der Kommissar ruhig, „auf keinem der Fotos an der Wand sind Sie zu sehen, immer nur der Tote mit ihrem Sohn. Die roten Stellen an ihren Unterarmen sprechen ebenfalls Bände. Und wenn ich das richtig sehe, dann ist da gerade ein blaues Auge bei Ihnen im Abheilen. In Ihrer Küche stand ein Topf mit Essensresten auf dem Herd. Pilze. Was wird wohl unsere Gerichtsmedizinerin im Magen des Toten finden? Amanita phalloides, den grünen Knollenblätterpilz? Ich gehe mal davon aus, dass Ihr Sohn keine Pilze mag, und dass Sie selbst nichts davon gegessen haben. Liege ich da richtig?" Jetzt übernahm die Kommissarin das Wort: „Wenn Ihr Mann Sie wirklich wiederholt verprügelt hat, dann können Sie bestimmt mit mildernden Umständen rechnen. Warum haben Sie ihn denn nicht einfach verlassen?" Jetzt platzte es aus der Frau heraus: „Wegen unserem Sohn. Ich musste David vor ihm beschützen. Mein Mann war doch so brutal, der hätte mir den Jungen glatt erschlagen. Und die zwei Anzeigen bei der Polizei konnte der Mistkerl auch irgendwie abwenden. Mir blieb doch nichts weiter übrig. Ich habe ihn ja damals nur geheiratet, weil David schon unterwegs war. Dieser brutale Mensch hat bereits einen Tag nach der Eheschließung unser Hochzeitsbild verbrannt, und ich durfte mich auch nie mit David zusammen fotografieren lassen. Immer wenn er David verprügeln wollte, bin ich dazwischen gegangen und habe die Schläge auf mich genommen. Aber jetzt hab ich das alles nicht mehr ausgehalten. Weil mir die Polizei nicht geglaubt hat, musste ich eben selbst handeln. Mir tut nur David so leid". Außerhalb des Verhörraumes sagte dann Riemer bedrückt zu Frauke Wiegand: „Und mir tut diese Frau leid. Gehst du bitte zu Hohlbach, und berichtest ihm, dass wir den Fall innerhalb einer Stunde aufgeklärt haben. Ich habe inzwischen noch etwas sehr Wichtiges vor". Die Kommissarin widersprach: „Ich war doch gar nicht involviert. Du hast den Fall ganz allein durch dein sorgfältiges Herumschnüffeln in dieser kurzen Zeit gelöst. Es wird den Alten grämen, wenn ich ihm das aufs

Brot schmiere. Der hat bestimmt wie immer gehofft, dass du irgendwann mal scheiterst".

Kommissar Riemer hatte seine Tochter überreden können, am Abend mit ihm essen zu gehen. Sie saßen in dem angesehenen, chinesischen Lokal der Stadt, und mit der Zeit sowie zwei Gläsern Wein wurde Claudia etwas gesprächiger: „Weißt du Paps, ich liebe doch den Kerl immer noch. Inzwischen bin ich sogar bereit, ihm einen Fehltritt zu verzeihen, falls er sich zukünftig bessert. Und ich möchte unsere Familie retten. Peter soll mit beiden Elternteilen aufwachsen. Das verstehst du doch, oder?" Riemer wiegte seinen Kopf hin und her: „Auch wenn ich von deiner Mutter geschieden bin, kann ich das sehr gut verstehen. Oder vielleicht gerade deshalb. Aber du machst dir wirklich umsonst Sorgen. Dein Mann ist garantiert nicht fremd gegangen. Und übermorgen werde ich dir das beweisen. Kannst du deinem Vater solange vertrauen?" Seine Tochter fragte skeptisch: „Und wie genau willst du das beweisen?" Riemer lächelte: „Wie heißt es doch so schön in dem Theaterstück Pygmalion? Wart's nur ab, Henry Higgins, wart's nur ab! Und ich denke, auch du wirst es abwarten können".

Kommissar Riemer war wieder einmal intensiv mit seinem aufsässigen Computer beschäftigt, als Kommissarin Wiegand ins Zimmer gerauscht kam: „Du denkst wohl, ich erfahre das nicht?" Riemer blickte auf: „Hä? Wovon redest du?" Frauke Wiegand stemmte ihre Fäuste in die Hüften: „Davon, dass mir meine Freundin berichtet hat, was du angeblich so Wichtiges zu tun gehabt hast. Nämlich mit einer anderen beim Chinesen zu essen. Und dazu auch noch mit einer Jüngeren. Wenn du wenigstens den Anstand gehabt hättest, nicht in unser Lokal zu gehen!" Riemers Lachanfall ließ sie völlig verzweifeln: „Du wagst es auch noch, mich auszulachen?" Sie drehte sich um, und wollte wütend das Zimmer verlassen. Der Kommissar sprang auf, und konnte die Zürnende gerade noch am Arm zurückhalten: „Stopp, stopp! Das war doch meine Tochter. Darf ich nicht mal mit meinen Kind essen gehen? Du wirst doch nicht derartig eifersüchtig sein?" Frauke Wiegand war noch nicht ganz überzeugt: „Deine Tochter? Und du meinst, ich glaube das?" Kommissar Riemer drohte ihr mit dem Finger: „Wehe nicht! Übrigens werde ich es dir übermorgen beweisen. Solange musst du mir schon vertrauen. Ich muss nämlich erst noch meine Tochter davon überzeugen, dass in unserer Familie niemand fremd geht!"

Die Tür zur Riemers Dienstzimmer ging leise quietschend auf. Im Rahmen stand der Schwiegersohn des Kommissars. Riemer war komplett von der Rolle: „Was machst du krummer Hund denn hier? Warst du schon bei Claudia?" Mehlmann schloss behutsam die Tür und setzte sich: „Nein, ich war noch nicht bei ihr. Als erstes wollte ich, wie versprochen, dir alles erzählen. Dann brauche ich deinen Rat, wie ich das Ganze meiner Frau am besten verklickern kann!" Neugierig holte sich Riemer aus seiner Schreibtischschublade einen Karamellbonbon, und stopfte ihn kunstgerecht in seinen Mund:

„Fang an!" Mehlmann setzte sich ostentativ aufrecht hin: „Ich habe die Polizei nie verlassen. Dass ich beim Personenschutz angefangen hätte, war nur Tarnung. Ich bin seit einem Jahr under cover unterwegs gewesen, und habe angeblich einen Drogenboss als Leibwächter begleitet. Als ich angeschossen wurde, war das nicht gerade prickelnd, hat aber meine Glaubwürdigkeit nur erhöht. Vor zwei Tagen haben wir den Kerl endlich verhaften können, und gestern wurde meine Aussage beim Untersuchungsrichter aufgenommen. Jetzt habe ich erstmal Urlaub. Kann ich das deiner Tochter so brühwarm erzählen?" Riemer spuckte seinen Bonbon in den Papierkorb: „Und das konntest du mir nicht früher mitteilen? Ja, ich weiß schon, von wegen Geheimhaltung und so. Hast du vor, weiter under cover zu arbeiten?" Mehlmann verneinte. Zufrieden sagte Riemer: „Dann wirst du das genauso deiner Gattin erzählen! Halt! Ich habe da eine prima Idee". Er griff zum Telefon: „Frauke, kannst du bitte mal zu mir kommen?" Als die Kommissarin eintrat, machte Riemer beide miteinander bekannt: „Das ist Jens Mehlmann, mein Schwiegersohn, und das ist Frauke Wiegand, möglicherweise irgendwann demnächst mal eine Stiefschwiegermutter. Passt auf ihr zwei! Ich wollte Frauke schon lange Mal mit meiner Tochter bekannt machen. Claudia weiß nämlich bis heute noch nichts von ihr. Und ich habe meiner geliebten Tochter außerdem in die Hand versprochen, sie über ihren scheinbar unmöglichen Gatten aufzuklären. Ihr beide werdet euch heute Abend beim Chinesen möglichst unauffällig in eine Ecke drücken, und ich betrete mit meiner Tochter etwas später das Lokal. Dann kommt zunächst Frauke an unseren Tisch, und ich stelle sie als meine Lebensgefährtin vor. Wenn dieser Schock einigermaßen vorüber ist, erkläre ich Claudia, was ihr geliebter Mann letztes Jahr so getrieben hat. Danach kommt dann sofort Mehlmann zu uns. Ich habe den Verdacht, dass das ein verdammt schöner Abend wird!"

Und es wurde auch der einzige Abend im ganzen Leben von Claudia Mehlmann-Riemer, an welchem sie völlig betrunken von ihrem Mann nach Hause getragen werden musste.

Wo bin ich hier überhaupt?

Irgendetwas stimmt hier nicht. Etwas ist faul, sogar oberfaul. Das hier ist nicht mein zuhause. Ich hatte doch viel mehr Zimmer. Ich glaube, ich muss hier weg. Hatte ich früher eigentlich Schuhe an? Wo sind meine Schuhe? Ich glaube, gestern hatte ich noch Schuhe. Oder war das vorgestern? Vorgestern war doch Wochenende. Samstag oder Sonntag. Da ist heute … heute ist … völlig egal. Mit meinem Bauch scheint etwas nicht zu stimmen. Habe ich vielleicht Hunger? Ich weiß nicht so recht. Wann habe ich das letzte Mal gegessen? Und was? Ist eigentlich Sommer? Da brauche ich keine Schuhe. Im Sommer ist es warm. Das habe ich in der Schule gelernt. Das war Neunzehnhundertund … oder war das etwa schon zweitausend? Zweitausend ist viel Geld. Wie ist eigentlich die Währung zurzeit? Ich denke, es ist die Deutsche Mark. Irgendjemand hat behauptet, jetzt zahlt man mit Plastik. Was war doch gleich mal Plastik? Also ……………… komisch, ich war eingenickt. Wer ist denn die Frau? Ha, darauf falle ich nicht herein, von wegen meine Tochter. Ich kenne doch meine Tochter. Schließlich habe ich nie eine gehabt. Ich hatte immer nur einen Sohn. Detlef. Oder hieß der Dieter? Nein, der hieß Olaf. Moment, jetzt fällt es mir ein. Ich hatte keinen Sohn. Nie. Die Frau will mir das bestimmt nur einreden. Aber sie ist nett. Sie füttert mich. Warum werde ich überhaupt gefüttert? Ich bin sicherlich noch ein Baby. Das mit dem Mund abwischen sollte sie wirklich lassen. Ich bin doch kein Baby mehr. Wo, zum Kuckuck, führt die Fremde mich hin? Mir gefällt das nicht. Das Gehen macht mir Probleme. Wer ist dieser Mann? Halt, ich weiß. Der hat einen weißen Kittel an, das muss ein Arzt sein. Aber bestimmt kein deutscher. Der redet mit der Frau nur Kauderwelsch. Solche Sachen wie ‚vaskuläre Demenz‘. Der soll mir lieber helfen, dass ich wieder richtig Pieseln kann. Davon redet hier natürlich niemand. Nur von Gefäßverschluss. Ich verschließe doch immer meine Flasche nach dem Trinken. Bitte? Eine Uhr soll ich malen? Bin ich dieser Picasso, und muss mir nachher ein Ohr abschneiden? Warte, der Maler ohne Ohren hieß ja Rembrandt! Deshalb ist der auch im Alter taub geworden. Und wieviel Zahlen hatte doch gleich eine Uhr? Sieben? Oder waren es zehn? Nur gut, dass die Frau da ist. Sie hat mich in das Zimmer geführt, in dem meine

Schuhe standen. Und sie hat mich zum Abschied geküsst. Eine junge Frau hat mich geküsst. Aber wieso eigentlich zum Abschied? Ich gehe doch nicht weg. Oder doch? Ja sicher! Jetzt, wo ich meine Schuhe zurückhabe, kann ich zur Bushaltestelle gehen. Dann fahre ich nach Hause. Das wollte ich doch schon heute Morgen machen. Welchen Tag haben wir eigentlich? Sonntags fahren die Busse nur zur vollen Stunde. Sollte ich lieber hierbleiben? Vielleicht besucht mich ja meine Tochter. Moment, war die nicht schon gestorben? Nein, das war meine Frau. Die hieß Hildegard oder so ähnlich. Mit Nachnamen hieß sie genau wie ich. Mir fällt bloß im Moment nicht ein, wie ich mit Nachnamen heiße. Die Schuhe passen nicht. Doch, man muss nur links mit rechts tauschen. Das muss ich mir merken. Da war noch was, das ich mir merken wollte. Was war das doch gleich? Ach, die Uhr. Vierundzwanzig Zahlen. Quatsch, die passen doch gar nicht alle auf so ein Ziffer … Ziffer … Dings. Wenn mein Sohn kommt, frage ich ihn. Der kennt sich mit Uhren aus. Der ist, glaube ich, Uhrmacher. Nein, Moment, der war Schlosser. Kann nicht sein, denn er hat ja so weiche Hände. Oder waren das die Hände des Arztes? Die Frau vorhin hat ja behauptet, dass ich keinen Sohn gehabt habe. Die kann viel erzählen. Vielleicht belügt sie ja auch ihren Vater. Das machen solche Weiber manchmal. Ist die eigentlich Krankenschwester? Dann hieße das ja, ich wäre im Krankenhaus. Bin ich krank? Niemals, das wüsste ich doch. Meine Tochter hätte mir das gesagt. Und meine Frau hätte mich ganz bestimmt besucht. Sie hat mich doch immer besucht, wenn ich im Krankenhaus lag. Als ich mir die Arme gebrochen hatte, hat sie mich sogar gefüttert. Halt mal! War das vorhin meine Frau, die mich gefüttert hat? Nein, die hätte ich erkannt. Wir waren ja lange genug verheiratet. Oder war sie doch mit einem anderen verheiratet? Wäre nicht die erste, die fremd geht. Was war doch gleich nochmal fremdgehen? Ich habe das mal gewusst. Aber man kann sich doch nicht alles merken. Schade, dass ich keine Tochter habe. Ich hätte gern eine gehabt. Aber ich war ja nie verheiratet. Oder doch? Und hatte ich vielleicht auch Kinder? Ich kann mich einfach nicht erinnern. Ich würde mich doch so gerne erinnern. Warum kann ich mich bloß nicht erinnern? Und wo bin ich hier überhaupt? Bitte helft mir doch!

Bunte Briefe

Kommissar Riemer marschierte schnüffelnd wie ein Fährtenhund durch seine gesamte Wohnung. Irgendwoher musste doch dieser süßliche Duft kommen. Erst dachte er, der Geruch käme von draußen. Aber als er das Fenster öffnete, konnte er nur den Abgasgestank der Straße wahrnehmen. Langsam aber sicher grenzte er den Geruchsherd durch langsames Kopfdrehen ein. Na da schau doch mal einer an! Ein kleines Parfümfläschchen in einem seiner Spiegelschränke im Bad war die Quelle. Das musste Frauke dagelassen haben. Aber wieso hatte er eine verschlossene Flasche aus einer Entfernung von fünf Metern durch eine geschlossene Tür gerochen? Morgen würde er erstmal zum HNO-Arzt gehen.

„Vier Vermisste junge Mädchen! Vier! Innerhalb von wenigen Tagen! Und nur eins von ihnen wurde gefunden. Erwürgt!" Hauptkommissar Hohlbach lief wie ein aufgeschrecktes Huhn kreuz und quer durch sein Büro: „Immer das gleiche Muster. Die Mädchen sind nach der Schule nicht nach Hause gekommen. Einen Tag später erhielten die Eltern einen Brief. Immer mit einem durchgängig eingefärbten Blatt Papier, ohne jeglichen Text. Einmal rot, einmal gelb, einmal braun und einmal blau. Wir müssen befürchten, dass es nächste Woche auch noch einen grünen Brief gibt, verdammt nochmal! Da Bohrmann im Urlaub ist, nimmt sich jeder von den anderen je einen Fall vor. Hausknecht nimmt Lena Müller, Straubinger bekommt dann Emelie Gasmann, Wiegand kümmert sich um Hanna Lehmhaus und Riemer bekommt den Fall der aufgefundenen Toten, Luisa Merkers. Ich erwarte von allen täglich über den Stand der Dinge informiert zu werden! Also los jetzt!"

„So was kommt vor", meinte die Ärztin, „das vergeht aber wieder. An manchen Tagen kann man eben etwas besser Gerüche wahrnehmen als an anderen. Sie brauchen sich nicht einzubilden, dass Sie eine bessere Nase haben, als andere Leute. Ansonsten kann ich nur eine leichte Verkrümmung des Nasen-Septums feststellen. Das kann man operieren, falls Sie es unbedingt wollen. Allerdings ist jede Operation mit Risiken behaftet. Bei

Ihnen sehe ich jedoch die Gefahr eines Schlafapnoe-Syndroms. Schnarchen Sie? Dann sollten Sie erwägen, in einem Schlaflabor vorstellig zu werden. Wenn Sie einverstanden sind, schreibe ich Ihnen eine Überweisung". Riemer intervenierte entschieden mit einer abwehrenden Geste: „Solange Eltern Angst haben müssen, dass ihre Töchter erwürgt werden könnten, habe ich nun wirklich keine Zeit für solche Spielerein!"

Herr und Frau Merkers saßen dicht aneinander gedrängt auf dem Sofa in ihrer Wohnstube. Sie hielten sich bei den Händen, und der Frau rannen Tränen übers Gesicht. Kommissar Riemer sah dem Mann an, dass er bestimmt auch gern geweint hätte, aber er war sicher damals noch so erzogen worden, dass Männer gefälligst nicht zu heulen haben. Die Frau drückte ihr Taschentuch an die Nase: „Morgen ist die Beerdigung unserer Luisa. Dreizehn ist sie geworden. Gerade mal dreizehn. Eltern sollten ihre Kinder nicht überleben. Das ist gegen die Natur". Der Mann strich ihr übers Haar: „Herr Kommissar, Sie müssen den Kerl unbedingt finden. Wenn nicht der alte Garagenkomplex abgerissen worden wäre, dann wüssten wir heute noch nicht, dass Luisa dort im Boden vergraben war". Riemer entgegnete in ruhigem Ton: „Ich müsste dann noch ein paar Dinge wissen. Welchen Umgang hatte Ihre Tochter? Ich meine, sie hatte doch bestimmt Freundinnen. Hatte sie ein Hobby? Wenn ja, welches? Benahm sie sich in letzter Zeit anders als sonst? Und ich möchte auch noch ihr Kinderzimmer begutachten!"

Am späten Nachmittag waren die Ermittler wieder in Hohlbachs Büro versammelt. Der Hauptkommissar fasste die einzelnen Erkenntnisse zusammen: „Die Mädchen waren durchweg dreizehn Jahre alt. Das ist bestimmt kein Zufall. Wir sollten also diesen Umstand unbedingt beachten. Alle Kinder hatten den gleichen Schulweg, der durch den Stadtpark führt. Ich werde deshalb morgen einen Suchtrupp anfordern, der jeden Grashalm im Park umdreht. Außerdem gingen alle vier zum Klavierunterricht. Zwei privat, zwei in der Musikschule, jedoch zu vier unterschiedlichen Lehrern, beziehungsweise Lehrerinnen. Die Briefe waren handelsübliche Umschläge und der jeweilige farbige Zettel darin war Druckerpapier, dass man an jeder Ecke kaufen kann. Fingerabdrücke oder sonstige Spuren hat unser Labor nicht gefunden. Aber sie konnten feststellen, dass die Einfärbung mit Druckertinte erfolgt ist, die bei Canon-Druckern verwendet wird. Und zwar stammt das Zeug immer aus den teuren Original-Patronen. Dummerweise werden die zu Tausenden im Internet bestellt, und unsere Computerläden lassen sich auch nicht von jedem den Ausweis zeigen, der eine Druckerpatrone kauft. Mehr wissen wir leider zurzeit nicht". Riemer hob die Hand: „Kann man diese Briefe in Augenschein nehmen?" Hauptkommissar Hohlbach hob die Schultern: „Unser Riemer glaubt wieder einmal etwas zu finden, was uns Normalsterblichen verborgen bleibt. Aber von mir aus. Ich glaube jedoch kaum, dass er mehr entdecken wird, als unser umfassend geschultes Laborpersonal".

Gegen neunzehn Uhr saß Kommissar Riemer wieder einmal bei Frauke Wiegand am Küchentisch. Sie aßen immer zusammen in der Küche zu Abend. Dort fanden es beide irgendwie gemütlicher als im Esszimmer. Noch mit vollem Mund kauend, fragte Riemer undeutlich: „Welche Farbe hatte eigentlich dein Brief? Meiner war blau". Nachdem die Kommissaren ihr Essen heruntergeschluckt hatte, entgegnete sie nachdenklich: „Meiner war braun. Meinst du, die Farbe hat etwas zu sagen?" Riemer hörte auf zu essen: „Die Farbe an sich nicht. Aber was wäre, wenn darauf etwas ist, dass wir nur nicht sehen. Es gibt ja auch Dinge, die ein Mensch nicht riechen kann, ein normaler Hund aber schon". Frauke Wiegand lehnte sich nachdenklich zurück: „Tetrachromatie". Riemer verstand nicht ganz: „Hä? Tetra … was?" Die Kommissarin begann zu erklären: „Tetrachromatie. Dieser Vier-Farbpigment-Genotyp tritt bei zwölf Prozent aller Frauen auf. Die haben neben den Netzhaut-Zapfen für Rot, Grün und Blau noch einen zusätzlichen für Gelb. Die sehen dadurch etwa zehnmal so viel Farben wie wir. Vielleicht ist ja auf den farbigen Zetteln eine Information mit einer Farbnuance versteckt, die normale Menschen nicht sehen können, so eine Person dann aber schon. Wir befragen die Augenärzte. Bestimmt gibt es irgendwo so jemanden. Nur gut, dass du dir die Briefe aus der Asservatenkammer geholt hast! Du bist und bleibst ein kluger Kopf!"

Hohlbach sah sehr zufrieden aus: „Das war gute Arbeit, Leute. Der Kerl ist durchgedreht, weil seine dreizehnjährige Tochter vor einem Jahr während einer Klavierstunde an einem unerwarteten Hirnschlag gestorben ist. Er wollte jedoch von uns gefasst werden, damit er nicht zwanghaft weiter morden musste. Anhand der unsichtbaren Informationen auf den Farbzetteln hatten wir die Adresse von ihm, und vor allem die Orte, wo er die Mädchen begraben hat. Besonders danke ich der Kollegin Wiegand. Denn ihre Idee mit den Farbnuancen war der Durchbruch!" Die Kommissaren entgegnete gelassen: „Das Lob gebührt aber auch dem Kollegen Riemer. Erst seine unfehlbare Intuition hat uns die bunten Briefe etwas genauer betrachten lassen, als es die Mitarbeiter des Labors getan haben. Ich stelle hiermit fest, Kommissar Riemer hatte wie immer den besten Riecher". Worauf der Gelobte lakonisch äußerte: „Das sag mal lieber meiner HNO-Ärztin!"

Ätsch!

„Himmelkreuzbirnbaumverrecknocheinmal! Da haben mich doch diese blöden Hackfressen tatsächlich in eine Zelle gesperrt. Neun Quadratmeter mit einer Eisentür und Gittern vor dem Ausblick. Die sind doch alle komplett bescheuert! Dabei habe ich ihnen ganz genau erklärt, wie der Hergang war. Ich kann doch nichts dafür, dass mir mein Nachbar ähnlich sieht. Und ich kann ebenfalls nichts dafür, dass der seinen Pass verloren hat. Ich wollte ihm das Ding doch nur zurückbringen. Jeder Mensch würde sich doch wehren, wenn plötzlich zwei Männer versuchen würden, ihm Handschellen zu verpassen. Ich hab gar nicht so schlimm zugeschlagen. Und dass die beiden am Boden zufällig Rauschgiftfahnder waren, konnte ich doch nicht ahnen. Die hätten eben besser trainieren sollen. Und wer kann schon wissen, ob solche Leute echt sind. Schließlich kann doch jeder heutzutage so einen Ausweis fälschen. Auch ein Schäferhund ist kein Indiz für einen Polizeieinsatz. Der Hund hat ja auch nur gebellt. Der hätte mich doch einfach beißen können. Aber der hatte es nur auf das Tütchen in meiner Hosentasche abgesehen. Das hat aber meinem Nachbarn gehört. Wirklich! Ich hatte es nämlich noch gar nicht bezahlt. Also gehörte es mir rechtlich gesehen überhaupt nicht. Aber Tatsachen will ja keiner hören. Wenn mir der Hund wenigstens hinterhergerannt wäre, dann hätte ich mir denken können, dass es ein Polizeihund war. Aber so nahm ich an, dass es sich um eine schnöde Plünderung handelte. Im anderen Fall hätte ich ja sonst bestimmt das Tütchen weggeworfen. Da hätten die Bullen aus dem Streifenwagen auch nichts bei mir gefunden. Ich muss zu meiner Verteidigung sagen, dass ich die zwei nicht K.O. geschlagen habe. Durch ihre Uniformen wusste ich ja, dass es Polizisten sind. Aber meine Schuld ist es doch wohl kaum, wenn mir derart veraltete Handschellen angelegt werden. Die Dinger konnte ich schon damals knacken, als mein Vater noch im Gefängnis gesessen hat. Mich trifft auch wirklich keine Schuld, dass auf der Straße vor uns ein Verkehrsunfall war. Schließlich hätten nicht gleich alle beide aussteigen müssen. Und dass man den Zündschlüssel abzuziehen hat, weiß doch auch jedes Kind. Die hätten halt auf der Polizeischule etwas besser aufpassen müssen. Glauben Sie mir, so ein Polizeiauto fährt sich viel besser, wenn die Sirene heult, und auch das Blaulicht hell erstrahlt. Laut § 38 Abs. 1 der Straßenverkehrsordnung darf man das Blaulicht unter anderem dann einschalten, wenn flüchtige Personen zu verfolgen sind. Und ich war flüchtig und zu verfolgen. Also kann ich auf keinen Fall für die Benutzung belangt werden. Da gibt es keine andere Interpretation. Von wegen, Richter sind objektiv. Zugegeben, an der Stelle, wo die Feuerwehr den Brand bekämpft hat, hätte ich bremsen müssen. Aber nachdem der Hydrant umgefahren war, hat sein Wasserschwall das Feuer direkt gelöscht. Das wollte mir trotzdem niemand zugutehalten. Vielmehr wurde darauf herumgetrampelt, dass das Polizeiauto danach Schrott gewesen sei. Das kann man doch nicht einfach so behaupten. Wissen Sie, was mein Kumpel schon für Karren in seiner Werkstatt wieder zum Leben erweckt hat? Dagegen war doch dieser Streifenwagen die reinste Lappalie. Das Heck war noch völlig in Ordnung. Aber nein, man muss ja immer ein Haar in der Suppe finden. Und was, bitte schön, heißt hier Fahrerflucht? Schließlich kann ich als Zivilist ja nicht der Fahrer eines Polizeiautos sein. Soweit kommts noch! Auch bin ich nach der Kollision mit dem Hydranten nicht geflohen, sondern langsam und unauffällig davongegangen. Sonst hätte man mich doch sicherlich bemerkt. Also kann das doch wohl keine Flucht gewesen sein. Aber die Richter verdrehen immer alles. Was kann ich denn dafür, dass weder die Mitarbeiter der Stadt noch die Feuerwehrleute irgendeine Ahnung davon hatten, wo sich das Absperrventil für die Hydranten befindet. Da hatte halt mal ein Straßenzug einen Tag lang kein Wasser. Unsere Vorfahren mussten sich das Wasser auch von sonst wo holen und sind nicht daran gestorben. Außerdem hätte man doch mildernde Umstände geltend machen müssen, weil mir die Geldbörse in dem Streifenwagen aus der Hose gerutscht war. Heutzutage kommt man ohne Zahlungsmittel nicht weit. Ich habe eine derartig auf Geld fixierte Gesellschaftsform nie befürwortet. Logischerweise war ich damit in einer Zwangslage. Der Mensch an dem Geldautomaten hätte mir doch nur etwas abgeben sollen. Es ist schon wirklich schlimm, wie egoistisch manche Leute sind. Deshalb habe ich dem Kerl eine Lehre erteilt, und ihm alles abgenommen. Waren ja nur 300 €. Das wird er sich bestimmt für die Zukunft merken. Auf jeden Fall ist es das Recht von jedem Besitzer einer EC-Karte täglich bis zu 1000 € abzuheben. Das habe ich mir nicht ausgedacht, daran sind die Banken schuld. Und da ich nun plötzlich eine EC-Karte besaß, wäre es doch dumm, mich mit den 300 € zu begnügen. Der ehemalige Besitzer der Karte hätte ja dagegen protestieren können. Aber dieser dicke Mensch hielt lieber auf dem Asphalt ein Schläfchen. Ich nehme mal an, der hatte wahrscheinlich in der Nacht nicht gut geschlafen. Ansonsten hätte ihm doch der kleine Schubser nichts ausgemacht. Manche sind aber auch wirklich wehleidig. Der Richter sagte in diesem Zusammenhang etwas von Körperverletzung. Der hätte sich den Mann lieber mal richtig ansehen sollen. Bei so einem fetten Ding, kann man doch nicht von Körper sprechen. Und wer kann sich denn mit gutem Gewissen dafür verbürgen, dass dieser Lügner nicht schon vorher ein Loch im Kopf hatte. Ich wäre ja einsichtig gewesen, wenn man mir vorgeworfen hätte, dass ich über ein paar Mauern in diversen Hinterhöfen geklettert bin. Das macht man einfach nicht. Gebe ich ja zu. Aber davon hat keiner gesprochen. Stattdessen hackten die darauf herum, dass ich mit meinem Auto gefahren bin. Mit meinem eigenen Auto! Angeblich hätte ich mich stellen müssen. Aber dann bestand doch die Gefahr, dass man mich verhaftet hätte. Ich dachte immer, keinem Menschen kann zugemutet werden, dass er sich selbst in Gefahr begibt. Sie brauchen doch nur mal im Internet nachzulesen: „Die Gefahrenabwehr soll labile Lagen stabilisieren". Und ich war nun mal in einer labilen Lage. Nur deshalb bin ich auch durch die Spielstraße gefahren. Und auch nur unwesentlich schneller, als erlaubt. Der Vater konnte das Kind doch rechtzeitig wegziehen. Es ist also nichts passiert und keinem wurde geschadet. Warum bloß regen sich dann Menschen darüber auf? Aber vielleicht sind ja Staatsanwälte gar keine Menschen. Dass ich nach dem Tanken nicht bezahlt habe, wirft zwar kein gutes Licht auf mich, aber ich habe immerhin laut gerufen, dass ich beim nächsten Mal bezahle. Und das hätte ich auch getan, wenn man mich nicht verhaftet hätte. Damit ist eindeutig die Polizei daran schuld, dass der Tankstellenpächter heute noch auf sein Geld wartet. Aber die Polizei zerrt man ja nicht vor Gericht. Wenn ich jemals hier wieder rauskomme, dann bleibe ich danach absichtlich ein unbescholtener Bürger. Da können die Gerichte dann versuchen, mich dranzukriegen. Ohne eine Straftat von mir haben die nämlich die Arschkarte. Ätsch!

Über den Autor

Der Autor ist sich durchaus im Klaren, dass seine Bücher eventuell doch nicht den Nobelpreis für Literatur bekommen werden. Genau wie sich andere Menschen der naiven Malerei hingeben, frönt er der sogenannten naiven Schriftstellerei. Er liebt es, Kurzgeschichten zu lesen, was sehr wahrscheinlich der Grund ist, dass er auch nur Kurzgeschichten schreibt. Möglicherweise liegt es aber fernerhin daran, dass seine schriftstellerischen Fähigkeiten für einen kompletten Roman nicht ausreichen. Jedoch hofft er wie immer, dass jedem seiner Leser mindestens eine Geschichte aus diesem Buch besonders gut gefallen möge.